BASTEI
LÜBBE

JUDE DEVERAUX

Rendezvous in Kentucky

Aus dem Amerikanischen von
Sabine Steinberg

BASTEI
LÜBBE

BASTEI-LÜBBE-TASCHENBUCH
Band 11 497

Deutsche Erstveröffentlichung
Titel der Originalausgabe: SWEETBRIAR

Printed in West Germany November 1989
Einbandgestaltung: Adolf Bachmann
Titelfoto: S. Spiak/C. Vega/Luserke
Satz: MPM Wasserburg
Druck und Bindung: Ebner Ulm
ISBN 3-404-11497-3

Der Preis dieses Bandes versteht sich einschließlich
ler gesetzlichen Mehrwertsteuer

1

Die Wälder von Kentucky, Oktober 1784

Das Laub des herbstlichen Waldes setzte flammende Akzente auf das ohnehin schon bunte Bild. Planwagen, Pferde und Menschen machten auf der Lichtung Rast. Vier solide, große Wagen standen auf der einen Seite, neben ihnen grasten Zugochsen. Die andere Seite war mit zwei Gepäckwagen verstellt, die schon bessere Zeiten gesehen hatten und nicht mehr so wirkten, als ob sie den langen Weg nach Westen heil überstehen würden. Müde schlurften Frauen über den Platz, um Vorbereitungen für das Abendessen zu treffen, während die Männer die Tiere versorgten. Eine Gruppe Kinder spielte in Sichtweite der Erwachsenen.

»Ich kann Ihnen gar nicht sagen, wie froh ich bin, daß wir die Prärie und die Hitze hinter uns haben. Ach, ich vermisse die See!« Mrs. Watson stand am Feuer. Sie hatte die Hände in den Rücken gestemmt, um den sich wölbenden Bauch zu entlasten. Sie war hochschwanger. »Wo ist Linnet, Miranda?« fragte sie die Frau, die ihr gegenüber am Feuer saß.

»Sie spielt wieder mit den Kindern.« Die Stimme der kleineren Frau klang klar und hatte einen reinen, englischen Akzent, der sich sehr von dem verwaschenen Dialekt ihrer Reisegefährtin unterschied.

»Ja, jetzt sehe ich sie auch.« Mrs. Watson hob die Hand an die Stirn, um ihre Augen vor dem Glanz der untergehenden Sonne zu schützen. »Wenn ich es nicht besser wüßte, würde ich Linnet auch für so ein Gör halten.« Sie beobachtete Linnet, die mit den Kindern im Kreis stand. Trotz ihrer zwanzig Jahre war sie nicht größer als die Halbwüchsigen an ihrer Seite. Ein lose fallendes Kleid verhüllte die sanften Kurven ihres Körpers, die den ältesten Sohn der Watsons schon mehr als einmal dazu verleitet hatten, nachts am Planwagen der Tylers vorbeizuschleichen. »Wissen Sie, Miranda, Sie und Amos sollten mal mit Linnet reden. Wird Zeit, daß das Mädchen für eigene Kinder sorgt, anstatt dauernd auf die Gören von anderen aufzupassen.«

Miranda Tyler lächelte. »Sie können es gern selbst einmal versuchen, aber Linnet hat ihren eigenen Kopf. Und ehrlich gesagt, glaube ich nicht, daß ein junger Mann in der Lage ist, die Verantwortung für meine Tochter zu übernehmen.«

Mrs. Watson lachte verlegen. »Ich glaube, Sie haben recht. Ich will nichts Schlechtes über Linnet sagen, sie ist wirklich ein hübsches Ding — aber die Art, wie sie die Männer anguckt! Außerdem läßt sie sich nie helfen, sondern macht immer alles allein. Würde es Sie stören, wenn ich mich für 'n Moment setze? Mein Rücken tut mit jeder Minute mehr weh.«

»Aber natürlich nicht, Ellen. Kommen Sie her, Amos hat mir einen Hocker hingestellt. Setzen Sie sich nur.«

Die massige Frau ließ sich mit gespreizten Knien nieder. Ihr Bauch wogte. »Wo war ich doch grad?« Mrs. Watson schien Mirandas gerunzelte Stirn nicht zu bemerken. »Ach ja, ich hab' drüber geredet, wie Linnet die Männer behandelt. Ich hab' ihr schon mal gesagt, daß jeder Mann glaubt, er sei was ganz Besonderes. Sehen Sie doch mal rüber zu Prudie James.«

Miranda folgte kurz der Aufforderung, bevor sie sich wieder ihrer Bohnensuppe zuwandte.

»Zu jeder Tageszeit ist ein ganzer Haufen Jungs um sie rum«, fuhr Ellen fort. »Sie sieht nicht halb so gut aus wie Ihre Linnet, aber immer hat Prudie die Männer im Schlepptau. Erinnern Sie sich noch, als Prudie letzte Woche von einer Wespe gestochen wurde? Vier Jungs haben sich fast die Beine ausgerissen, um ihr zu helfen.«

Miranda Tyler sah zu ihrer Tochter hinüber, und ein liebevolles Lächeln spielte um ihre Mundwinkel. Sie hatte ihre eigene Meinung über Linnet und erinnerte sich an ganz andere Ereignisse. Zum Beispiel daran, daß sich der Kleine von Parkers einmal verirrt hatte. Linnet fand ihn schließlich und hatte ihr Leben riskiert, um den verängstigten Jungen aus einer Felsspalte zu befreien. Mrs. Watson konnte ruhig all ihre Prudies bewundern!

»Natürlich will ich nichts Schlechtes über Linnet sagen. Sie ist mir oft eine große Hilfe gewesen. Es ist nur, daß ich... nun, ich will nur, daß sie mit 'nem Mann glücklich wird.«

»Ich bin Ihnen wirklich dankbar für ihre Fürsorge, Ellen, aber ich glaube ganz fest daran, daß Linnet irgendwann den Mann finden wird, der wirklich zu ihr paßt. Würden Sie mich jetzt bitte entschuldigen?«

Das Jauchzen der spielenden Kinder tönte über die Lichtung. So hörte niemand das warnende Bellen eines Hundes, das plötzlich abbrach.

Die Indianer haben schon vor langer Zeit gelernt, daß ein Überraschungsangriff, wenn sich die müden Frauen und Männer von den Anstrengungen des Tages erholten, die besten Aussichten auf Erfolg bot. Die Siedler waren in diesen Momenten so wehrlos. Die Männer, die vor dem Lager Wache hielten, waren leicht zu überwältigen gewesen, sie lagen jetzt mit sauber durchschnittenen Kehlen leblos da. Übrig blieben die Frauen, ein paar Halbwüchsige und die Kinder, die die wertvollste Beute des Tages darstellen würden. Zwei Krieger wurden ausgeschickt, um sie zu fesseln.

Linnet war, wie alle anderen, vor Schreck wie gelähmt. Ein gurgelnder Schrei riß sie aus der Erstarrung, und sie wirbelte herum. Prudie James stürzte zu Boden. Die Leute rannten wild durcheinander, um den Indianern zu entrinnen, die überall zu sein schienen. Doch alle Bemühungen waren zwecklos.

Linnet sah, wie ihre Mutter vorwärts taumelte. Linnet streckte die Arme aus und begann zu laufen. Wenn sie nur ihre Mutter auffangen, sie in den Armen halten könnte — dann wäre alles gut. »Mutter!« schrie sie.

Irgend etwas hemmte ihren rasenden Lauf, sie stolperte und fiel. Der harte Sturz raubte ihr fast die Sinne. Benommen versuchte sie wieder auf die Füße zu kommen. Als sie den Kopf drehte, schmeckte sie das Blut, das aus ihrer aufgeschlagenen Lippe rann. Ihre Mutter und Mrs. Watson lagen still neben dem Feuer auf dem Boden. Es schien, als würden sie schlafen, doch die zähe, blutrote Masse neben ihren Köpfen zeugte von der Tragödie, die sich gerade abgespielt hatte.

»Linnet! Linnet!« Schreie ertönten in ihrem Rücken, als eine rauhe Hand sie grob auf die Füße stellte und sie zu den Kindern zerrte. Der kleine Ulysses Johnson rannte zu ihr und schlang seine Arme um ihre Beine. Seine Tränen durchnäßten ihren Rock, während der kleine Körper erbärmlich zitterte. Einer der Indianer zog ihn von ihr weg. Als das Kind hinfiel, verdrehte der Mann den Arm des Jungen so, daß der Kleine vor Schmerz aufschrie.

»Nein!« Linnet lief zu Ulysses, kniete vor ihm nieder und wischte zart den Schmutz von seinem Gesicht. »Sie wollen uns mitnehmen. Wirst du tapfer sein, Uly? Wir werden zusammenbleiben, egal, was auch passiert. Ich glaube, wenn wir ihnen gehorchen, werden sie uns nicht weh tun. Hast du verstanden, Uly?«

»Ja«, kam die jämmerliche Antwort. »Meine Ma...«

»Ich weiß...« Ein Indianer zog Linnet auf die Beine, bog

ihre Hände auf den Rücken und fesselte sie mit einem rauhen Hanfseil. Sie versuchte nicht auf das Bild des Grauens zu ihrer Rechten zu schauen — dort lag der Körper ihrer Mutter —, oder an ihren Vater zu denken, der Wache gehalten hatte. Sie richtete ihre Augen fest auf die sechs aneinandergefesselten Kinder, die vor ihr standen.

In ein paar Minuten hatte sich ihr Leben dramatisch verändert. Patsy Gallagher fiel und riß Uly mit sich. Sie schrie auf, als ein Indianer sie an den Handfesseln hochzog, weil ihr die Lederriemen ins Fleisch schnitten. Ulysses fing wieder an zu weinen. Die Kinder starrten auf die Feuer, die die Indianer inzwischen gelegt hatten, und auf die blutigen Leichen ihrer Eltern.

Linnet fing an zu singen. Leise zuerst, aber sehr eindringlich, so daß die Kinder nach und nach in das Lied einfielen: »Ein feste Burg ist unser Gott ...«

Sie gingen los, stolperten, fielen oft hin, während sie langsam in die Wälder marschierten — aneinandergebunden zu einer schicksalhaften Kette.

Linnet hielt Ulysses in ihren Armen. Das Kind war in tiefen, erschöpften Schlaf gefallen. Sie waren seit drei Tagen unterwegs, hatten kaum gerastet und noch weniger zu essen bekommen. Die beiden Kleinsten sahen aus, als ob sie nicht mehr lange durchhalten würden. Linnet hatte den Anführer der Indianer angefleht, den Jungen auf dem Rücken tragen zu dürfen. Ihre Füße waren zerschunden und blutig. Sie hatte Hunger, weil sie die Hälfte ihres Maisbreis Ulysses gegeben hatte. Aber trotzdem hatte der Junge vor Hunger gewimmert. Linnet strich über seine Stirn — sie war fiebrigheiß.

Fünf Indianer bewachten die kleine Gruppe. Sie benahmen sich sehr herrisch und erwarteten, daß man ihre Befehle genau befolgte. Als Linnet ihre Schritte verlangsamt hatte, weil sie durch das Gewicht des Fünfjährigen auf ihrem

Rücken kaum laufen konnte, hatten sie sie mit spitzen Stöcken vorwärts getrieben. Jetzt war sie zu erschöpft, um Schlaf zu finden. Jede Faser ihres Körpers schmerzte.

Ein Indianer drehte sich nach ihr um. Hastig schloß sie die Augen. Einige Male schon hatten sie auf sie gedeutet und sich offensichtlich über sie unterhalten.

Es dämmerte noch nicht einmal, als die sieben Gefangenen brutal aus dem Schlaf gerissen wurden und zu einem neuen Tagesmarsch aufbrachen. Kurz vor Sonnenaufgang erreichten sie einen Fluß, der ziemlich tief zu sein schien. Grob stießen die Indianer die Kinder ins Wasser.

»Ich habe Angst, Linnet. Ich mag das Wasser nicht«, jammerte Uly.

»Ich werde ihn tragen«, versuchte Linnet dem Indianer, der am Ende des Zuges ging, klarzumachen, und verdeutlichte ihre Worte durch Gesten. Er löste die Fesseln, und Ulysses kletterte auf Linnets Schultern.

Die anderen Kinder hatten den Fluß schon überquert, als Linnet ausglitt und ins Wasser fiel. Sofort kappte einer der Männer das Seil, das sie noch mit den anderen verband — sie wollten es nicht riskieren, alle Gefangenen zu verlieren, nur weil zwei von ihnen mit der Strömung fortgerissen wurden. Linnet mußte all ihre Geschicklichkeit aufbieten, um sich selbst und den wild um sich schlagenden Ulysses heil ans Ufer zu bringen. Nachdem es ihr gelungen war, blieb sie völlig erschöpft im Gras liegen.

»Linnet! Über was reden die da?« wollte Patsy Gallagher wissen.

Linnet sah auf. Zwei Indianer deuteten mit wilden Gesten auf sie. Sie riefen den Anführer zu sich, und Linnet konnte erkennen, daß sich sein Gesicht ärgerlich verzerrte. Sie war zu benommen von ihrem Kampf gegen den Fluß, deshalb brauchte sie etwas länger, um zu bemerken, daß sie auf ihre Brust zeigten. Das nasse Kleid klebte an ihrem Körper, und ihr Busen zeichnete sich deutlich unter dem Stoff ab. Sie kreuzte verlegen die Arme vor der Brust.

»Linnet!« kreischte Patsy, als ein Indianer wütend auf sie zustürmte.

Sie hob die Hände, um ihr Gesicht vor dem ersten Schlag zu schützen. Doch den harten Tritten, die auf ihre Rippen zielten, war sie wehrlos ausgeliefert. Sie meinte, vor Schmerzen zu vergehen, als noch mehr Schläge sie trafen.

Die Indianer schimpften wütend, eine grobe Faust packte sie und drehte sie auf den Rücken. Ihre geprellten, vielleicht gebrochenen Rippen schmerzten bei jedem Atemzug. Der Mann zerriß ihr Kleid und entblößte sie bis zur Taille. Der Anblick, der sich ihm bot, schien ihn noch zorniger zu machen. Er ballte die Hand zur Faust, doch Linnet fiel ihn Ohnmacht, ehe der Schlag ihren Kiefer traf und ihn fast zerschmetterte.

»Linnet, wach auf!«

Verwirrt blickte sie um sich und war sich nicht klar darüber, wo sie sich befand.

»Linnet, sie haben mir erlaubt, für dich zu sorgen. Hier, setz dich und zieh das über. Es ist Johnnies Hemd.«

»Patsy?« flüsterte Linnet.

»Ach, Linnet, du siehst schrecklich aus! Dein Gesicht ist ganz geschwollen und...« Das Mädchen schluchzte und half der Freundin auf, während sie ihr das Hemd überstreifte. »Linnet, sag doch was. Geht's dir besser?«

»Ich glaube schon. Warum durftest du zu mir kommen? Ich dachte, sie würden einfach weitergehen. Warum waren sie so wütend?«

»Nun ja, Johnnie und ich glauben, daß sie wahrscheinlich angenommen haben, du wärest auch ein Kind. Als sie dann herausgefunden haben, daß du schon erwachsen bist...«

»Aber warum durftest du mir helfen?«

»Ich weiß es nicht genau, aber ohne dich wären wir gar nicht so weit gekommen. Vielleicht wissen die Indianer das auch. O Linnet, ich hab' solche Angst!« Das Mädchen warf die Arme um Linnets Nacken, und Linnet mußte die Zähne zusammenbeißen, um nicht vor Schmerzen aufzuschreien.

»Ich fürchte mich auch«, flüsterte Linnet.

»Du? Aber du hast doch nie Angst! Johnnie behauptet, du wärst der tapferste Mensch unter der Sonne!«

Obwohl es ihr weh tat, lächelte sie dem Mädchen zu. »Ich sehe vielleicht tapfer aus, aber in meinem Innersten zittere ich wie Apfelgelee.«

»Ich auch.«

Patsy stützte Linnet auf dem Weg zu dem provisorischen Lager der Indianer. Die junge Frau war nicht größer als das zwölfjährige Mädchen. Die anderen Kinder begrüßten sie mit einem kleinen Lächeln. Zum ersten Mal versuchten sie, dem Schrecklichen zu trotzen.

Früh am nächsten Morgen erreichten sie das Dorf der Indianer. Schmutzige, zerlumpte Frauen kamen angelaufen, um ihre Männer zu begrüßen. Und sie strichen auch den Kindern übers Haar. Der Anführer des Plündertrupps stieß Linnet zu einer Gruppe von Frauen und deutete erbost auf ihre voll entwickelten Brüste.

Eine der Frauen kreischte erzürnt auf, riß Linnet das Hemd vom Leib und betastete ihren Oberkörper. Die Frauen lachten, als Linnet sich abwandte und ihre Blöße mit den Armen bedeckte. Sie sah auf und beobachtete, daß die Kinder weggeführt wurden. Die Hilfeschreie der Kleinen gellten in ihren Ohren. Sie wollte hinter ihnen herlaufen, doch die Frauen hielten sie zurück. Dabei betasteten sie immer wieder ihre Brüste, und eine Frau hielt sie sogar an den Haaren zurück.

Der Indianer sagte etwas, und die Frauen ließen murrend

von ihr ab. Linnet wurde vorwärtsgestoßen und gezwungen, in ein Zelt zu kriechen, in dem sie nicht einmal stehen konnte. Nur zwei Menschen konnten in dieser kümmerlichen Behausung untergebracht werden. Eine Frau folgte ihr. Sie hielt einen Tontopf in der Hand.

Der Inhalt des Topfes roch schauderhaft nach ranzigem Fett. Die Indianerin rieb Linnets Gesicht und ihren Oberkörper mit der stinkenden Paste ein. Linnet versuchte, ruhig sitzen zu bleiben und ihre Tränen zu unterdrücken, als die rauhen Hände der Frau ihren wunden Oberkörper massierten.

Dann ließ man sie allein. Sie lauschte dem lärmenden Treiben, das vor ihrem Zelt herrschte. Die Indianer stießen furchterregende Schreie aus, während sie ihren erfolgreichen Raubzug feierten.

»Hier, trink das.« Ein kräftiger Arm stützte Linnet und führte eine Metalltasse an ihre Lippen. »Nicht so hastig, sonst kommt dir alles wieder hoch.«

Sie blinzelte verwirrt, weil sie geschlafen hatte. Die breiten Schultern des Mannes schienen das kleine Zelt fast ganz auszufüllen. Der flackernde Schein eines Lagerfeuers, der durch die Plane schimmerte, ließ die Elfenbeinkette an seinem Hals aufglänzen, er war fast nackt. Lässig lehnte er sich an einen Zeltpfosten, ergriff ihr Handgelenk, betrachtete es und strich dann Salbe auf die Schnitte, die die Fesseln hinterlassen hatten.

»Jetzt weiß ich, warum sie dich für ein Kind gehalten haben«, sagte er mit einer tiefen Stimme.

»Sie sprechen Englisch?« fragte Linnet und betonte jedes Wort ganz deutlich.

Er hob schelmisch eine Augenbraue. »Nicht gerade das Englisch, das du sprichst. Aber ich glaube, man kann es verstehen.«

»Ich habe Sie schon draußen gesehen. Ich hielt Sie für einen Indianer, aber das kann nicht sein. Sie haben blaue Augen, nicht wahr?«

Er musterte sie überrascht und wunderte sich über die Gelassenheit, die sie zeigte.

»Wo sind die Kinder? Warum hat man uns hergebracht? Sie haben … sie haben alle anderen umgebracht.«

Er senkte den Blick, weil er die Trauer in ihren Augen nicht sehen wollte. Es gefiel ihm, daß sie nicht nur an sich selbst, sondern auch an das Wohlergehen anderer dachte. »Das hier ist eine Gruppe von Ausgestoßenen verschiedener Stämme. Sie ziehen durch das Land, fangen Kinder und verkaufen sie an anständige Indianer, die gerade einen Sohn oder eine Tochter verloren haben. Dich hielten sie auch für ein Kind und gerieten in Rage, als sie entdeckten, daß du eine Frau bist.« Er betrachtete prüfend ihre Brüste. Crazy Bear hatte ihm schon eine Menge über ihre weiblichen Formen erzählt.

»Was … was haben sie jetzt mit uns vor?«

Sein Blick wurde besorgt. »Für die Kinder werden sie schon sorgen, aber du …«

Linnet schluckte, aber sie wandte ihren Kopf nicht zur Seite. »Ich will die Wahrheit wissen.«

»Die Männer spielen um dich. Der Sieger wird …«

»Mich bekommen? Ich soll einen dieser Männer heiraten?«

Er erwiderte leise: »Nein, sie sind nicht auf eine Heirat aus.«

»Oh.« Linnets Oberlippe zitterte, und sie biß darauf, um sich wieder unter Kontrolle zu bekommen. »Wie kommt es, daß Sie auch hier sind?«

»Meine Großmutter war eine Shawnee, und einer der Krieger hier ist mein Vetter. Sie tolerieren mich — mehr aber auch nicht. Ich war oben im Norden, habe ein bißchen gejagt und Fallen gelegt.«

»Vermutlich können Sie nichts unternehmen, um uns zu helfen, oder?«

»Nein, tut mir leid. Ich muß jetzt gehen. Willst du noch etwas Wasser?«

Sie schüttelte den Kopf. »Danke, Mr. ...?«

»Mac.« Er wollte dieses Zelt verlassen. Sie war so süß, so jung, und es war offensichtlich, daß sie von einem dieser Hundesöhne brutal zusammengeschlagen worden war.

»Danke schön, Mr. Mac.«

»Nicht Mr. Mac. Einfach nur Mac.«

»Mac? Ist das Ihr Vorname oder Ihr Nachname?«

Er starrte sie mit weit aufgerissenem Mund an. »Was?«

»Ist Mac der erste oder der zweite Teil Ihres Namens?«

Er war erstaunt. »Du bist die ungewöhnlichste Frau, der ich je begegnet bin. Was für einen Unterschied macht das schon, zum Teufel?«

Sie sah ihn mit erstaunten Augen an, und er fürchtete, daß sie wegen seiner groben Worte gleich in Tränen ausbrechen würde.

Er senkte ergeben den Kopf. »Ich heiße richtig Devon Macalister, aber ich wurde immer nur Mac genannt.«

»Ich danke Ihnen dafür, daß Sie mir Wasser gebracht und Gesellschaft geleistet haben, Mr. Macalister.«

»Nicht Mr. Macalister, nur einfach Mac!« Das Mädchen machte ihn langsam wütend. »Schau mal, ich mein' das ...« Er schwieg, als er Schritte hörte.

»Sie müssen gehen«, flüsterte sie. »Sie dürfen nicht bei mir gesehen werden.«

Er sah sie wieder erstaunt an, verließ aber schnell das Zelt.

Mac ging allein in den Wald. Sie war das seltsamste Mädchen, das er je getroffen hatte. Und ganz gleich, was Crazy Bear behauptete — für ihn blieb sie ein kleines Mädchen. Die Indianer hatten darüber geredet, welche Zähigkeit sie auf dem Fußmarsch bewiesen hatte, und daß sie den Fünfjährigen den größten Teil des Weges auf dem Rücken getragen hatte. Mac hatte sich das Kind angesehen — es war wahrhaftig kein Leichtgewicht!

Und wie beherrscht sie eben gewesen war! Vor ein paar Monaten war ein Mädchen in derselben Situation in Panik ausgebrochen. Er hatte versucht, ihr zu helfen, doch ihr lautes Kreischen hatte das ganze Lager alarmiert, so daß er gerade noch entwischen konnte. Mac wußte, wie viehisch sich die Indianer benehmen konnten, wenn sie zuviel Schnaps getrunken hatten. Das Mädchen war nach der Vergewaltigung verblutet.

Er dachte an Linnet, die so geduldig in ihrem Zelt wartete. Anstatt zu schreien, hatte sie ihn nach den Kindern gefragt und ihm gedankt, als ob sie sich im Salon einer reichen Lady begegnet wären.

Er dachte an ihre großen, leuchtenden Augen und fragte sich verwundert, welche Farbe sie eigentlich hatten. Ihre Hand hatte gezittert, als er sie gehalten hatte. ›Verdammt!‹ dachte er und seufzte resigniert. Gut, er würde sein Leben riskieren und sie hier rausholen.

Mac ging zum Zelt zurück und trat ein. Sie saß ruhig da und hatte die Hände im Schoß gefaltet.

»Sie, Mr. Macalister? Sie sollten doch nicht wiederkommen!«

Er lachte sie unbekümmert an und zeigte dabei seine kräftigen, weißen Zähne. »Sag mal, kannst du lesen?«

»Warum? Ja, sicher.«

»Wenn ich dich hier rausbringe, würdest du mir dann Lesen beibringen?«

»Natürlich«, flüsterte sie, und nur ein leises Zittern in ihrer Stimme verriet, wie verängstigt sie war.

Er bewunderte sie von Minute zu Minute mehr. »In Ordnung. Versuche ruhig zu bleiben. Es dauert noch eine Weile, und außerdem könnte ich unterliegen.«

»Unterliegen? Was meinen Sie damit?«

»Du mußt mir vertrauen. Jetzt versuch erst mal zu schlafen, vor morgen früh passiert sowieso nichts. Aber morgen mußt du die Nerven behalten und mir vertrauen. Versprichst du mir das?«

»Ja, Mr. Macalister.«

»Nicht Mr. Macalister!«

Sie schenkte ihm ein schwaches Lächeln. »Ich vertraue dir ... Devon!«

Er wollte wieder protestieren, doch er ahnte, daß es zwecklos sein würde. »Ich komme mir vor wie in einem schlechten Traum, aus dem ich hoffentlich bald erwache. Du bist wirklich die ungewöhnlichste Frau, die ich bis jetzt kennengelernt habe.« Er warf ihr noch einen bedeutsamen Blick zu und verließ das Zelt.

Linnet konnte nicht einschlafen. Sie hatte sich schon mit ihrem Schicksal abgefunden, bevor dieser Mann ihr neue Hoffnung geschenkt hatte. Vielleicht wäre es besser gewesen, er hätte es nicht getan ... Denn jetzt würde alles nur noch schwerer zu ertragen sein. In der Morgendämmerung kam eine Indianerin in das Zelt und bedeutete Linnet durch Handzeichen, ihr zu folgen.

Draußen warteten noch mehr Indianerinnen auf sie. Sie lachten, als Linnets Knie nachzugeben drohten und pufften sie so heftig in die Seiten, daß sie hinfiel. Sie schleiften sie zu einem Baum, zogen ihre Arme nach hinten und banden sie fest um den Stamm. Keines der Kinder war zu sehen.

Zwei Indianer kamen auf sie zu. Sie waren mit einem Lendenschurz bekleidet, die Körper waren eingeölt. Linnets Augen hefteten sich auf den größeren Mann mit den blauen Augen. Zum ersten Mal sah sie Devon bei Tageslicht. Sein Gang war raumgreifend, und unter seiner dunklen Haut spielten kräftige Muskeln.

Auch Devon musterte die Frau, für die er sein Leben aufs Spiel setzen wollte, prüfend. Er war ein wenig enttäuscht. Ihre zarten Gesichtszüge wurden durch die verschwollene Wange und tiefe Augenringe entstellt. Haut und Haare waren mit stinkendem, ranzigem Bärenfett verschmiert. Doch die Augen, die zu ihm aufsahen, wirkten klar und hatten die Farbe von poliertem Mahagoni.

Kurz bevor er sie erreichte, riß eine Indianerin Linnet das Hemd vom Leib und entblößte ihre Brüste. Vergeblich versuchte Linnet, sich nach vorn zu beugen, um sie vor den neugierigen Blicken zu schützen. Devon stand direkt vor ihr, und sie starrte ihn unverwandt an, obwohl die Alte neben ihr lachte und immer wieder von ihr zu Devon wies.

Sie blickte in sein Gesicht, bemerkte, daß Devon der Alten zunickte, und dann trafen sich ihre Augen ... Sofort erwachten Linnets Lebensgeister wieder, als hätte Devon ihr von seiner Kraft etwas abgegeben.

»Hab keine Angst«, murmelte er und legte seine Hand auf ihre Schulter. »Die Indianer bewundern deinen Mut.« Seine Hand wanderte nach unten, und sie erschrak, als er ihre Brust umfaßte. Ihr stockte der Atem, doch sie hielt seinem Blick stand.

Devon ließ die Hand sinken und lächelte ihr zu. »Ich hoffe, daß du für gewöhnlich sauberer bist als jetzt. Ich glaube nämlich nicht, daß ich eine Lehrerin ertragen könnte, die so stinkt wie du.«

Er zog das Hemd wieder über ihre Brüste, nickte der alten Frau zu und stellte sich wieder neben den Indianer.

Die Frau fing wieder an zu gackern und wies auf den anderen Mann. Doch dessen Augen funkelten Linnet böse an, er spuckte vor ihr aus und drehte ihr den Rücken zu.

Linnet war sich nicht ganz sicher, was nun geschah. Die beiden Männer gingen auf der Lichtung in Stellung, und ein Strick wurde so um ihre Knöchel gewunden, daß sie sich nicht mehr als höchstens einen Meter voneinander entfernen konnten. Linnet zog scharf den Atem ein, als jedem der beiden Männer ein Messer gegeben wurde.

Die Kämpfer umkreisten sich gegenseitig. Das Messer blitzte in der Sonne, als der Indianer mit einer raschen Bewegung Devons linken Arm von der Schulter bis zum Ellenbogen aufschlitzte. Devon schien die Verwundung gar nicht wahrzunehmen und versuchte, seine Waffe in den Bauch seines Gegners zu bohren.

Linnet beobachtete die Geschmeidigkeit und die Stärke des Mannes, der für sie sein Leben aufs Spiel setzte. Er war weder ein Weißer noch ein Indianer — er besaß sowohl die Geschicklichkeit eines zivilisierten als auch die Naturverbundenheit eines wilden Mannes.

Devon schlitzte die Schulter des Mannes auf, wobei er die Wirbelsäule nur knapp verfehlte. Der Indianer machte einen Ausfallschritt, und Devon wich zur Seite aus. Der scharfe Ruck riß beide Kämpfer zu Boden. Sie wälzten sich im Gras, und die Messer waren nicht mehr zu sehen. Plötzlich — Devon lag unter dem Indianer — erstarrten sie in ihrer Bewegung.

Auf der Lichtung war es totenstill. Linnet hielt den Atem an.

Der Indianer bewegte sich, und sie konnte den Triumph der Frauen nahezu spüren. Es schien Ewigkeiten zu dauern, ehe sich der Indianer von Devons Körper löste.

Linnet begriff langsam, daß Devon den leblosen Körper seines Gegners von sich schob. Sie sah ihn noch immer ungläubig an, als Devon den Strick an seinem Knöchel durchschnitt, aufsprang und auf sie zueilte. Er löste ihre Fesseln.

»Folge mir«, befahl er mit kalter, stählerner Stimme.

Sie zog das Hemd über der Brust zusammen und strengte sich an, um seinen stürmischen Schritten folgen zu können. Mit einer einzigen Bewegung setzte er sie in den Sattel eines mächtigen Wallachs und sprang dann hinter ihr auf. Seine Arme umschlangen sie — eine Hand hielt die Zügel, die andere lag an ihrer Taille. Sie begutachtete den Schnitt an seinem linken Arm und stellte erleichtert fest, daß er nicht sehr tief war.

Sie ritten, so schnell das Pferd konnte — immerhin mußte es zwei Reiter tragen. Linnet hielt sich aufrecht, weil sie dem Mann hinter ihr nicht noch eine zusätzliche Last sein wollte. Am Nachmittag gelangten sie an einen Bach und machten Rast. Devon hob sie vom Pferd und setzte sie zu Boden, während sie die Enden ihres Hemdes über dem Bauch verknotete.

»Glaubst du, daß sie uns folgen?«

Er beugte sich über den Bach und ließ das kalte Wasser über seinen verletzten Arm laufen. »Ich bin mir nicht sicher, aber ich will mich auch nicht nur auf mein Glück verlassen. Dieser Haufen da ist kein richtiger Indianerstamm. Sie haben keinen Funken Ehre im Leib. Ein Shawnee hält sein Wort — aber diese Männer nicht. Das heißt, ich bin mir nicht sicher, ob sie es tun.«

»Moment, ich helfe dir.« Sie riß einen Streifen Stoff von ihrem Unterrock, tauchte ihn ins Wasser und wusch die Wunde aus. Während sie den Stoff um den Schnitt wickelte, sah sie zu ihm auf und bemerkte, daß er ihre Brüste anstarrte. Sofort zog sie das Hemd enger zusammen.

Er sah weg. »Du brauchst nichts zu fürchten. Noch bin ich nicht so tief gesunken wie Crazy Bear, obwohl ich so aussehe wie einer dieser Halunken.«

Sie war froh, das Thema wechseln zu können. »Du siehst ihnen wirklich ähnlich, Devon — wenn man deine blauen Augen nicht sieht, könnte man dich für einen Indianer halten.«

Er hatte sich noch immer nicht daran gewöhnt, daß sie ihn Devon nannte — noch nie in seinem Leben war er bei diesem Namen gerufen worden. »Ich werde mich daran erinnern, wenn ich das nächste Mal in der Wildnis schlafe. Komm jetzt, ehe es dunkel wird sollten wir noch ein paar Meilen weiterkommen.«

Er trat zu dem Pferd, nahm ein Stück Dörrfleisch aus der Satteltasche und gab es ihr. »Die Indianer nannten dich ›Little Bird‹ — kleiner Vogel. Der Name paßt zu dir, denn du bist so zart gebaut wie ein Vogel.«

»Kleiner Vogel.« Ein seltsames Lächeln spielte um ihre Lippen, als würde sie sich über einen höchst privaten Scherz amüsieren.

»Es ist eine Ehre, daß sie dir einen Namen gegeben haben«, erklärte Devon, als er sie aufs Pferd hob. »Sie tun das nicht oft bei Gefangenen.« Er legte die Arme um sie und nahm die Zügel auf. »Wie heißt du eigentlich wirklich?«

»Linnet. Du wirst es nicht glauben, aber das ist die englische Bezeichnung für einen Hänfling.«

»Du meinst...«

»Genau. Einen kleinen Vogel.«

Devon lachte herzlich, sie lehnte sich an ihn. »Du bist doch...«

»Laß mich raten — die ungewöhnlichste Frau, die und so weiter... Obwohl ich nie ganz verstehen werde, was du eigentlich damit meinst.«

»Es soll heißen, daß du die seltsamste Frau bist, der ich je begegnet bin.«

Sie wußte nicht, warum diese Feststellung sie so froh machte, aber es war in der Tat so.

2

Sie ritten schweigend weiter, bis die einbrechende Dämmerung sie zwang, an einem Bach anzuhalten. »Wir werden hier übernachten«, erklärte Devon, als er ihr vom Pferd half.

Linnet wundert sich selbst darüber, wie selbstverständlich sie seine Hilfe akzeptierte.

»Bleib hier. Ich gehe ein Stück zurück und versuche herauszufinden, ob wir verfolgt werden. Hast du Angst, eine Weile allein zu bleiben?« Er grinste sie fröhlich an, weil er wußte, wie absurd seine Frage war.

Als Devon außer Sichtweite war, setzte sich Linnet hin und ruhte sich ein wenig aus. Ihr Kopf juckte, sie kratzte sich und betrachtete dann voller Abscheu den schwarzen, klebrigen Schmutz unter ihren Fingernägeln. Seufzend stand sie auf, um Reisig für ein Feuer zu sammeln.

Als Devon zurückkehrte, hatte sie bereits das Pferd abgesattelt und ein gemütliches Lager errichtet.

»Ich habe das Feuer noch nicht angezündet, weil ich nicht sicher war, ob wir das riskieren können.«

»Sehr gut, aber die Leute von Crazy Bear sind offensichtlich zu faul, um hinter uns herzujagen. Sie haben ja die Kinder, und die wollten sie ja ursprünglich auch.«

»Crazy Bear — verrückter Bär —, war das der Mann, den du...?«

»Nein, mein Gegner hieß Gefleckter Wolf.« Er sah sie prüfend an, während er das Feuer anfachte.

»Es tut mir leid, daß du...«

»Ach was, darüber brauchen wir nicht mehr zu reden. Es ist vorbei und vergessen. Komm lieber her, damit ich mir die Wunde an deiner Lippe ansehen kann.«

Sie ging zu ihm und ließ sich zu seinen Füßen nieder. Er berührte vorsichtig ihr Gesicht und strich mit den Fingern prüfend über die Wangenknochen und den Kiefer.

»Mach den Mund auf«, befahl er.

Sie gehorchte und sah auf seine Stirn, während er sie untersuchte.

»Gut. Scheint kein Knochen gebrochen zu sein. Hast du sonst noch irgendwelche Verletzungen? Tut dir was weh?«

»Meine Rippen, aber die sind nur geprellt.«

»Laß mich lieber mal nachsehen. Wahrscheinlich sind sie alle gebrochen, und du hast keinen Ton gesagt.« Er hob das zerfetzte Hemd hoch und tastete mit festem Griff über ihren Brustkorb. Als er seine Untersuchung beendet hatte, ließ er sich erleichtert zurücksinken. »Scheint wirklich nichts gebrochen zu sein. Wenn ich's nicht besser wüßte, würde ich dich wirklich für ein Kind halten. Ich habe ein paar Vögel mitgebracht, die wir braten können — vielleicht bekommst du mit der Zeit ein bißchen Fleisch auf die Rippen.«

»Vögel?« fragte sie und band das Hemd wieder vor dem Bauch zusammen. »Ich habe aber keinen Schuß gehört.«

»Man kann auch auf andere Art und Weise jagen. Es geht auch ohne Gewehr. Während du anfängst zu kochen, werde ich mich ein bißchen am Bach unten waschen.«

Linnet sah sehnsüchtig auf das Wasser. »Ich würde auch gern baden.«

Er schüttelte den Kopf. »Ich glaube, du wirst ein bißchen mehr als klares Wasser brauchen, um diesen Dreck runterzukriegen.«

Sie blickte auf den zerlumpten Rock, das zerrissene Hemd und ihre schmutzige, mit Fett beschmierte Haut. »Sehe ich wirklich so schrecklich aus?«

»Ich habe schon alte Krähen gesehen, die hübscher waren als du.«

Sie schnitt eine Grimasse. »Dann verstehe ich nicht, warum du soviel riskiert hast, um mich zu retten. Du hättest ums Leben kommen können, Devon.«

»Eigentlich verstehe ich mich selbst nicht«, erwiderte er ernsthaft, als er ihr die toten Vögel zuwarf. »Du weißt doch, wie man sie zubereitet, nicht wahr?«

Zum ersten Mal lächelte sie ihn richtig an und zeigte dabei perlweiße Zähne. »Gott sei Dank, kann ich kochen.«

Ihr Lächeln erinnerte Devon daran, daß sie noch andere Zeichen weiblicher Eigenschaften unter dem Schmutz versteckte. Er drehte sich rasch um und machte sich an den Satteltaschen zu schaffen. Dann klemmte er ein Bündel unter den Arm und ging zum Bach.

Als er zurückkehrte, starrte Linnet ihn verblüfft an. Er sah ganz verändert aus. Er trug jetzt dunkelblaue Baumwollhosen, und ein grobgewebtes Hemd bedeckte seine breiten Schultern. Sein indianisches Aussehen war mit den Lederhosen und der Halskette verschwunden. Übriggebliebenen waren nur seine kühne Adlernase, ein markantes Profil und das dunkle, glatte Haar. Er lachte, als er sich am Feuer niederließ. »Jetzt fühle ich mich wieder wie ein zivilisierter Mensch.«

Sie strich sich über die Haarsträhnen, die an ihrem Kopf klebten. »Das ist mehr, als ich von mir behaupten kann.«

»Wenn ich deinen Gestank aushalten kann, wirst du es ja wohl auch können.«

Sie machten sich hungrig an die gebratenen Vögel. Das Geflügel schmeckte köstlich nach dem Dörrfleisch und dem faden Maisbrei. Nach dem Essen schob Devon Laub zusammen und bereitete daraus zwei Betten vor, die ein paar Meter voneinander entfernt waren. Er reichte ihr eine Decke.

»Die wird nicht mehr zu gebrauchen sein, nachdem ich darunter geschlafen habe«, lachte sie.

Devon sah sie mit einem seltsamen Glitzern in den Augen an. Im silbrigen Mondlicht war kaum noch zu erkennen, wie schmutzig sie war. »Das bezweifle ich«, meinte er ruhig.

Linnet sah in seine Augen, und einen Augenblick lang empfand sie fast so etwas wie Furcht vor diesem Mann, dem sie doch soviel zu verdanken hatte. Sie wandte sich ab und legte sich hin. Sie war so müde, daß sie einschlief, bevor sie Zeit hatte, ihre unbestimmte Angst näher zu ergründen.

Als sie erwachte, war sie allein. Das Knacken eines brechenden Zweiges ließ sie herumfahren. Devon stand am Rand der kleinen Lichtung und hielt ein totes Kaninchen in der Hand. »Frühstück«, rief er fröhlich. »Aber heute morgen werde ich kochen!«

Sie lächelte ihm zu, ging hinunter zum Bach und war fest

entschlossen, sich heute zu säubern. Nach ein paar Minuten gab sie ihre Bemühungen allerdings auf. Der klebrige Dreck schien durch die Berührung mit Wasser nur noch hartnäckiger zu werden. Sie kehrte zu ihrem Lagerplatz zurück.

Devon sah ihr entgegen und brach in schallendes Gelächter aus. Aber er verstummte sofort, als er merkte, daß sie den Tränen nahe war, und ging zu ihr. Mit einem Zipfel seines Hemdes wischte er über ihr verschmiertes Gesicht. »Es ist kaum zu glauben, aber das Wasser hat alles noch schlimmer gemacht. Ich hoffe, daß die Leute in Sweetbriar dich überhaupt für ein menschliches Wesen halten.«

Linnet blickte zu Boden. »Tut mir leid, daß ich so widerlich aussehe.«

»Komm, setz dich und iß was. Ich für mein Teil habe mich schon an dich gewöhnt.«

Sie setzte sich und biß in eine Kaninchenkeule. Als ihr der Fleischsaft übers Kinn lief, wischte sie ihn ab und grinste ihn an. »Vielleicht sollte ich für unsere nächste Mahlzeit hinter den Tieren herlaufen und sie zu Tode erschrekken.«

Devon lachte mit. »O ja – dazu wärst du glatt imstande!«

Den ganzen Tag über ritten sie in scharfem Tempo, und Linnet hatte Mühe, die Augen offenzuhalten.

Nachmittags sagte Devon: »Du mußt sehr müde sein.«

Sie zuckte nur mit den Achseln. »Ich halte schon noch ein wenig durch.«

»Das ist gut. Dann können wir heute noch Sweetbriar erreichen.«

»Sweetbriar?«

»Da wohne ich. Über hundert Morgen bestes Land — das schönste, das du je gesehen hast!« Er reichte ihr noch ein Stück Fleisch.

»Lebst du dort allein?«

»Nein. Es ist beinahe eine Stadt«, erklärte er lachend. »Da gibt es die Emersons, die Starks, die Tuckers — alles nette Leute. Du wirst sie sicher mögen.«

»Heißt das, daß ich auch da leben soll?«

»Aber sicher, du sollst mir doch das Lesen beibringen. Du hast doch unsere Abmachung nicht vergessen, oder?«

Sie lächelte, weil sie wirklich nicht mehr daran gedacht hatte. »Nun, das scheint mir eine leichte Aufgabe zu sein.«

Sie kamen am späten Abend in Sweetbriar an. Linnet war erschöpft und müde, jede Faser ihres Körpers schmerzte. Sie konnte nur flüchtige Blicke auf ein paar festgefügte Blockhäuser werfen, bevor Devon die Arme nach ihr ausstreckte und sie sich dankbar hineingleiten ließ. Er trug sie auf eine Hütte zu.

»Devon, bitte! Ich kann ganz gut selbst gehen. Ich bin nur ein bißchen müde!«

»Nach allem, was du durchgemacht hast, wundert es mich, daß du überhaupt noch deine Augen offenhalten kannst. Gaylon!« brüllte er über ihren Kopf hinweg. »Mach die Tür auf und laß mich rein!«

Die Tür öffnete sich. Im Türrahmen erschien ein alter Mann mit gerunzelter Stirn. »Wo kommst du denn um diese Zeit her, und was hast du da auf dem Arm?«

»Das ist eine Frau.«

Der dicke alte Mann hob eine Lampe hoch und leuchtete in Linnets Gesicht, und sie blinzelte, weil das grelle Licht sie blendete.

»Sieht nicht gerade nach etwas aus«, urteilte der Alte.

»Ich bin Linnet Blanche Tyler, Mr. Gaylon, und ich freue mich sehr, Sie kennenzulernen.« Sie streckte ihm ihre Hand entgegen.

Der alte Mann sah sie verwundert an — ein dreckiges, zerlumptes Mädchen, das im Arm eines Mannes lag, benahm sich, als würde sie gerade dem Präsidenten der Vereinigten Staaten vorgestellt. Er sah ungläubig zu Devon, der ihn fröhlich angrinste. »Na, ist sie nicht was ganz Besonderes? Genauso hat sie sich benommen, als ich sie im Lager von Crazy Bear gefunden habe.«

»Crazy Bear! Der hat sie dir doch bestimmt nicht einfach so überlassen, bloß weil du gefragt hast!«

»Natürlich nicht. Das beweist die Wunde an meinem Arm.«

»Devon, würdest du mich bitte absetzen?«

Gaylon starrte sie an. »Mit wem redet sie?«

»Mit mir!« gestand Devon verlegen. »Sie nennt mich Devon.«

»Wie kommt denn das?«

»Weil ich so heiße, du altes Huhn! Devon Macalister.«

»Also, für mich warst du immer nur Mac.«

»Du kannst dich ja mit ihr mal darüber unterhalten«, grunzte Devon und setzte Linnet ab. »Geh und hol Agnes rüber! Sie wird das Mädchen mögen, weil sie so ein feines Englisch spricht, Manieren und das alles hat.«

»Ach, deshalb spricht sie wohl so komisch?«

»Ja deshalb! Nun los, hol Agnes und beeil dich!«

Er führte Linnet zu einem Stuhl, der vor dem Kamin stand. Dankbar setzte sie sich. Sie konnte sich nicht erinnern, je zuvor so erschöpft gewesen zu sein.

»Agnes wird in einer Minute hier sein und sich um dich kümmern«, versicherte Devon Linnet, während er das Feuer neu entfachte.

Noch während er sprach, betrat eine Frau den Raum — zumindest schien es Linnet so, als sie fast schon schlafend aufschaute. Die Frau war groß, und ihre roten Wangen zeugten von häufigem Aufenthalt im Freien. Über ihr Nachthemd hatte sie einfach einen Männermantel geworfen. Sie wirkte sauber und frisch, und Linnet fühlte sich noch schmutziger als zuvor.

»Mac, was für ein Zeug hat mir Gaylon da eben erzählt?«

Linnet erhob sich. »Ich fürchte, ich bin die Ursache all

dieser Schwierigkeiten. Devon hat mich vor den Indianern gerettet, und ich bedaure, daß ich Ihnen ungelegen bin und Ihnen zur Last falle.«

Agnes lächelte das schmutzige Mädchen mütterlich an, während Devon und Gaylon wissende Blicke tauschten.

»Sie hat in den letzten Tagen weder viel gegessen noch genügend Schlaf gehabt. Sie hat eine harte Zeit durchgemacht«, erklärte Devon.

»So wie sie aussieht, klingt das wie eine Untertreibung. Ich nehme sie mit zu mir. Wie heißt du?«

»Linnet Blanche Tyle«, antwortete Devon an ihrer Stelle. »Paß bloß auf sie auf, sonst führt sie deinen Haushalt, ehe du dich auch nur umgedreht hast.«

Linnet schaute verwirrt zu Boden.

»Komm nur mit mir, Linnet. Hör' nicht auf diese beiden Dummköpfe. Was möchtest du zuerst — essen oder schlafen?«

»Am liebsten würde ich baden!«

»Das kann ich gut verstehen«, schmunzelte Agnes.

Kurze Zeit später schlüpfte Linnet dankbar in das frischbezogene Bett. Sie hatte sich von Kopf bis Fuß abgeschrubbt, bis Agnes sie gebremst hatte. Dann hatte sie vier Spiegeleier und zwei riesige Scheiben geröstetes Brot, die dick mit Butter bestrichen waren, vertilgt. In einem Nachthemd, das ihr um einiges zu lang war, streckte sie sich zufrieden aus und schlief sofort ein.

Als Linnet erwachte, war es ruhig im Haus, doch sie vermutete, daß es fast Mittag sein mußte. Sie gähnte und strich sich übers Haar, um sich zu vergewissern, daß es auch wirklich sauber war. Dann kroch sie aus dem Bett und schlich zur Leiter des Dachbodens, um hinunterzuschauen. Die Haustür öffnete sich, und Agnes trat ein.

»Bist du wach? Das ist schön. Ganz Sweetbriar stirbt vor

Neugier, weil die Leute die Frau kennenlernen wollen, die Mac mitgebracht hat. Ich war gerade bei Tuckers drüben. Ihre Tochter Caroline hat mir ein Kleid gegeben, das dir eigentlich passen müßte. Komm runter, dann können wir es anprobieren.«

Linnet kletterte die steile Leiter hinunter. Dabei mußte sie ihr langes Nachthemd raffen.

Agnes hielt das Kleid prüfend vor Linnet. »Genau, wie ich es mir gedacht habe — über der Brust müssen wir es wohl etwas weiter machen. Du setzt dich jetzt hin und frühstückst, während ich es ändere. Es dauert nicht länger als eine Minute.«

Linnet aß Maismehlkuchen mit Schinken und Honig, während sich Agnes an dem Baumwollkleid zu schaffen machte.

»Sichst du? Schon erledigt. Zieh es mal an.« Sie streifte Linnet das Kleid über und lächelte sie dann an. »Ich denke, Mac wird sehr überrascht sein, wenn er sieht, was er da mitgebracht hat.«

»Sehe ich wirklich so anders aus?«

»Liebes, wenn ich mich eine Stunde lang im Dreck wälzen würde, dann wäre ich immer noch hübscher als du gestern abend. Laß mich dein Haar bürsten.«

»Agnes, du darfst mich nicht so verwöhnen! Bitte, laß dir von mir helfen!«

»Du hast dich schon letzte Nacht oft genug bedankt. Sieh mal, es macht mir Freude, mich um dich zu kümmern. Ich hatte nie eine Tochter.« Agnes trat einen Schritt zurück und bewunderte ihr Werk. Linnets tiefgoldenes Haar floß in schweren Locken den Rücken hinunter. Lange dunkle Wimpern umrahmten schwer und seidig die großen Augen, deren faszinierendes Leuchten einen förmlich dazu zwang, sie anzuschauen und herauszufinden, welche Farbe sie hatten.

Agnes betrachtete Linnets schmale, appetitlich gerundete

Figur in dem gutsitzenden Kleid. »Du wirst Corinne ganz hübsch durcheinanderbringen.«

»Corinne?«

»Die älteste Tochter der Starks. Seit sie zwölf ist, ist sie hinter Mac her. Jetzt, da sie kurz davorstand, ihn endlich zu bekommen — da taucht hier jemand wie du auf.«

»Mac? Ach, du meinst Devon. Hat er dir nicht erzählt, daß ich ihm Lesen beibringen soll? Aus dem Grund hat er mich doch hierhergebracht.«

»Wirklich? Nun, ich hätte es ihm auch beibringen können... Aber ist ja auch egal. Laß uns jetzt gehen. Ich kann es kaum erwarten, Macs Gesicht zu sehen.«

Das Haus von Agnes Emerson lag etwas über eine Meile von der Lichtung entfernt, auf der Devons Handelsposten und die anderen Blockhütten standen. Als die Frauen dort ankamen, stand eine Gruppe, die hauptsächlich aus Kindern bestand, vor der Tür und wartete auf die Frau, die Mac hierhergebracht hatte. Den ganzen Morgen war über das Ereignis ausgiebig getratscht worden, und Gaylon hatte sich alle Mühe gegeben, Linnets Ankunft in den schillerndsten Farben auszumalen.

»Sie sieht nicht so aus, wie Mac behauptet hat«, meinte eine Stimme in Linnets Rücken.

Sie drehte sich herum und bemerkte einen etwa siebenjährigen Jungen mit schmutzigem Gesicht. Aus seiner Hosentasche hing ein Stück Schnur. »Was hat er denn gesagt?« fragte sie.

»Er sagte, du wärst die tapferste Frau, die er je gesehen hat.«

Linnet lächelte. »Er kennt mich nicht sehr gut, weißt du. Ich hatte soviel Angst, daß ich keinen Mucks von mir gegeben habe. Aber er ist sehr mutig. Bestimmt möchtest du etwas über seinen Kampf mit Gefleckter Wolf erfahren.«

»Mac hat mit einem Indianer gekämpft?«

»Ja, das hat er.«

»Du redest so komisch. Wie kommt das?«

»Ich komme aus England.«

»Ach so. Ich muß jetzt gehen. Bis bald!«

Agnes legte den Arm um Linnet. »Komm. Und ihr —« sie wandte sich an die Kinder, »hört sofort auf, sie anzustarren, als ob sie ein seltenes Tier wäre! Komm, ich will dich Mac zeigen.«

Das Blockhaus war L-förmig gebaut und sehr geräumig. Devon stand mit dem Rücken zur Tür in seinem Laden. Er unterhielt sich mit einem dunkelhaarigen Mädchen, das eine sehr ansehnliche Figur hatte.

Das Mädchen brach mitten im Satz ab und starrte fassungslos auf Agnes und Linnet, die im Türrahmen standen. Devon drehte sich ebenfalls um, sah sie an, und seine Augen weiteten sich erstaunt.

»Warum sagst du nichts? Na, ist das ein kleiner Unterschied zu dem stinkenden Bündel Lumpen, das du mir gestern nacht mitgegeben hast?« In Agnes Augen tanzten Funken.

Devon blieben die Worte im Hals stecken. Linnet war sehr, sehr schön. Ein zartgeschnittenes, kleines Gesicht mit riesengroßen Augen, einer zierlichen Nase und weichen Lippen, die zu einem sanften Lächeln geschwungen waren. Er wußte nicht genau, warum, aber er fühlte sich irgendwie betrogen. Warum hat sie mir nicht gesagt, daß sie so verdammt hübsch ist? dachte er ärgerlich. Sie hätte es ihm ja gar nicht beschreiben müssen, aber wenigstens eine Warnung aussprechen können!

»Ich glaube, er hat die Sprache verloren. Darf ich dir Corinne Stark vorstellen? Sie ist oft hier im Laden zu finden.« Der Ton in Agnes Stimme machte jedem klar, wie sie über Corinnes Vorwitzigkeit dachte.

Devon wandte seinen Blick von den Frauen ab; er starrte auf einen großen Tisch, der mit Pelzen bedeckt war. »Agnes, warum bringst du sie nicht zum Blockhaus vom alten Luke? Man müßte es nur gründlich putzen, dann hätte Linnet ein Dach über dem Kopf.«

Linnet sah Agnes fragend an. Sie war unsicher, weil Devon sich so abweisend verhielt. Doch Agnes hielt den Blick stur auf Devons breiten Rücken gerichtet und sagte: »Ich hab' zuviel mit meinem eigenen Haushalt zu tun. Geh du doch und zeig's ihr.«

Corinne lächelte und wandte sich honigsüß an Devon: »Ich werde dich begleiten, Mac.«

Agnes musterte Corinne mit einem kühlen Lächeln. »Ach, Corinne, Schätzchen, ich brauche dringend deine Hilfe. Deine Mutter hat mir ein Muster für eine Steppdecke gegeben, und jetzt komme ich mit dem Weben nicht zurecht. Deine Mutter meinte, du wärst die richtige Person, um mir zu helfen.«

Corinne blitzte Agnes wütend an. »Das könnte ich ja auch ein andermal machen.«

Agnes' Blick schien das Mädchen förmlich aufzuspießen. »Ich kann über meine Zeit nicht so frei verfügen wie du. Heute morgen könnte ich deine Hilfe gebrauchen.«

Corinne wußte, daß sie verloren hatte. Sie senkte ergeben den Kopf und sandte noch einen letzten Blick zu Devons breitschultriger Gestalt hinüber. Dann folgte sie Agnes.

Jetzt waren die beiden allein im Laden, doch Devon drehte Linnet immer noch den Rücken zu. Sie ging zu ihm. »Devon?«

Er drehte sich um, vermied aber ihren Blick und schaute in unbestimmte Fernen. »Wenn wir uns das Blockhaus ansehen wollen, sollten wir besser gehen. Ich habe noch eine Menge zu tun.« Er marschierte einfach los, und Linnet hatte Mühe, mit ihm Schritt zu halten.

3

Die Hütte, die nur wenige Meter von dem Laden entfernt lag, war eine halbe Ruine. Durch ein großes Loch im Dach fiel Sonnenlicht in den Innenraum. Devons und Linnets Eintritt scheuchte ein paar Hühner auf, die im Kamin gebrütet hatten. Flughörnchen stürmten in Scharen durch die zerbrochenen Fensterscheiben. Devon scheuchte die Tiere, deren wildes Flügelschlagen Unmengen von Staub aufwirbelte, wütend aus dem Raum. »So sieht's hier also aus. Ich gebe ja zu — es ist nicht grad ein Palast, aber mit ein bißchen Arbeit kann man es sich hier ganz gemütlich machen. Du scheust doch vor Arbeit nicht zurück, oder hast du dich jetzt ganz und gar in eine englische Lady verwandelt?«

Sie lächelte zu ihm auf, und er dachte an die zwei Nächte, die sie allein in der Wildnis verbracht hatten. Es ist schon ein Segen, daß sie da nicht so ausgesehen hat wie jetzt, dachte er und sah weg.

»Devon, bist du böse auf mich?«

»Warum sollte ich wohl böse sein? Aus welchem Grund sollte ich wohl wütend auf dich sein? Ich habe gehört, daß selbst der kleine Jessie Tucker zu der Schar deiner Anbeter zählt, obwohl dieses Kind normalerweise um jede Frau einen Riesenbogen macht. Nein, es gibt wahrhaftig keinen Grund, böse auf dich zu sein!« Er setzte sich auf eine Bank und wirbelte dabei eine Staubwolke auf.

Sie blinzelte ihn an. »Wie geht es deinem Arm?«

»Mein Arm ist in Ordnung.«

»Darf ich mir die Wunde noch einmal anschauen?«

»Ich möchte nicht bemuttert werden, besonders von ...«

Linnet wandte sich um, sie hatte keine Ahnung, warum er so schroff war, aber sie war nicht gekränkt.

Devon musterte eingehend die Spitze seines Stiefels und war so wütend auf sich selbst, weil er so giftig reagiert hatte, und genau das machte ihn noch zorniger. »Verdammt!« brach es aus ihm heraus.

»Wie bitte?«

Er sah sich in der verwahrlosten Hütte um. »Von was willst du eigentlich leben? Hast du überhaupt schon mal drüber nachgedacht?«

»Nein, noch nicht. Ich hatte überhaupt keine Gelegenheit dazu. Bis jetzt hat immer jemand für mich gesorgt — zuerst du, dann Agnes. Natürlich hast du Agnes erzählt ...«

Er unterbrach sie: »Also, soweit ich mich erinnere, hatten wir vereinbart, daß du mir das Lesen beibringst. Du kannst hier in dieser Hütte bleiben, aber Essen und Kleidung kann ich dir nicht bezahlen.«

»Das erwarte ich auch gar nicht von dir. Du hast schon viel zuviel für mich getan.«

Er bemerkte, daß das grelle Sonnenlicht den Raum überflutete. Der Staub schien Linnet in einen schimmernden Strahlenkranz einzuhüllen. Ihre großen Augen blickten ihn an, und sie schien ganz einverstanden damit zu sein, daß er sich weigerte, für sie aufzukommen. Sie würde nie mehr verlangen, als er freiwillig geben würde.

Sie lächelte wieder, ihre Augen schimmerten im Sonnenlicht. »Wer kocht eigentlich für dich, Devon?«

Er brauchte einen Augenblick, ehe er antworten konnte: »Gaylon — sofern man seine seltsamen Versuche überhaupt als Kochen bezeichnen kann. Manchmal hat eine der Frauen Mitleid mit mir und lädt mich zum Abendessen ein.«

»Ich möchte dir einen Handel vorschlagen.«

»Mit was kannst du denn handeln? Sogar das Kleid, das du trägst, ist geborgt.« Unwillkürlich sah er sie genauer an, und er wußte, daß dieses Kleid noch nie so schön ausgesehen hatte.

»Ich kann kochen. Wenn du mir die Zutaten besorgst, werde ich für dich die Mahlzeiten zubereiten. Und wenn du Kleidung und Wäsche brauchst, werde ich dir Hemden nähen. Als Lohn darf ich mir Stoff für Kleider aussuchen. Ist das nicht ein faires Angebot?«

Mehr als fair, mußte er sich eingestehen. »Und wer sorgt für dein Feuerholz?«

»Das kann ich selbst machen. Ich bin kräftig genug.«

Sie schien alles andere als kräftig zu sein. Er schüttelte den Kopf und mußte lächeln. »Ich könnte darauf wetten — wenn man dich in einen Misthaufen werfen würde, kämst du heraus und würdest immer noch nach Rosen duften.«

Sie erwiderte sein Lächeln. »Das habe ich in den letzten Tagen bewiesen, glaube ich.« Sie legte ihre Hände an den Kopf. »Es ist herrlich, wieder sauber zu sein und frische Kleidung zu tragen.« Linnet strich über den Baumwollrock. »Du hast noch gar nicht gesagt, Devon, wie ich aussehe. Warst du sehr überrascht, daß ich nicht mehr das verwahrloste Kind bin?« Sie strich sich eine Haarsträhne aus dem Gesicht. »Es ist wundervoll, daß ich mein Haar wieder berühren kann, ohne fettige Finger zu bekommen.«

Das glitzernde Goldgespinst auf ihrem Kopf zog ihn unwiderstehlich an, und er nahm eine Strähne in die Hand und rieb sie zwischen den Fingern. »Ich hätte nie gedacht, daß es blond ist. Es war so dunkel.« Als er ihr lächelndes Gesicht sah, verflog auch der Rest seiner Wut. »Linnet, als ich dich heute morgen sah, warst du ein ganz anderer Mensch. In dem Indianerzelt habe ich ein stinkendes, schwarzes Bündel vorgefunden ... Aber ... Komm, laß uns hier Ordnung schaffen.«

»O nein!« widersprach sie rasch. »Jetzt, da wir uns einig sind, müssen wir uns um die Kinder kümmern.«

Mac war sich nicht sicher, ob er sie richtig verstanden hatte: »Die Kinder?«

»Die Kinder, die Crazy Bear gefangenhält natürlich! Wir können sie doch nicht bei ihm lassen.«

»Moment mal! Du weißt nicht, wovon du redest. Wir haben gelernt, daß es besser ist, die Indianer in Ruhe zu lassen, dann haben wir auch unseren Frieden.«

»Frieden!« zischte sie. »Sie haben meine Eltern ermordet, und jetzt haben sie die Kinder in ihrer Gewalt! Ich kann die Kleinen unmöglich dort lassen! Ich muß sie zu ihren Verwandten bringen!«

»Du! Du kannst sie also nicht dort lassen? Hast du denn schon vergessen, was diese Wilden dir antun wollten?«

»Nein«, sagte sie leise und schluckte. »Ich habe aber auch nicht vergessen, daß sie meine Eltern abgeschlachtet haben. Die Kinder können doch nicht bei solchen Unmenschen aufwachsen!«

Er ging einen Schritt auf sie zu. »Jetzt hör mir mal gut zu, Mädchen! Diese Kinder werden ein schönes Zuhause bekommen — denn es ist ganz und gar nicht schlecht, bei Indianern aufzuwachsen! Und was dich betrifft — wir hatten vereinbart, daß du mir Lesen beibringst. Ich habe mein Leben für eine Fremde riskiert. Aber ich werde es, verdammt noch mal, nicht für einen Haufen fremder Kinder aufs Spiel setzen!« Er drehte sich um und wollte gehen.

»Du brauchst mir nur ein Gewehr und ein Pferd zu leihen, dann erledige ich das allein. Ich bin nämlich ein sehr guter Schütze. Ich habe viel in Schottland gejagt und ...«

Er sah sie an, als ob sie den Verstand verloren hätte, und verließ die Hütte.

Linnet stand für einen Augenblick ratlos da und war nicht sicher, was sie jetzt tun sollte. Dann griff sie seufzend nach einem Scheuerlappen und fing an sauberzumachen. Sie hatte damit gerechnet, ihn überzeugen zu können, wenn sie ihm erklärte, daß sie mit einem Gewehr umgehen konnte. Doch vielleicht mußte er sich die ganze Sache nur noch einmal überlegen. Eigentlich glaubte sie nicht daran, daß die Indianer den Kindern etwas antun würden. Sie wußte nur eins ganz genau — die Kinder mußten befreit werden.

»Wie schön, daß Ihnen das Kleid paßt«, rief eine Stimme hinter ihr. Sie gehörte einem etwa vierzehnjährigen Mädchen, das genauso groß wie Linnet war. Ihr sommersprossiges Gesicht sah freundlich aus.

Linnet lächelte ihr zu: »Ich bin sehr dankbar, daß du es mir geliehen hast. Aber ich befürchte, daß es schmutzig wird. Ich bin Linnet Tyler.« Sie streckte dem Mädchen die Hand entgegen. Zuerst wußte das Kind offensichtlich nicht, wie es reagieren sollte, doch dann ergriff es die dargebotene Hand und schüttelte sie lächelnd.

»Ich heiße Caroline Tucker.«

»Tucker? Ich glaube, ich habe heute morgen deinen Bruder kennengelernt.«

»O ja, das war Jessie. Er hat von Ihnen gesprochen. Kann ich Ihnen helfen?«

»Das ist nicht nötig. Ich will hier nur ein wenig Ordnung schaffen, ich werde in dieser Hütte wohnen«, erklärte sie stolz.

Carolines Blick wanderte skeptisch durch die baufällige Hütte. Sie zweifelte daran, daß jemand imstande war, in diesem Schutthaufen zu leben. »Ich habe gerade nichts anderes zu tun«, sagte sie, während sie das Ende einer Bank ergriff, die Linnet hinaustragen wollte.

Die nächsten, die vor der Tür erschienen, waren die achtjährigen Zwillinge Eubrown und Lissie. Sie platzten fast vor Neugier und wollten unbedingt Macs Mädchen kennenlernen — nun ja, Mrs. Emerson hatte sie Macs Mädchen genannt. Corinne hatte schon die ganze Zeit Verwünschungen gegen sie ausgestoßen!

Es verbreitete sich wie ein Lauffeuer in Sweetbriar, daß Linnet sehr hübsch war. Bald fand sich die Mehrzahl der jungen Männer vor ihrer Hütte ein und boten eifrig ihre Hilfe bei der Renovierung des Häuschens an. Linnet verließ sie, um einen Eimer Wasser am etwa hundert Meter entfernten Bach zu holen. Sie kniete am Wasser, als sie auf einmal zwei Füße vor sich stehen sah. Sie hatte niemanden kommen hören. Vor ihrem inneren Auge erschien wieder das Schreckensbild ihrer ermordeten Mutter und der Indianer. Ihr Herz raste. Sie schaute auf, doch sie konnte das Gesicht des Mannes nicht genau erkennen, weil die Sonne sie blendete.

Sie stand auf. »Hallo, ich bin Linnet Tyler.« Sie streckte die Hand aus. Der Mann starrte sie sprachlos an. Er war eigentlich kaum mehr als ein Junge, dick und kräftig, mit krausen, braunen Haaren und einem großen Mund. Ein recht nett aussehender junger Mann.

»Sie sind das Mädchen, das Mac mitgebracht hat, nicht?« stellte er einfach fest.

»Ja, das bin ich, und wie heißen Sie?« Ihre Hand war immer noch ausgestreckt.

»Worth, Ma'am. Worth Jamieson. Ich wohne etwa fünf Meilen entfernt auf einer Farm. Ich bin zum Einkaufen hergekommen.«

Sie griff einfach nach seiner rechten Hand und schüttelte sie kräftig. »Sehr erfreut, Sie kennenzulernen, Mr. Jamieson.«

»Nennen Sie mich Worth, Ma'am.«

Linnet seufzte. Offenbar wollten diese Amerikaner immer gleich beim Vornamen genannt werden!

»Sie bewohnen die Hütte vom alten Luke?«

»Ja, das tue ich.«

»Lassen Sie mich das tragen. Sie sind zu zart, um solch schwere Sachen zu schleppen.« Er nahm ihr den vollen Wassereimer ab.

Sie lächelte ihn an. »Danke. Ich weiß zwar nicht, warum mich jedermann für hilflos hält, aber ich muß zugeben, daß ich es genieße.«

»Miss Linnet, Sie sind das hübscheste Mädchen, das ich je gesehen habe.«

Sie lachte. »Ich danke Ihnen! Nicht nur für Ihre freundliche Hilfe, sondern auch für das nette Kompliment. Lassen Sie mich den Eimer nehmen. Mein Fußboden muß dringend gescheuert werden.«

Worth überließ ihr den Eimer nicht, sondern trug ihn in die Hütte, stellte ihn ab und sah sich prüfend um. Dann ging er wieder hinaus. Ein paar Augenblicke später bemerkte Linnet zu ihrer Überraschung, daß er aufs Dach geklettert war, wo er das Loch zunagelte. Sie winkte ihm lächelnd zu, bevor sie sich dem schmutzverkrusteten Fußboden zuwandte.

»Hallo Mac. Hast du schon gesehen, was in der Hütte dieses Mädchens vorgeht? Da ist fast die ganze Stadt versammelt. Alle helfen ihr«, rief Doll Stark von seinem Lieblingsplatz am Kamin herüber.

»Ja, ich hab's bemerkt«, kam Macs widerwillige Antwort.

Gaylon hörte auf, einen Stock mit seinem Messer zu bearbeiten. »Worth Jamieson dichtet ihr Dach ab.«

»Worth?« fragte Doll. »Aber der Junge ist doch so scheu wie ein drei Tage altes Fohlen! Wie hat sie ihn dazu gebracht, sie nicht nur anzuschauen, sondern auch für sie zu arbeiten?«

Gaylons Mundwinkel zuckten. »Sie hat so was ganz Bestimmtes. Sogar der alte Mac hat einen Zweikampf mit einem von Crazy Bears Leuten ausgefochten, um sie zu retten. Und ich kann dir sagen — das, was er gesehen hat, war nicht so eine gutriechende Schönheit, wie sie es heute morgen ist!«

»Könnt ihr zwei nicht mal über was anderes als über Linnet reden?« fragte Mac, der hinter der Ladentheke an seinen Abrechnungen saß.

Gaylon und Doll wechselten einen bedeutungsvollen Blick.

»Wir könnten natürlich über das Wetter reden, aber das

ist nicht halb so interessant wie das kleine Ding, das du mitgebracht hast«, gab Gaylon zurück.

»Also, Mac, du solltest deiner Sache sicher sein, bevor Cord zurückkommt.«

»Cord?« fragte Devon begriffsstutzig.

»Ja, Cord«, erwiderte Gaylon. »Tu nicht so, als würdest du ihn nicht kennen. Der hat dir doch im letzten Winter das Trulock-Mädel ausgespannt.«

»Das war ganz anders! Außerdem — bloß weil ich Linnet hierhergebracht habe, gehört sie noch lange nicht zu mir!«

Dolls Mund verzog sich zu einem Grinsen. »Natürlich nicht. Sie hat viel zuviel damit zu tun, jeden Mann von sieben bis siebzig in unserer Gegend verrückt zu machen!«

Devon knallte das Rechnungsbuch zu. »Wenn das so ist, warum vergeudet ihr zwei hier eure Zeit? Geht doch zu ihr!«

»Das würde ich ja tun, aber ich hab' Angst, daß sie mir eine Arbeit zuteilt wie den anderen Hohlköpfen... Weißt du, ich bin aus dem Alter raus, in dem man einer Frau den Hof macht, und wenn ich Arbeit aus dem Weg gehen kann, dann tue ich es!« Doll blinzelte Gaylon vielsagend zu.

Mac ging mit langen Schritten zur Tür. »Gut, wenn ihr bleibt, dann gehe ich! Draußen atme ich wenigstens saubere Luft und niemand bläst mir die Ohren mit irgendwelchem Geschwätz voll!«

»Tu das ruhig, Junge. Aber nimm besser ein paar Nägel mit. Ich hab' gehört, daß sie da oben dringend Nägel brauchen!« rief Doll ihm noch hinterher, als er die Tür zuknallte.

Devon holte zuerst einmal tief Luft. Er lächelte, als er sich an die Worte der beiden alten Männer erinnerte. Die Sonne ging bald unter, und er mußte noch Wildbret für das Abendessen jagen. Der Gedanke an einen Abend allein mit Linnet zauberte ein breites Strahlen auf sein Gesicht...

Zwei Stunden später klopfte Devon an Linnets Tür. Er hielt zwei Kaninchen in der Hand. Sie öffnete sofort und begrüßte ihn freundlich. Ihre Wangen waren schmutzig.

»Wir sind gerade fertig geworden«, verkündete sie und griff mit zitternden Händen nach den Kaninchen.

Er bemerkte ihre Erschöpfung und führte sie zu einer Bank, die vor dem Kamin stand. »Setz dich hin und ruh dich aus. Ich werde für uns kochen.«

»Das ist aber gegen unsere Abmachung, Devon.«

»Ich denke, sie wollten dir helfen? Na, wahrscheinlich hast du den ganzen Tag geschuftet, und diese neugierigen Schwätzer haben dich ausgefragt. Dann sind sie alle brav nach Hause gegangen, um ihr Abendessen zu genießen.«

Sie lächelte ihm müde zu.

»Darüber darfst du nicht böse sein. Sie denken sich gar nichts dabei — sind einfach nicht dran gewöhnt, anderen zu helfen. Sie sorgen nur für sich selbst.«

»Nur ich kann das nicht. Ich bin eine große Belastung für dich, nicht wahr, Devon?«

»O nein, ganz und gar nicht! Du wirst es schon wieder gutmachen. Warte nur — es wird dich ganz schön viel Arbeit kosten, Buchstaben in diesen Holzschädel hineinzuprügeln!«

»Oh!« Sie setzte sich auf. »Deine Lesestunde!«

»Ich kann auf eine Lehrerin, die vor Müdigkeit bald umfällt, gut verzichten.«

»Nein, sieh dir mal dieses Holz genauer an.«

Er stand auf und betrachtete das Stück Holz, auf das sie mit Kohle einige Buchstaben geschrieben hatte.

»Das bedeutet Devon. Ich glaube, so schreibt man deinen Namen richtig.«

»Du weißt es nicht genau?« Ungläubigkeit und Enttäuschung spiegelten sich in seinem Gesicht.

»Man kann manchmal einen Namen auf verschiedene Arten buchstabieren. Deinen Vornamen kannte ich nicht, also mußte ich raten. Hast du vielleicht eine Geburtsurkunde? Da könnten wir nachsehen.«

»Eine was?« Vorsichtig steckte er das Holzstück in seine Tasche.

»Eine Geburtsurkunde! Das ist ein Stück Papier, auf dem der Arzt deine Geburt beglaubigt.«

Er stach mit einer Gabel in die auf dem Feuer schmorenden Kaninchen. Der Fleischsaft spritzte zischend in die Glut. »Als ich geboren wurde, war kein Arzt dabei. Nur meine Ma und eine Nachbarin. Aber ich habe eine Bibel, da steht was drin.«

»Das ist genau das Richtige für uns! Könntest du sie morgen mitbringen? Und wir verschieben dann die erste Stunde. Natürlich nur, wenn du nichts dagegen hast.«

»Aber nein. Du schläfst mir sonst noch beim Buchstabieren ein. Komm, laß uns diese Karnickel essen.«

Linnet stand auf, gähnte und streckte sich. Devon schaute rasch weg, weil ihr Kleid über der Brust aufzuplatzen drohte. Manchmal fragte er sich, ob sie überhaupt wußte, daß sie eine erwachsene Frau war... »Was hältst du von Sweetbriar?« fragte er.

»Die Leute hier sind wirklich nett zu mir. Ich weiß überhaupt nicht, wie ich das je wieder gutmachen kann. Kennst du Worth Jamieson?«

»Sicher«, antwortete er und biß in einen Kaninchenschlegel.

»Was weißt du über ihn?«

»Er ist gern für sich. Ruhig. Arbeitet hart, sehr hart. Vor etwa zwei Jahren zog er hierher, steckte sich ein Stück Land ab und fing an, wie ein Wahnsinniger zu schuften. Er lebt allein. Einmal im Monat erscheint er bei mir im Laden und kauft das ein, was er so braucht.« Devon runzelte die Stirn. »Aber warum willst du das eigentlich wissen?«

»Weil er mir einen Heiratsantrag gemacht hat.«

Devon verschluckte sich fast. »Was?« rief er und hustete.

»Ich habe gesagt, daß ich mich für Worth Jamieson interessiere, weil er mir einen Heiratsantrag gemacht hat.«

Devon knirschte mit den Zähnen. »Du — du sitzt da, kalt wie eine Hundeschnauze, leckst dir den Fleischsaft von den Fingern und erzählst mir so ganz nebenbei, daß dich ein Junge gefragt hat, ob du ihn heiraten willst. Hast du schon so viele Anträge bekommen, daß das gar nichts Besonderes für dich ist?«

»Aber nein!« erwiderte sie ernsthaft. »So viele waren es nun wirklich nicht.«

»So viele! Bitte, was bezeichnest du mit ›so viele‹?«

»Eigentlich nur zwei. Da gab es einen Mann in England, aber der war schon ziemlich alt. Und einer an Bord des Schiffes, auf dem wir nach Amerika gesegelt sind. Ich glaube, er lebt jetzt in Boston.«

»Verdammt. Was bist du nur für eine Frau?«

»Die ungewöhnlichste Frau vielleicht?« fragte sie in unschuldigem Ton. Sie starrten sich an und brachen dann in Gelächter aus.

»Weißt du, in Kentucky gibt's nicht viele Frauen — in der nächsten Zeit werden es viele Männer bei dir versuchen.« Er taxierte sie mit einem Blick. »So, wie du aussiehst, wirst du diesen Ort ganz schön durcheinander bringen. Hast du fertig gegessen? Dann werde ich die Knochen raustragen. Wird sowieso Zeit, daß ich gehe.« An der Tür drehte er sich noch einmal um. »Was hast du Worth denn geantwortet?«

»Danke.«

Sein Gesichtsausdruck wurde wieder ärgerlich. »Danke? War das alles?«

»Es ist eine Ehre, wenn ein Mann eine Frau fragt, ob sie ihn heiraten will. Schließlich fragt er ein Mädchen, ob sie ein ganzes Leben lang mit ihm zusammen sein möchte.«

»Ich will von dir nicht hören, was ein Heiratsantrag bedeutet! Was hast du außer ›Danke‹ noch zu Jamieson gesagt?«

»Willst du vielleicht wissen, ob ich ja oder nein gesagt habe?«

Er starrte sie wortlos an.

Langsam strich sie ihr Haar glatt. »Ich habe ihm erklärt, daß ich ihm noch keine Antwort geben kann. Schließlich kenne ich ihn erst seit ein paar Stunden.« Sie lächelte Devon an. »Darf ich mir morgen früh im Laden etwas Stoff holen? Ich möchte mir ein Kleid nähen und Caroline das gute Stück zurückgeben.«

»Sicher.« Er kam sich ziemlich idiotisch vor, weil er so wütend geworden war. »Gute Nacht, Linnet.«

Sie murmelte noch: »Vielleicht können wir morgen früh darüber reden, wie wir die Kinder befreien können.«

Er blitzte sie böse an. »Du kannst vielleicht darüber sprechen. Ich habe Wichtigeres zu tun!« Die Tür knallte hiner ihm zu.

4

»Guten Morgen, Devon!«

Er sah von seinen Abrechnungen auf und lächelte Linnet zu.

»Ist sie das?« flüsterte einer der beiden Männer, die am Kamin saßen. »Linnet, Mädchen, komm doch mal zu uns rüber«, rief Gaylon.

»Ihr zwei laßt sie in Ruhe«, knurrte Devon. »Sie hat was Besseres zu tun, als ihre Zeit mit zwei alten Schwätzern zu vergeuden.«

»Was regst du dich denn so auf, Junge?« fragte Gaylon. »Bist wohl heute morgen mit dem falschen Fuß aufgestanden?«

Doll lehnte sich vor und flüsterte etwas in Gaylons Ohr. Die beiden Männer kicherten und klatschten sich auf die Schenkel.

Devon bedachte sie mit einem finsteren Blick und drehte sich zu Linnet um, doch sie ging bereits auf die lachenden Männer zu.

»Darf ich mich vorstellen? Ich bin Linnet Blanche Tyler.« Sie versank in einem Knicks.

Gaylon und Doll starrten sie sprachlos an.

»Schlägt das nicht alles?« staunte Doll. »Sag mal, wie heißt das, was du grade gemacht hast?«

»Das war ein Knicks. Je tiefer der Knicks ist, desto höher steht die so geehrte Person im Rang. Ich werde Ihnen das einmal vorführen — Hier, nicht ganz so tief — das ist für einen Baron. Etwas tiefer — ein Herzog. Und hier, das ist der Hofknicks, den macht man vor einem König.«

»Na ja, sieht mir ein wenig zu affig aus. Du kommst aus England, nicht?«

»Ja.«

»Die bringen ihren Kindern ganz schön komische Sachen bei«, meinte Doll. »Kein Wunder, daß sie die Jungs so durcheinanderbringt.«

Sie beachtete ihn nicht weiter und wandte ihre Aufmerksamkeit einer geschnitzten Figur zu, die auf dem Kaminsims stand. Sie stellte einen alten Mann dar. Linnet dachte, daß diese Figur sehr viel Traurigkeit und Verzweiflung ausdrückte. »Haben Sie das geschnitzt?« fragte sie Gaylon.

»Nein, das ist Macs Werk. Er ist der einzige, der hier in der Gegend Schnitzereien macht.«

»Devon hat das gemacht?« Ihre Augen streiften suchend durch den Raum, doch Devon war hinter ein paar Getreidesäcken verschwunden.

»Sie nennt Mac Devon«, erklärte Gaylon Doll vertraulich. »Jawohl, es ist Macs Werk.«

»Es ist wunderschön.« Sie bemerkte nicht, daß die beiden Männer vielsagende Blicke austauschten. »Würden Sie mich wohl entschuldigen? Ich möchte mir einen Stoff aussuchen.« Sie stellte die Schnitzerei wieder auf ihren angestammten Platz.

»Hast du ihnen jetzt genug über englische Sitten erzählt?« fauchte Devon böse.

»Devon, ich weiß nicht warum, aber ich scheine dich immer wütend zu machen.«

Er sah ihr direkt ins Gesicht. »Ach, ich weiß es auch nicht. Es überkommt mich einfach. Aber«, fuhr er schnell fort, »womit kann ich dienen?«

»Einen Kleiderstoff und etwas, woraus ich ein Hemd für dich nähen kann.«

»Ich brauche kein Hemd.«

»Ich finde doch. Außerdem kann ich mir doch kein Kleid nähen, wenn ich dir nicht ein Hemd machen darf. Das ist gegen unsere Abmachung. Aber ich muß schließlich Caroline das Kleid zurückgeben, also werde ich dir ein Hemd nähen!«

»Ich weiß nicht, wie es dir geht, Gaylon«, erklang Dolls Stimme, »aber ich komme mir vor wie das fünfte Rad am Wagen. Jawohl, wie das fünfte Rad am Wagen.«

Gaylon räusperte sich. »Ich weiß, was du meinst. Was hältst du davon, wenn wir uns einmal die neuen Schweine von Tucker ansehen?«

»Nichts, was ich lieber täte!« Die beiden Männer verließen den Laden.

Devon sah erbittert auf die geschlossene Tür.

»Warum siehst du immer so grimmig drein, Devon?«

»Siehst du nicht, was hier vorgeht?« fragte er. »Nur weil ich dich vor einem Haufen mordlustiger Indianer gerettet habe, will uns die ganze Stadt verkuppeln! Vielleicht haben sie sich sogar schon Namen für unsere Kinder überlegt!«

»Was meinst du, welche Namen haben sie ausgewählt?«

Er funkelte sie zornig an. »Was?«

»Ich habe nur gefragt, welche Namen sie ausgesucht haben könnten!«

Er sah erst jetzt, daß sie ihn anlachte. Er begriff allmählich die Komik der Situation und mußte auch schmunzeln.

»Devon, die Leute reagieren überall gleich! Das spielt doch gar keine Rolle. Du solltest dich gar nicht darum kümmern.«

»Besonders nicht, weil du dich für Worth Jamieson interessierst.«

Sie schwieg einen Augenblick. »Glaubst du, daß Worth Erfahrung mit Indianern hat? Vielleicht würde er mir ja helfen, die Kinder zu befreien.«

»Jamieson!« polterte Mac los. »Der ist auf einer Farm in Pennsylvania aufgewachsen! Dieser Kerl wäre noch nicht mal in der Lage, einer Spur zu folgen, die eine Herde Ochsen durch den Busch getrampelt hat.«

»Kennst du jemanden, der mir helfen würde?«

»Niemand wird so verrückt sein, dir zu helfen!« brüllte Devon. Sie sah ihn an, als wäre er in der Lage, die sechs gefangenen Kinder einfach so herbeizuzaubern. Das brachte ihn vollends aus der Fassung! »Du sollst dir diese verrückte Idee ein für allemal aus dem Kopf schlagen! Und jetzt komm her und such dir den Stoff aus.«

Gelassen lächelnd trat sie hinter die Ladentheke. »Danke.«

»Morgen, Mac«, ließ sich eine weibliche Stimme vernehmen. Linnet kniete am Boden, daher konnte sie nicht sehen, wer es war.

»Morgen, Wilma. Wie geht's dir heute?«

»Gut. Aber ich habe gehört, daß du Schwierigkeiten mit Corinne haben sollst.«

Devon schielte vorsichtig zu Linnet hinüber, aber sie schien vollauf mit den Stoffballen beschäftigt zu sein. »Was kann ich für dich tun, Wilma?«

»Och, eigentlich brauche ich nichts. Ich bin bloß vorbeigekommen, um noch einen Blick auf das grüne Band zu werfen. Hab' übrigens gestern deine kleine Engländerin gesehen. Sie ist wirklich so hübsch, wie du erzählt hast — natürlich, Corinne, die läßt kein gutes Haar an ihr... Was meinst du — ob meiner Mary Lynn das grüne Band wohl gefallen würde?«

»Es würde ihr sogar sehr gefallen!« Devon kam hinter der Theke vor, packte Wilma Tuckers Arm und zog sie energisch in Richtung Tür. »Es paßt zu ihren Augen.«

»Aber Mary Lynns Augen sind braun!« entgegnete Wilma empört.

»Ach so? Na, dann denk noch mal drüber nach. Ich finde Grün und Braun sehr schön.« Er schob sie einfach durch die Tür und schloß sie hinter ihr.

»Also, diese beiden finde ich am schönsten.« Linnet legte zwei Stoffballen auf den Ladentisch. »Würde dir der blaue Stoff für ein Hemd gefallen, Devon?«

»Ganz schön.« Er ging von der Tür weg.

»Könnte ich deine Maße nehmen?«

»Wofür?«

»Für dein neues Hemd.«

Er seufzte ergeben, als sie Streifen von einem Lumpen abriß, der unter der Ladentheke lag.

»Komm hierher.« Sie zog ihn vor den Kamin. »Gut. Jetzt ruhig stehenbleiben.« Sie kletterte auf einen Stuhl, um seine breiten Schultern abzumessen.

»Bist du sicher, daß man es so macht?«

»Ganz sicher. Jetzt habe ich alles, was ich brauche,« erwiderte sie.

Er wandte sich ihr zu. Ihr Gesicht war nur Zentimeter von seinem entfernt.

»Mac.«

Devon wirbelte herum, als er Corinnes Stimme erkannte. »Morgen, Corinne.«

»Hallo, Corinne.« Linnet stieg von dem Stuhl. »Ich muß jetzt leider gehen. Ich sehe dich dann zum Abendessen, Devon.« Als sie die Tür schloß, hörte sie gerade noch, wie Corinne sagte: »Was meint sie denn damit: ›Ich sehe dich dann zum Abendessen‹?«

»Lynna! Lynna! Bist du schon auf?«

Linnet öffnete die Tür und sah Jessie Tuckers stupsnasiges, sommersprossiges Gesicht, das ihr zugrinste. Sie bemerkte, daß sich etwas Lebendiges in seiner Hosentasche befand, und schauderte bei dem Gedanken, daß er es herausholen könnte. »Guten Morgen, Jessie.«

Er ging geradewegs ins Haus.

»Was hältst du von meinem Heim?«

»Es ist ein ganz normales Haus«, brummte er abweisend und ließ sich auf der Bank nieder. »Möchtest du dich mal richtig in Sweetbriar umschauen?«

»Das würde ich sehr gern, aber ich habe nicht viel Zeit. Ich wollte heute ein Hemd für Devon nähen, weißt du.«

»Warum nennst du ihn bloß Devon, wenn er doch Mac heißt?«

»Warum sagst du immer Lynna zu mir, obwohl mein richtiger Name Linnet ist?«

Er zuckte nur mit den Achseln. »Manchmal hab' ich dich ganz gern, aber dann ... ach, du bist eben ein Mädchen.«

»Ich glaube, das war ein verstecktes Kompliment. Komm, ich will nur rasch eine Kleinigkeit essen, dann können wir gehen.«

»Meine Ma hat mir einen ganzen Korb voller Essen mitgegeben. Als sie hörte, daß ich dich besuchen wollte, meinte sie, das wäre das wenigste, was sie für dich tun könnte. Kannst du mir sagen, was sie damit gemeint hat?«

»Wahrscheinlich meinte sie, daß du ein junger Mann mit einem sehr gesunden Appetit bist, Jessie. Übrigens, würdest du bitte, wenn wir draußen sind, das Untier freilassen, das sich in deiner Hosentasche bewegt?«

Er grinste spitzbübisch. »Sicher. Würdest du schreien, wenn ich es dir zeige?«

»Ich hoffe nicht. Wahrscheinlich ist die Vorahnung dessen, was kommen wird, viel schlimmer als die Wirklichkeit.«

»Wie?«

»Ach was. Komm, laß uns nachschauen, was deine Mutter für uns eingepackt hat. Ich komme um vor Hunger.«

Jessie zeigte ihr all seine Lieblingsplätze — eine versteckt liegende Quelle, Wildwechsel, zwei Vogelnester und den verlassenen Bau einer Wildkatze. Gegen Mittag nahm sie von ihm Abschied, um zu ihrer Hütte zurückzukehren. Sie wollte weiter an dem Hemd nähen. Sie lächelte, als sie das kleine Haus betrat — während ihrer Abwesenheit war jemand hier gewesen, und das konnte nur Devon gewesen sein. Sie fand Säcke mit Maismehl, getrocknete Äpfel, einen Tiegel Schweineschmalz, Speck, gedörrten Fisch und ein kleines Glas mit eingelegtem Gemüse. Vier Kaninchen hingen am Kamin, und eine Menge sauber gestapeltes Brennholz lag neben dem Herd, in dem das Feuer munter flackerte. Sie berührte alles, ehe sie sich daranmachte, Devons Hemd zu nähen.

Jemand klopfte. »Herein!« rief sie, ohne von ihrer Näherei aufzusehen.

Devon betrat die Hütte. »Wie kannst du einfach ›Herein‹ rufen, ohne zu wissen, wer draußen ist? Du solltest die Tür abschließen und niemanden hereinlassen, bevor du nicht gefragt hast, wer es ist. Es gibt nämlich auch hier Männer, die es ausnutzen könnten, wenn ein hübsches Mädchen allein lebt.«

»Danke.«

»Wofür dankst du mir?«

»Weil du mich als hübsches Mädchen bezeichnet hast.«

Er schüttelte den Kopf. »Ich habe die Familienbibel mitgebracht. Sag mal, was riecht hier so gut?«

»Das Abendessen. Willst du zuerst lernen oder zuerst essen?«

»Beides.« Er grinste. »Wenn es so gut schmeckt, wie es riecht, dann möchte ich vorher und hinterher essen.«

»Also gut.« Sie füllte mit einer großen Schöpfkelle dickes, köstlich duftendes Stew in einen tiefen Teller. Dann holte sie einen knusprigen Laib frischgebackenen Brotes, schnitt eine dicke Scheibe ab und bestrich sie mit goldgelber Butter. Ein großer Becher voll kühler Milch rundete das Mahl ab.

»Woher hast du die ganzen Sachen? Ich habe weder Butter noch Milch oder Zwiebeln und Kartoffeln gebracht.« Er stocherte in seinem Stew herum.

»Es ist komisch, Devon. Den ganzen Nachmittag hat es an der Tür geklopft, und wenn ich aufgemacht habe, war niemand draußen, aber irgend jemand hatte Lebensmittel hingestellt. Es war wie ein Wunder.«

»War?« fragte er mit vollem Mund.

»Schließlich blieben zwei der Spender stehen, um mit mir zu reden — die Starkzwillinge!«

»Welche?« unterbrach er sie.

»Wieviel Zwillingspärchen gibt es denn bei den Starks?«

»Zwei Ausgaben, und Esther ist schon wieder schwanger. Jeder schwört, daß es diesmal wieder Zwillinge werden. Scheint das einzigste zu sein, was Doll wirklich zustande bringt. Aber erzähl weiter, was war dann?«

»Eubrown und Lissie erzählten mir, daß die Lebensmittel für dich sind. Sie wissen, daß ich für dich koche, und du hast schon so viel für sie getan — sie wollten dir etwas zurückzahlen.«

Devon schien für einen Augenblick ziemlich verblüfft zu sein, dann grinste er sie an. »Wenn sie mir soviel zu verdanken haben, warum haben sie mich dann die ganze Zeit Gaylons Fraß essen lassen?«

»Ich glaube, Großzügigkeit hat ihre Grenzen. Und so wie ich es verstanden habe, hat es auch mit dem Ärger zu tun, den Corinne momentan macht.« Sie sah ihn auffordernd an. Doch Devon schwieg beharrlich und löffelte sein Essen. »Ich sollte diese junge Frau besser kennenlernen... Ist sie wirklich so fürchterlich?«

Er lächelte und brach sich gemächlich ein Stück Brot ab. »Laß es mich bitte wissen, wenn du vorhast, mit Corinne um mich zu kämpfen, ja? Ich würde gern zuschauen.«

Linnet sah ihn kühl an. »Ich bezweifle, daß wir das tun werden. Also, wenn du jetzt damit fertig bist, dich vollzustopfen, könnten wir mit dem Unterricht beginnen, ja?« Er hob eine Augenbraue und unterdrückte mühsam das Lachen. »Ich bin bereit.«

Sie nahm die Bibel, öffnete sie und vertiefte sich einige Zeit in den Familienstammbaum, der hier sauber aufgelistet war. »Devon, hier sind die Namen aller Familienmitglieder aufgeführt. Dein Vater: Slade Rawlins Macalister. Deine Mutter hieß Georgina Symington Macalister.«

»Georgina?«

»Sie hat einen schönen Namen, finde ich.«

»Hatte — sie ist tot«, stellte er ohne jede Gefühlsregung klar.

»Oh, das tut mir leid. Ja, hier ist ihr Todestag verzeichnet. Es ist erst drei Jahre her. Sie starb im selben Jahr wie dein Vater.« Sie sah ihn grübelnd von der Seite an. Devon hatte ihr sein Profil zugewandt. Seine Ellbogen waren auf die Knie gestützt, die Hände ineinander verschränkt. »Hier steht dein Name — Devon Slade Macalister.«

»Slade? Das war auch der Vorname von meinem Pa.«

»Wie es scheint, ist es auch deiner. Wer ist das denn? Kevin George Macalister.«

»Mein Bruder.«

»Ich wußte ja gar nicht, daß du einen Bruder hattest.«

»Hast mich ja auch nie danach gefragt. Könnten wir mit

dem Lesen anfangen und damit aufhören, über meine Familie zu tratschen?«

»Du meine Güte, Devon! Ihr habt ja das gleiche Geburtsdatum! Der 10. Januar 1758. Er war dein Zwillingsbruder!«

»Soviel ich weiß, ist er es noch. Wenn ich gewußt hätte, was in diesem Buch so alles steht, dann hätte ich es daheim gelassen.«

»In Ordnung.« Sie wollte die Bibel gerade zuklappen, als ihr Blick auf einen weiteren Namen fiel. »Cord Macalister. Den Namen habe ich schon öfter gehört. Er müßte dein Vetter ersten Grades sein, nicht wahr?«

»Ja, er ist mein Vetter.« Der bittere Ton in seiner Stimme überraschte sie.

Sie klappte die Bibel zu. Sie wollte nicht noch tiefer in Devons Familiengeschichte eindringen, denn es war offensichtlich, daß sie damit bei ihm alte Wunden aufriß. Daher konzentrierte sie ihre Gedanken auf den Unterricht. »Wie wäre es, wenn wir mit deinem Namen beginnen würden?«

Ein stolzes Lächeln spielte um seinen Mund, als er ihr das Stück Holzkohle aus der Hand nahm und langsam »Devon« auf den Tisch schrieb. »Das habe ich geübt.«

»Aber Devon, das ist ja wundervoll! Du wirst ein sehr gelehriger Schüler sein!«

»So toll war's nun auch wieder nicht«, murmelte er.

Sie sah ihn streng an. »Wenn dich jemand lobt, dann solltest du nur danke sagen. Selbst wenn du der Meinung bist, daß das Lob nicht dem wahren Sachverhalt entspricht, solltest du dich mit ablehnenden Äußerungen zurückhalten.«

»Du benimmst dich schon wie eine richtige Lehrerin!«

Sie wartete geduldig.

Schließlich lächelte er und sagte: »Danke für die schönen Worte. Bring mir jetzt bitte etwas anderes bei.«

»Mit Vergnügen.« Sie strahlte ihn an.

Linnet warf ein Holzscheit ins Feuer. Sie lebte jetzt seit zwei Wochen in Sweetbriar und fühlte sich schon ganz heimisch. Die Menschen hier waren ihre Freunde geworden, deren kleine Schwächen Linnet ebenso liebte wie deren Tugenden. Alle hatten sie akzeptiert — alle außer Corinne Stark. Das Mädchen nutzte jede Gelegenheit, um hämische Bemerkungen über Linnet zu machen. Sie hatte auch das Gerücht verbreitet, daß Linnet und Devon jeden Abend, wenn sie allein in ihrem Blockhaus waren, etwas trieben, was durchaus nichts mit Lesen zu tun hätte.

Linnet lachte — sie wußte nicht, wen die Menschen von Sweetbriar eigentlich beschützen wollten : Linnet vor Devon oder ihren kostbaren Mac vor einem mannstollen Weib. Vier Abende lang waren Devon und sie dauernd von Besuchern unterbrochen worden, die meist fadenscheinige Entschuldigungen für ihr Eindringen vorbrachten. Devon war schließlich böse geworden und hatte ihnen die Meinung gesagt. Sie hätten kein Recht dazu, selbst wenn in dieser Hütte unmoralische Dinge vorgingen — an dieser Stelle seiner Tirade war Linnet sehr rot geworden. Schließlich hatte man sie in Ruhe gelassen, und Devon machte erstaunliche Fortschritte im Lesen.

Linnet strich über den Rock ihres neuen Kleides. Es war eins von zwei Kleidern, zwei Schürzen, einem Umschlagtuch und einem Nachthemd, die sie jetzt ihr eigen nannte. Devon pflegte scherzhaft zu behaupten, daß er allein mehr Hemden besäße als alle Männer von Sweetbriar zusammengenommen. Doch im Grunde freute er sich darüber.

Ein Klopfen an der Tür unterbrach ihre Gedanken. Draußen stand Wilma Tucker. Die ältere Frau knetete nervös ihre Hände.

»Es geht um Jessie«, sagte sie. »Ist er hier?«

»Nein, er ist nicht bei mir.« Linnet runzelte die Stirn. »Komm doch herein und setz dich. Du bist ja ganz aufgeregt.«

Wilma vergrub ihr Gesicht in den Händen. »Jessie ist fort. Entweder ist er weggelaufen, oder es hat ihn jemand gefangengenommen. Ich weiß es nicht. Ich dachte, er wäre im Bett, als ich gestern abend nach ihm gesehen hab'. Aber er hatte die Decken so aufgeschichtet, daß es aussah, als läge dort jemand. Ich habe es erst heute morgen bemerkt. Er war die ganze Nacht nicht daheim! Jemand hat meinen einzigen Sohn gefangengenommen!« jammerte sie und fing an zu weinen.

Linnet versuchte, ihre eigene Angst zu unterdrücken. »Bleib du hier. Ich werde Devon holen. Er wird wissen, was zu tun ist.«

»Mac ist nicht da. Er ist schon vor Sonnenaufgang Jagen gegangen. Ich war zuerst bei ihm. Und weil du doch sein Mädchen bist und so, bin ich dann zu dir gekommen.«

Zum ersten Mal hatte Linnet es jetzt mit eigenen Ohren gehört: Du bist sein Mädchen. Es klang banal, fand sie. »Wir werden Jessie suchen.« Linnet legte sich ihr Schultertuch um. »Geh du zuerst zu den Starks und dann hol Agnes. Agnes weiß immer einen Rat. Wo ist eigentlich Floyd?« Jessies Vater war Linnet gerade erst eingefallen.

»Er ist zusammen mit Mac auf der Jagd.«

Linnet griff voller Panik nach Wilmas Arm. »Besteht die Möglichkeit, daß Jessie sich seinem Vater angeschlossen hat?«

»Nein. Jessie und Floyd hatten einen schrecklichen Krach. Floyd befahl Jessie hierzubleiben und Jonathan auf der Farm zu helfen. Aber du kennst doch Jessie!«

Linnet sah die Frau nur an. Ja, sie kannte Jessie. Er hatte mit seinem Vater auf die Jagd gehen wollen, und als es ihm nicht erlaubt worden war, hatte er die Konsequenzen gezogen und war weggelaufen, nachdem er sein Bett so hergerichtet hatte, daß niemand sein Ausreißen bemerken konnte. »Wilma, geh jetzt zu Agnes! Wir werden ihn suchen.« Linnets Angst wuchs. Sie erinnerte sich an die Kinder, die von Crazy Bear gefangengenommen worden waren. Sie dachte an den Anblick ihrer ermordeten Mutter, deren Blut die Erde rot färbte. Panik ergriff von Linnet Besitz. Jessie war trotz seiner Angeberei noch ein kleiner Junge, und er befand sich in großer Gefahr.

Sie schob Wilma ins Freie. »Geh zu Agnes. Sie wird dir helfen, einen Suchtrupp zusammenzustellen«, wiederholte sie noch einmal.

»Wo gehst du hin?«

»Ich werde Jessie suchen. Ich glaube, ich weiß, wo er sich aufhalten könnte.« Linnet trat in die neblige Novemberluft und ging mit klopfendem Herzen in Richtung Wald.

5

Die Sonne ging unter, als Devon auf die Lichtung ritt. Er lächelte beim Anblick von Linnets Hütte und fragte sich, was sie zum Abendessen gekocht hatte. Er zügelte sein Pferd und dachte darüber nach, wie sehr er die Abende mit ihr allein genoß. Ihr fröhliches Lachen und ihr hübscher kleiner Mund, der ... Er rief sich energisch zur Ordnung, lächelte und betrat den Laden.

»Schon zurück, Junge?« fragte Gaylon.

»Ja. Floyd und ich haben einen Hirsch erlegt. Er liegt draußen.«

»Hast du schon gehört, was heute Aufregendes passiert ist?«

»Was denn?«

»Der kleine Jessie Tucker ist ausgerissen.«

Devon starrte den alten Mann an. »Ausgerissen? Hat man ihn schon gefunden?«

»Hmm, hat man. Er hat im Holzschuppen geschlafen. Ich glaub', Floyd wird ein ernstes Wort mit ihm reden.«

»Das hat er verdient«, kommentierte Devon. Jessie mußte sich der Gefahren bewußt werden, die in den Wäldern lauerten.

»Sicher hat er das. Schon allein weil ganz Sweetbriar nach ihm gesucht hat. Den ganzen Morgen über konnte niemand seine Arbeit erledigen.«

»Ich bin froh, daß ihm nichts passiert ist. Jetzt geh' raus und zieh den Hirsch ab, ja? Ich komme um vor Hunger.«

»Willst wohl zu deiner Herzallerliebsten, ja?« Gaylon grinste. »Warum ziehst du nicht gleich bei ihr ein und verbringst deine ganze freie Zeit bei ihr? Sie kann bestimmt noch was anderes als Lesen und Kochen.«

»Linnet ist meine Angelegenheit, und ich brauche weder deinen Rat noch den von irgend jemandem sonst!« Er funkelte Gaylon streng an, doch plötzlich überzog ein breites Lächeln sein Gesicht. »Ich lasse mir nur Zeit. Das ist so, als ob man ein Geschenk auspackt.«

»Das ist ja alles ganz gut und schön«, meinte Gaylon ernst, »aber wenn ich du wäre ...«

»Du bist es aber nicht!« unterbrach ihn Devon barsch. »Und du wirst es auch nie sein! Jetzt lauf schon und häute den Hirsch ab! Überlaß mir das Werben um Linnet.«

»Ich will dir nur noch was sagen — das Mädchen ist zu hübsch, um lange ohne Mann zu bleiben. Irgendwann wird sie sich verlieben. Und dann? Ich habe gehört, daß Worth Jamieson hinter ihr her ist.«

In Devons Augen begann ein Feuer zu glühen.

»Kein Grund zur Aufregung«, wiegelte Gaylon ab. »Ich wollte dir ja nur 'nen kleinen Hinweis geben — aber ihr jungen Dachse seid ja alle gleich. Ich war in deinem Alter genauso, dachte, ich wüßte alles ...« Er schloß die Tür hinter sich.

Hinter dem Laden stand eine Tonne mit Regenwasser. Dorthin ging Devon jetzt, um sich den Schmutz eines langen Jagdtages abzuwaschen. Während er seine muskulösen

Unterarme abtrocknete, dachte er darüber nach, ob Gaylon vielleicht recht hatte. Aber was bedeutete ihm Linnet überhaupt? Er wußte nur, daß er sich gern in ihrer Nähe aufhielt — wenn sie sich manchmal zufällig berührten, dann erregte es ihn. Verdammt, dachte er. Ein böses Grinsen entblößte seine weißen Zähne, die im Mondlicht schimmerten. Worth Jamieson. Pah — der war doch nur ein dummer Junge! Aber er, Mac, war ein gestandener Mann. Wegen Jamieson brauchte er sich wahrhaftig keine Sorgen zu machen.

Er sah am Stand der Sterne, daß es schon spät war, und ging zu Linnets Hütte. Zu seiner Überraschung war kein Laut zu hören. Er stieß die unverschlossene Tür auf. »Linnet?« Sie war nicht da. Er fluchte vor Enttäuschung. Er hatte sich so auf den Abend mit ihr gefreut! Als er zum Laden zurückging, sah er kein Zeichen von ihr. Er wollte hinter dem Laden nachsehen.

Gaylon kniete mit einem Messer in der Hand über dem toten Hirsch.

»Hast du Linnet gesehen?«

»Heute noch nicht. Passiert mir aber öfter, daß ich sie nicht sehe. Versuch's doch mal bei Emersons. Vielleicht dachte sie, daß du nicht schon heut abend zurückkommst.«

»Aber ich habe ihr doch gesagt ...«

»Sie hat's bestimmt vergessen, Junge. Bist schließlich nicht der einzige Mann in ihrem Leben.«

Devon warf ihm einen vernichtenden Blick zu, doch Gaylon lachte nur und wandte sich wieder dem Hirsch zu. Devon sattelte sein ohnehin schon müdes Pferd wieder und führte es aus dem Stall. Schweigend glitt er auf den Rücken des Tieres und ritt zu dem Blockhaus der Emersons.

Sie war nicht da, und man hatte sie auch nicht gesehen. Also ritt er zu den Tuckers.

Eine Stunde später verließ er fluchend die Farm der Tuckers. Wilma war zu Linnet gegangen und hatte sie gebeten, ihr bei der Suche nach Jessie zu helfen — aber niemandem war es eingefallen, Linnet zu benachrichtigen, daß Jessie wohlbehalten zu Hause war. Devon hatte sich Jessie vorgeknöpft, und jetzt wußte er wenigstens, wo er Linnet möglicherweise finden konnte. Er war so wütend auf diese gedankenlosen Menschen gewesen, daß er schnell gehen mußte, sonst hätte er noch einen Streit angefangen. Aber sie wußten wohl auch so, was er über sie dachte.

Der Mond war längst hinter den Wolken verschwunden, die Nacht war finster und kalt. Devon hatte schon eine ganz heisere Stimme, weil er stundenlang immer wieder ihren Namen gerufen hatte, aber er bekam keine Antwort. Die Angst, daß Crazy Bear sie in seiner Gewalt haben könnte, schnürte ihm die Kehle zu. Plötzlich legte er seinen Kopf auf die Seite und lauschte. Aus einiger Entfernung vernahm er ein seltsames Geräusch. Es war keiner der üblichen Laute des Waldes, aber er war doch schon fünfzehn Meilen von Sweetbriar entfernt! Sie konnte unmöglich so weit gekommen sein!

Devon trieb sein Pferd voran, und da sah er ein dunkles Bündel, das sich an einen Baumstamm gelehnt hatte. Blitzartig sprang er von seinem Pferd und kniete neben ihr nieder. »Linnet?« flüsterte er. Seine Stimme zitterte, und die ganze Angst, die er während der letzten Stunden empfunden hatte, schwang darin mit.

Sie hob ihm ein blasses, verweintes Gesicht entgegen. Er hatte ihr leises Weinen gehört. Sie fiel ihm entgegen. Er nahm sie fest in die Arme, zerbrach sie fast vor Erleichterung. »Jessie«, schluchzte sie, »Jessie ist verschwunden.«

»Linnet.« Er zwang sie, ihn anzusehen. »Jessie ist in Sicherheit. Er hatte eine Mordswut auf seinen Pa — da hat er sich versteckt. Es geht ihm gut. Wirklich!« Aber dem Mädchen, das ich in den Armen halte, geht es nicht gut, dachte er. Er wurde noch wütender auf die Tuckers.

Die Tränen liefen ihr die Wangen herunter. »Es war ... es war so, wie ...«

»Wie damals, als Crazy Bear die Kinder und dich gefangennahm?« fragte er leise.

Sie konnte nichts erwidern, aber sie nickte. Ihr Kopf lag an seiner Brust.

Devon lehnte sich gegen den Baumstamm und zog sie auf seinen Schoß. Wie klein und zart sie war! Wie hübsch! Warum mußte Wilma Tucker ihre Sorgen gerade auf diese schmalen Schultern laden? Verdammt! In den letzten Wochen hatten es alle in Sweetbriar so gemacht, weil sie wußten, daß Linnet ihnen zuhörte. Immer verhielt sich Linnet wie eine echte Freundin. Aber was sie ihr damit antaten, interessierte niemanden. »Möchtest du mir nicht erzählen, was geschehen ist, Linnet?«

Sie schüttelte den Kopf. Nein, sie wollte diese schrecklichen Szenen vergessen.

Er streichelte sanft ihre Wange. »Ich verrate niemandem etwas davon. Komm, erzähl es mir.«

Stockend zuerst, doch dann immer freier berichtete sie ihm die ganze Geschichte. Zuletzt sprudelten die Worte wie ein Sturzbach aus ihrem Mund: Wie sie der Schreck gelähmt hatte, ihre Mutter, die in ihrem Blut lag, daß sie nichts über das Schicksal ihres Vaters wußte, der kräfteraubende Marsch mit den Kindern, ihre Angst, allein zurückgelassen zu werden, als die Indianer sie geschlagen hatten. In Devons Armen fühlte sie sich herrlich sicher. »Ich hatte Angst, so furchtbare Angst, Devon.«

Er strich zart über ihren Arm. »Du brauchst nie mehr Angst zu haben. Ich bin hier, und jetzt bist du in Sicherheit.«

»In deiner Nähe fühle ich mich immer sicher und geborgen. Immer warst du in meiner Nähe, wenn ich dich brauchte.« Sie lehnte sich etwas zurück und sah zu ihm auf. Sanft strich er ihr einige tränennasse Haarsträhnen aus dem

Gesicht. Der rotgoldene Schein der aufgehenden Sonne umhüllte sie.

Ihre Brüste preßten sich weich an seinen Oberkörper. Ihr Mund war dem seinen verführerisch nahe. Er senkte seinen Kopf, um sie zu küssen.

Aber Linnet drehte den Kopf weg. »Ich hatte solche Angst, daß Jessie auch von den Indianern entführt worden ist. Er hätte dann seine Familie nie mehr wiedergesehen — genau wie die anderen Kinder auch. Devon, du hättest den kleinen Ulysses kennen sollen! Er war ein hübscher Junge und so lieb! Jessie ist genau wie er.«

Devon gab sie widerwillig frei. »Du läßt auch nie locker, was? Du treibst mich noch dazu, daß ich mich wegen dieser verdammten Kinder schuldig fühle! Dabei bedeuten sie mir nichts!«

»Ach, ein Streit unter Liebenden?« fragte eine Stimme über ihnen.

Die beiden schreckten hoch. Cord Macalister stand hoch wie ein Turm vor ihnen — er war eine wahrhaft blendende Erscheinung. Breitbeinig, die Hände in die Hüften gestemmt, stand er in seinem reichverzierten, weißen Büffellederanzug da. Das frühe Sonnenlicht spiegelte sich in den vielen Glasperlen, mit denen seine Jacke besetzt war.

Sein dickes, welliges Haar strahlte golden wie die Sonne. Seine Augen leuchteten in tiefem Blau. Er musterte Linnets Gesicht. Er war sich sicher, daß sie ebenso reagieren würde wie alle Frauen, die ihm zum ersten Mal begegneten. Als Linnets Züge sich verklärten, belohnte er sie mit einem Lächeln, von dem viele Frauen behaupteten, daß es die Sterne verblassen ließ.

Auch Devon hatte bemerkt, wie dieser Mann auf Linnet wirkte. Er sah sie verächtlich an, schob sie von seinem Schoß und half ihr auf. Als sie ihn daraufhin fragend anblickte, schaute er weg. »Cord«, sagte Devon mit spröder Stimme, »ich hab' dich nicht so früh erwartet.«

»Was meinst du damit — so früh im Jahr oder so früh am Morgen?« Cord lächelte Linnet zu.

Devon knirschte mit den Zähnen. Warum streckt Linnet nicht ihre Hand aus und stellt sich vor, wie sie das sonst immer getan hat? dachte er. »Das ist Linnet Tyler. Linnet, das ist Cord Macalister.«

»Tyler, wirklich? So, wie ihr zwei euch angeschmachtet habt, habe ich doch angenommen, daß sie eine Macalister ist. Wie schön zu wissen, daß sie noch frei ist.« Sein Blick glitt über ihre Gestalt und blieb an ihrem zerzausten Haar haften. »Ich bin wirklich froh darüber.«

Devon fühlte, wie der Haß gegen diesen Mann wieder in ihm aufstieg. Haß, der während vieler Jahre entstanden war. Die Reaktionen der Frauen auf Cords imponierende männliche Schönheit waren immer gleich. »Komm jetzt.« Devon ergriff Linnets Arm. »Laß uns nach Sweetbriar reiten. Du mußt ins Bett. Siehst furchtbar aus.«

»Nun, da sind wir unterschiedlicher Meinung, kleiner Vetter. Ich finde, daß die kleine Lady sehr hübsch ist. Hast du nur das eine Pferd dabei?«

»Ja, ich habe Linnet eben erst gefunden.« Devon erzählte kurz von Jessies Verschwinden, und daß Linnet nach ihm gesucht hatte.

»Dein Pferd ist vermutlich sehr erschöpft.« Cords Blick schwenkte hinüber zu Linnet. Ihre Verbindung zu Mac schien nicht so eng zu sein, wie er anfangs angenommen hatte. Mit großen Augen sah sie zu ihm auf. »Welche Farbe haben deine Augen eigentlich?«

»Ich... ich weiß nicht«, stammelte Linnet mit versagender Stimme.

Cord lachte leise und warf einen arroganten Blick zu Devon hinüber. »Mac, alter Freund, wäre es nicht am besten, ich würde die kleine Dame nach Sweetbriar bringen? Du willst doch nicht, daß dein Pferd vor Erschöpfung zusammenbricht, oder?«

»Nein«, ließ sich Linnet bestimmt vernehmen. »Devon...«

»Devon?« unterbrach Cord sie. »Ach ja, irgendwie erinnere ich mich daran, daß dein richtiger Name Devon ist. Aber ehrlich, ich kenne niemanden, der dich so nennt.«

Devon starrte ihn wütend an. »Nimm sie ruhig mit. Ich hab' sie nicht gepachtet.«

Cord grinste. »Bin sehr froh, das zu hören, Junge.« Ehe Linnet widersprechen konnte, packte er sie, setzte sie in den Sattel seines Schimmels, saß hinter ihr auf und trieb das Pferd mit einem Zungenschnalzen an. »Nun, kleines Mädchen, jetzt erzähl' mir mal, warum du nach Sweetbriar gekommen bist.«

Sie schilderte kurz, wie Devon sie vor den Indianern gerettet hatte.

Sein Lachen stieg in die klare Morgenluft. »Also, wenn das keine Art ist, eine Frau zu beeindrucken, dann weiß ich es nicht! Der alte Mac hat also Gefleckter Wolf getötet. Crazy Bear wird ihm das nie vergeben — Gefleckter Wolf war sein Bruder.«

Als sie ein paar Stunden später in Sweetbriar ankamen, erwartete sie die ganze Stadt auf der Lichtung. Die Leute waren ein wenig überrascht, Linnet auf Cords Schimmel zu sehen. Nichtsdestotrotz waren sie erleichtert, sie unverletzt wiederzuhaben.

Floyd Tucker hob Linnet vom Pferd. »Das, was geschehen ist, tut mir wirklich leid, Linnet.«

»Und mir erst«, bekräftigte Wilma, deren Augen schon wieder feucht wurden. »Ich habe nur an mich und meine Probleme gedacht.«

»Ist schon in Ordnung, Wilma.« Linnet klopfte ihr beschwichtigend auf den Arm.

»Gar nichts ist in Ordnung!« Devon glitt von seinem Pferd. Er war auf einem anderen Weg zurückgeritten. »Linnet hätte umkommen können, als sie nach deinem Sohn gesucht hat!«

Wilma schluchzte.

»Devon! Jetzt ist wirklich alles gut. Mir ist nichts geschehen«, beharrte Linnet.

»Nichts geschehen! Ich habe seit gestern mittag weder gegessen noch geschlafen, und du behauptest nun, es wäre nichts geschehen!«

Sie funkelte ihn zornig an, ihr Mund war schmal wie ein Strich. »Es tut mir sehr leid, daß ich dir solche Unannehmlichkeiten bereitet habe. Ich kann dir ja jetzt etwas zu essen machen!«

Seine Erwiderung stand der ihren in nichts nach. »Ich möchte dich nicht von deinen anderen Pflichten — oder Interessen abhalten. Wenn du mich entschuldigen würdest — ich hab' noch zu tun!« Er ging in seinen Laden und knallte die Tür hinter sich zu.

Gaylon stieß Doll an. »Warum benimmt er sich wie ein aufgescheuchtes Huhn?«

Doll spuckte gemächlich seinen Tabaksaft aus und wies auf Cord. Der Trapper stand in einer Menschentraube, die nur aus Frauen bestand. Von den siebenjährigen Starkzwillingen bis zu Agnes Emerson. »Ich glaube, der da ist Macs Problem. Ist es immer gewesen...«

Gaylon schaute verächtlich drein. »Warum den eine Frau will, werde ich nie begreifen. Das ist doch kein Mann — das ist ein Fleischberg, der sich mit ein paar Federn aufgeputzt hat.«

»Anscheinend lieben Frauen solche Fleischberge.«

Linnet saß in ihrem Blockhaus und genoß die behagliche Ruhe ihres Heims. Sie wusch sich Hände und Gesicht. Sie schaffte es gerade noch, ein paar Knöpfe ihres Kleides zu öffnen, bevor sie auf das Bett sank und sofort einschlief. Ein Klopfen an der Tür weckte sie. Verschlafen sah sie aus dem Fenster. Draußen wurde es bereits dämmrig. Devon war zum Abendessen und zum Unterricht gekommen. Schlaftrunken rief sie: »Herein!«, noch ehe sie sich daran erinnerte, daß Devon es nicht mochte, wenn sie nicht selbst die Tür öffnete.

Im Türrahmen erschien Cord Macalister. »Na, wenn das kein Anblick für meine müden Augen ist.« Sein Blick glitt von ihrem vom Schlaf geröteten Gesicht über die herrlichen goldenen Haare, die über ihre Schultern flossen, bis hin zu dem Kleid, das die köstlich geschwungene Linie der Brüste betonte.

»Cord, ich habe dich nicht erwartet ...«

»Hast wohl gedacht es ist Mac? Er ist ein Glückspilz.«

Hastig ordnete Linnet ihr Kleid und schlang ihr Haar zu einem Knoten. »Was kann ich für dich tun?«

Der Trapper setzte sich an den Tisch und streckte seine langen Beine aus. Es lag etwas Herausforderndes in Cord Macalisters Benehmen — man konnte seine Gegenwart nicht ignorieren. »Wir sind doch Nachbarn — zumindest beinahe. Da sollten wir uns auch besser kennenlernen.« Ein amüsiertes Funkeln lag in seinen Augen, als er sah, daß sie über seine Beine klettern mußte, um zum Kamin zu gelangen.

»Es tut mir leid. Du wirst mich entschuldigen müssen, denn ich muß das Abendessen vorbereiten.« Er sah ihr zu, als sie hastig Kartoffeln schälte.

»Ist aber eine Menge Essen für eine kleine Person wie dich«, kommentierte er ihr Tun.

»Das ist für Devon. Er ißt bei mir zu Abend.«

»Das ist ja ziemlich bequem für ihn, nicht wahr?«

»Ich verdanke ihm mein Leben — vielleicht kann ich wenigstens einen Teil der Schuld abtragen.«

Seine Augen glitten träge über ihren Körper, zogen ihn in Gedanken aus. »Wenn du mir etwas verdanken würdest, dann wüßte ich schon, wie du diese Schuld begleichen könntest ...«

Ein Klopfen an der Tür veranlaßte Cord, »Herein« zu rufen, ehe Linnet einen Ton hervorbrachte.

Devons Gesicht erstarrte, als er Cord bemerkte. Sein kalter Blick wanderte zu Linnet.

»Ich wußte nicht, daß du Besuch hast. Ich gehe wieder und kümmere mich um meine Angelegenheiten.«

»Vetter, sei nicht albern! Die kleine Lady kocht gerade ein mächtig feines Abendessen. Ist bestimmt genug für uns beide.«

Devon schoß einen mißtrauischen Blick zu Linnet hinüber. »Ich möchte nicht stören. Gute Nacht.« Die Tür fiel hinter ihm zu.

Linnet wollte ihm nachlaufen, aber Cord hielt sie zurück. »Laß ihn gehen. Er war schon immer so. Hat das hitzigste Temperament, das ich kenne. Egal, was ich tue oder sage — immer habe ich Krach mit ihm.«

Linnets Augen schossen Blitze. »Du wußtest doch, wie er reagieren würde! Warum hast du ihn so provoziert?«

Er sah sie ungläubig an. »Vermutlich könnte man es so ausdrücken. Aber wenn es um ein so entzückendes Ding wie dich geht, ist mir jedes Mittel recht.« Er nahm ihren Arm und streichelte ihn bis zum Ellbogen.

Wütend entwand sie sich seinem Griff. »Wenn du dich schon selbst zum Essen einlädst, dann sollst du dein Mahl haben!« Das halbgare Stew fiel platschend in eine Holzschale. Linnet bespritzte sich ihr ganzes Kleid, doch das schien sie nicht zu stören.

Cord war fasziniert. In den sechsunddreißig Jahren seines Lebens hatte noch keine Frau seinem Charme widerstanden — das hieß, keine Frau, die er begehrt hatte. Das Widerstreben dieser Frau verblüffte ihn. Er aß, ohne darauf zu achten, was es war, und beobachtete Linnet. Sie nähte voller Wut an einem Kleidungsstück, das wohl einmal ein Herrenhemd werden sollte. Als schließlich der letzte Bissen in seinem Mund verschwunden war, erhob er sich. »Miss Tyler, Schätzchen, es war ein amüsanter und aufschlußreicher Abend. Aber jetzt muß ich leider gehen.«

Sie nickte. »Gute Nacht.«

Er lächelte ihr strahlend zu. An der Tür drehte er sich noch einmal um und sagte nachdenklich: »Sweetbriar war nie einer meiner bevorzugten Rastplätze. Aber ich könnte meine Meinung ja sehr schnell ändern. Vielleicht wäre es ganz nett, den Winter hier zu verbringen und zu sehen, was passiert.« Er ging.

Cord steuerte Devons Laden an, weil er wußte, daß ihn dort die Leute von Sweetbriar erwarteten. Er war ein guter Geschichtenerzähler, und seine Besuche waren immer Anlaß zur Freude. Er lachte den Kindern am Kamin fröhlich zu, doch er ging zuerst zu seinem Vetter, der hinter der Ladentheke stand. »Deine kleine Lady ist eine wundervolle Köchin.«

Devon blickte den um zehn Jahre Älteren eisig an. Ihr ganzes Leben waren sie Rivalen. »Ich kann mich nicht erinnern, daß sie mir gehört.«

»Das wollte ich nur noch einmal hören. Diese Worte klingen wie Musik in meinen Ohren.« Cord schlenderte zum Kamin und erzählte eine seiner Geschichten.

6

Einen Moment lang blieb Linnet in der Tür stehen. Sie trug einen Korb, der mit einem Tuch bedeckt war, unter dem Arm. Sie beobachtete Cord, der von einer entzückten Zuhörerschar umgeben war. Durch seine große blonde Gestalt und seinen Büffellederanzug hob er sich von den anderen ab. Doll Stark nahm Linnet an der Hand und führte sie leise zu einer Tür, die im hinteren Teil des Ladens lag. Sie öffnete sie, weil sie dachte, diese Tür führe zu den Ställen. Sie war verwirrt, als sie sich in einem Zimmer wiederfand. Nachdem sich ihre Augen an die Dunkelheit gewöhnt hatten, bemerkte sie, daß Devon auf einem schmalen Bett lag. Sein Hemd und seine Stiefel hatte er auf eine Bank geworfen. Seine dunkle Haut schimmerte im Mondlicht. Das schwarze Haar kräuselte sich üppig im Nacken. Er sah so jung aus — wie einer von Crazy Bears Kriegern. Sie dachte an die Kette, die er damals getragen hatte.

Sie schlich auf Zehenspitzen zu einer Bank, die neben dem Bett stand. Ich sollte gehen, dachte sie. Ich sollte den Essenskorb abstellen und schnell wieder verschwinden. Seine Finger zuckten im Traum. Sie wollte ihn so gern berühren! Da öffneten sich seine Augen. Ihr strahlendes Blau schien so gar nicht zu seiner dunklen Haut zu passen.

»Ich habe dir dein Abendessen gebracht«, sagte sie leise. »Ich wäre nicht hereingekommen. Aber Doll Stark hat mich hergeführt. Ich dachte, die Tür führte nach draußen«, gestand sie etwas zu hastig. Natürlich erklärte das nicht, warum sie nur einen halben Meter von ihm entfernt saß, und auch nicht, warum sie die Hand ausgestreckt hatte, um seine Finger zu streicheln!

Er setzte sich auf und fuhr mit der Hand durch sein volles dunkles Haar. Sie fragte sich, ob es sich wohl weich oder rauh anfühlte. Er hatte keine Haare auf seiner muskulösen Brust ...

»Du brauchst mir nichts zu bringen.«

Lächelnd musterte sie ihn. »Ich weiß, aber ich habe es gern getan. Schließlich war ich die Ursache dafür, daß du weder gegessen noch geschlafen hast.«

Devon nahm ihr den Korb ab. »Das habe ich doch nicht so gemeint. Manchmal gerate ich so in Rage, daß ich Sachen sage, die ich gar nicht sagen will. O Mann! Ist das wirklich ein Brathuhn?«

»Ein ganzes Huhn und ein Apfelkuchen!«

»Das kann ich bestimmt nicht alles aufessen.«

»Versuche es doch einmal.« Während Devon eine saftige Hühnerkeule verspeiste, sah sie sich in dem Zimmer um.

An einer der Wände hing ein Bord. Sie ging hin, um sich die Schnitzereien, die darauf standen, anzuschauen. Sie konnte in der Dunkelheit nicht alles erkennen, aber es schienen noch mehr Kunstwerke von der Art zu sein, die sie schon im Laden bewundert hatte. Sanft fuhr sie mit den Fingern über die glatten, polierten Flächen der Schnitzarbeit. »Hast du das gemacht?«

Er nickte kauend.

»Devon, weißt du eigentlich, daß das Kunstwerke sind? Im Osten würden sie für so etwas eine Menge Geld bezahlen!«

Er hielt einen Moment im Essen inne. »So ein bißchen Schnitzen! Mein Pa konnte das viel besser als ich.«

»Das kann ich mir nicht vorstellen.« Sie nahm eine Figur vom Bord. »Was war dein Vater eigentlich für ein Mensch?«

Devon lächelte. »Er war ein guter Mensch. Jeder mochte ihn gern. Der beste Pa, den sich ein Junge wünschen kann. Er ließ mir ziemlich freie Hand. Versohlte mich auch, wenn es nötig war.«

»Er war noch nicht sehr alt, als er starb, nicht wahr?«

»Ja«, bestätigte Devon bedrückt.

»Wie ist es denn passiert?« fragte sie leise.

»Ein Bär.« Es schien so, als ob Devon seine ganze Trauer und den Schmerz, den er empfunden hatte, als er zusehen mußte, wie sein geliebter Pa von einem Bären zerrissen wurde, in diesen beiden Worten ausdrücken wollte. Gaylon hatte ihn damals mit aller Kraft festgehalten, sonst hätte sich Devon mit bloßen Händen auf das Untier gestürzt. Devon hatte sich später oft gefragt, woher der alte Mann die Kraft genommen hatte, denn er war damals immerhin ein gesunder, junger Mann von dreiundzwanzig gewesen.

»Nimm dir ruhig ein paar davon mit.« Er deutete auf die Figuren. »Oder nimm sie alle, ist mir egal.«

»Es sollte dir aber nicht egal sein, Devon. Die Schnitzereien sind wunderschön, und du darfst sie nicht einfach verschenken!«

»Ich versteh' nicht, was du meinst.«

»Du darfst sie nicht jedem geben.«

»Warum denn nicht?« fragte er herausfordernd. »Sie gehören mir, und da, wo sie herkommen, gibt es noch viel mehr!«

»Devon Macalister, wage es nicht, noch einen Streit mit mir anzufangen! Ich habe genug für einen Abend.«

Ihre Worte erinnerten ihn an Cord, und er aß schweigend weiter.

»Ich würde gerne eine der Figuren haben, obwohl mir die Entscheidung ziemlich schwerfallen wird. Im Augenblick ist es sowieso zu dunkel.« Sie ging zu Devon. »Ich würde den Korb gern wieder mitnehmen. Natürlich nur, wenn du fertiggegessen hast.«

»Das war gut — die beste Mahlzeit, die ich je hatte«, sagte er schläfrig und streckte sich auf dem Bett aus. »Danke.«

»Gute Nacht, Devon«, sagte sie an der Tür.

»Gute Nacht, Lynna.«

Am nächsten Morgen ging Linnet zu Devons Laden. Dort teilte ihr Gaylon mit, daß Devon schon vor Morgengrauen mit vollgepackten Satteltaschen losgeritten wäre.

»Er haut immer ab, wenn Cord hier auftaucht«, erklärte Doll. »Er besucht dann seinen Urgroßvater bei den Shawnees.«

»Keine Angst, er wird bald zurückkommen«, meinte Gaylon.

In den darauffolgenden Tagen kam Linnet sich sehr verloren vor. Gewiß, sie verbrachte viel Zeit mit ihren neuen Freunden, aber Devon fehlte ihr sehr.

Als Cord sie fragte, ob sie mit ihm ausreiten wollte, sagte Linnet nach kurzem Zögern zu. Sie wollte endlich die Ursache für die Feindschaft der beiden Männer erfahren.

Cord stemmte die Hände in die Hüften und sah auf sie herunter. Ein leichtes Lächeln lag auf seinem Gesicht. »Du hast keine Angst vor mir, nicht wahr?«

Sie blickte ihn abschätzend an. »Nein.«

»Gut. Dann gehe ich rasch rüber zu Floyd Tucker und leihe mir ein Pferd. Wir können sofort losreiten, wenn du willst.«

Der Gedanke, die Siedlung für kurze Zeit zu verlassen, gefiel ihr. »Ich würde sehr gern ausreiten, Cord. Ich hole nur mein Umschlagtuch.«

Cord beobachtete, wie sie zu ihrer Blockhütte lief. Dann wanderte sein Blick zu dem grauen, wolkenverhangenen Himmel. Jawohl, dachte er zufrieden, alles läuft nach Plan.

Linnet registrierte sehr wohl, daß die Luft für die Jahreszeit zu lau war. Alle behaupteten, daß das Wetter bald umschlagen würde. Heute schien es besonders ungewöhnlich zu sein — alles wirkte so klar, irgendwie hohl, und seltsame Laute klangen dumpf durch den Wald. Cord sprach nicht sehr viel. Sie legten Meile um Meile auf einem schmalen Pfad zurück.

»Cord, sind wir nicht zu weit von der Siedlung fort? Devon hat mich vor den Indianern gewarnt.«

Er lächelte ihr zu. »Nur, weil mein lieber Vetter ein halber Indianer ist, meinst du, er allein verstünde was von den Rothäuten. Du kannst mir vertrauen. Ich bringe uns schon nicht in Gefahr. Außerdem sind wir am Ziel.«

Sie brachte ihr Pferd neben dem seinen zum Stehen. Ihr Blick folgte seiner ausgestreckten Hand. Der Cumberland River lag in all seiner Schönheit vor ihr.

»Sieht hübsch aus, nicht?« unterbrach Cord die andächtige Stille.

»Ja. Es ist atemberaubend.«

Er stieg ab. »Gibt es so etwas Ähnliches auch in England?«

»Alles in Amerika ist irgendwie größer, schöner, prächtiger. Selbst die Menschen sind kräftiger gebaut und haben mehr Energie.«

Er stand neben ihrem Pferd und hielt die Arme empor, um sie herunterzuheben. Sie legte ihre Hände auf seine Schultern, als sie zu Boden glitt. Er gab sie nicht frei, sondern hielt ihre Taille fest umspannt. Einen Moment lang schaute er ihr tief in die Augen. Linnets Herz begann schneller zu schlagen. Die Art, wie er sie festhielt, machte sie atemlos. Langsam näherte er sich ihrem Gesicht, seine Lippen senkten sich auf ihren Mund. Zuerst liebkoste er sie sanft, doch dann öffnete er energisch ihre Lippen. Linnet ließ den ersten Kuß ihres Lebens voll Verblüffung über sich ergehen. Sie empfand die Erfahrung durchaus nicht als unangenehm, im Gegenteil, es gefiel ihr sogar. Er löste seine Lippen von den ihren und zog sie an seine Brust. Seltsamerweise schlug ihr Herz jetzt wieder im normalen Rhythmus.

»Du bist ein süßes kleines Ding, Linnet«, flüsterte er und streichelte ihr gleißendes Haar. Seine Hände bogen ihre Schultern zurück, damit er ihr ins Gesicht sehen konnte. Aber ehe sie noch etwas erwidern konnte, zerriß ein greller Blitz den Himmel. Bald danach begann es in Strömen zu regnen, und ein eiskalter Wind fegte durch den Wald.

Linnet stöhnte, als der Regen sie durchnäßte. Sie schauderte. »Los, fang dein Pferd ein«, rief ihr Cord über das Tosen des Wolkenbruchs zu. »Versuch, dicht hinter mir zu bleiben!«

Linnet griff nach den Zügeln und folgte dem Mann. Minuten später erreichten sie eine große, trockene Höhle. Sie wischte sich das Wasser vom Gesicht, während Cord die Pferde absattelte.

»Hier, das wird dich wärmen, bis das Feuer anständig brennt.« Er legte ihr eine Decke um die Schultern. Sie sah ihm zu, als er kleine Scheite von dem riesigen Stapel trockenem Feuerholz an der Wand nahm. »Komm ruhig hierher, damit du dich wärmen kannst. Du siehst ja halberfroren aus.« Er rubbelte ihre kalten, feuchten Schultern ab, und bald zirkulierte das Blut wieder.

Sie hielt ihre Hände über das Feuer. »Solch einen eisigen Regen habe ich noch nie erlebt.«

»Es wird bald schneien«, prophezeite er und schürte das Feuer. »Ich fürchte, der Altweibersommer hat sich soeben verabschiedet. Jetzt steht der Winter vor der Tür.«

»Wie gut, daß du diese Höhle hier kanntest.« Ihre Augen wurden weit, als er schuldbewußt schwieg.

Mit lachenden Augen wandte er sich ihr zu. »Das war sicher gut.« Er machte es sich auf dem sandigen Boden bequem, legte den Kopf auf seinen Arm und streckte die Hand nach ihr aus. »Warum kommst du nicht her? Wir könnten da weitermachen, wo wir vom Regen unterbrochen wurden.«

Sie starrte ihn fassungslos an. Der kalte Regen war wie eine Mauer, die sie in der Höhle einschloß. Ihr Blick schweifte zu dem Stapel Feuerholz. Dann erhob sie sich, ging zum Eingang der Höhle und schaute in den Regen hinaus. Die Kälte ließ sie erschaudern. »Du hast das geplant, nicht wahr?« fragte sie ruhig.

»Man kann ein solches Unwetter nicht vorausahnen.«

»Du bist ein erfahrener Trapper und weißt, wie schnell das Wetter in Kentucky umschlagen kann.«

Sein Grinsen gefror, und seine Augen wanderten begehrlich über ihre Gestalt, an der das nasse Kleid klebte. »Sicher kann man behaupten, daß ich mir ein paar Gedanken darüber gemacht habe, was ich heute anfangen will. Ich dachte, daß ich mich möglichst gut vorbereiten sollte. Was ist denn schon dabei? Es wird nichts geschehen, was du nicht ebenso genießen wirst wie ich.«

»Sag mir eines, Cord — was würde geschehen, wenn ich jetzt nein sagen würde?«

Er sah sie überrascht an. »Nun, wenn ich so drüber nachdenke, dann weiß ich es nicht genau. Mich hat noch keine Frau zurückgewiesen.«

Linnet sah ihn weiter fordernd an, und sein Gesichtsausdruck wurde härter.

»Um die Wahrheit zu sagen, Linnet — ich würde es ganz und gar nicht mögen, wenn du jetzt nein sagen würdest.«

Sie sah wieder in den Regen hinaus.

»Du willst doch nicht etwa da rausgehen? Ich würde es dir nicht raten. Von Minute zu Minute wird es kälter, und ich bezweifle, daß du den Rückweg nach Sweetbriar findest. Warum hörst du nicht auf, die gekränkte Unschuld zu spielen und kommst zum Feuer zurück?« Er musterte sie eingehend, dann lachte er auf einmal. »Ich glaube fast, du bist noch Jungfrau. Du hast Angst! Aber ich kann dir versichern — es gibt nichts, wovor du dich fürchten müßtest. Ich werde sehr sanft mit dir umgehen, und es wird nur ein bißchen weh tun.«

Entschlossen ging sie zum Feuer zurück und griff sich ihr Umschlagtuch. Cord versuchte sie am Rock zu packen, doch sie riß sich los. Er setzte sich auf, seine Augen schossen Blitze. »Du gehst nicht da hinaus!«

»Ich fürchte, du läßt mir keine Wahl. Entweder bleibe ich hier und ...« Sie seufzte. »Oder ich versuche draußen mein Glück. Ich ziehe den Regen vor.«

Er stand auf, sein Gesicht war wutverzerrt. »Ich habe noch keiner Frau Gewalt angetan, und ich habe nicht vor, jetzt damit anzufangen.«

Sie hielt beim Verknoten ihres Schals inne. »Bedeutet das, du würdest mich in Ruhe lassen, wenn ich hierbliebe?« Das Glühen in seinen Augen sagte ihr mehr als tausend Worte. »Dann habe ich wirklich keine andere Wahl.«

»Glaub bloß nicht, daß ich dich retten werde, wie Mac es getan hat! Wenn du da rausgehst, dann bist du allein. Ich sehe dich dann auf deinem Begräbnis!« Sein Blick wanderte über ihren Körper. »So eine Verschwendung!« knurrte er.

Linnet sah noch ein letztes Mal das Feuer an, dann trat sie in den Eisregen hinaus.

Cord schaute ihr einen Moment nach, dann drehte er sich um und ließ sich auf die Decke neben dem Feuer sinken. »Ist sie nicht toll?« fragte er laut und schüttelte den Kopf. Ein breites Grinsen überzog sein Gesicht. Er würde einige Minuten abwarten und dann hinter ihr hergehen. Sie würde so durchgefroren sein, daß sie ihm bestimmt willig folgen würde. Er streckte sich aus. Die Kleine hat Mut, dachte er. Noch nie in seinem Leben hatte er eine Frau so begehrt wie dieses zierliche Mädchen.

Linnet merkte ziemlich rasch, daß Cord recht gehabt hatte. Der kalte Regen ging in einen Hagelschauer über. Eine Eisschicht bedeckte ihre Haare und das Umschlagtuch. Ihre Füße waren bald gefühllos, aber sie kämpfte weiter mit gesenktem Kopf gegen das Unwetter an. In einem Punkt hatte sich Cord geirrt: Linnet besaß einen exzellenten Orientierungssinn. Sie hielt geradewegs auf Agnes Emersons Haus zu. Einmal sah sie Cords weiße Büffellederhosen durch das Laub schimmern. Sie versteckte sich hinter einem Baumstumpf und wartete, bis er vorbeigegangen war.

Eine Stunde später war sie unsicher, ob ihre Entscheidung richtig gewesen war. In der Höhle war es wenigstens warm. Wäre Cord wirklich schlimmer gewesen als der Tod, der hier auf sie wartete? Ihr war so kalt, daß sie nicht einmal mehr zittern konnte. Der Hagel war in Schnee übergegangen. Ihr Kleid war hartgefroren und behinderte sie zusätzlich.

Es war seltsam — sie spürte die Kälte nicht mehr, dafür war sie ungeheuer müde. Sie wollte sich nur noch irgendwo hinlegen und schlafen. Das Bellen eines Hundes klang von fern an ihr Ohr, doch sie nahm es gar nicht mehr richtig wahr. Wenn sie sich jetzt hinlegte, könnte sie später weitergehen. Das Haus von Agnes war bestimmt schon ganz nahe. Ein umgestürzter Baum lag auf dem Pfad, und es schien ihr, als ob der Schnee ihr ein herrliches Bett bereitet hätte. Sie sank nieder und berührte die weißen Flocken. Für ihre Hände, die mittlerweile schon nicht mehr blau waren, sondern eine häßliche graue Farbe angenommen hatten, schien der Schnee warm zu sein. Sie streckte sich aus. Ach, wie herrlich es war zu schlafen! Etwas berührte ihr Gesicht, doch sie wachte nicht auf.

»Ma! Sie ist hier! Ich hab' sie gefunden!«

Agnes lief durch den dichten Schneefall zu ihrem Sohn. Der achtzehnjährige Doyle kniete neben Linnets starrer Gestalt und wischte den Schnee von ihrem Gesicht. Er fühlte ihren Puls, um zu prüfen, ob sie noch lebte. Dann hob er sie auf. Ihre steifgefrorene Kleidung erschreckte ihn zutiefst.

»Sie lebt. Aber wir müssen schnell was unternehmen«, teilte er seiner Mutter mit.

»Komm, wir bringen sie zu uns. Ist sie auch nicht zu schwer für dich?« Doyles Blick sprach Bände. Wann würde seine Mutter bemerken, daß er ein erwachsener Mann war? Er hielt Linnet eng an sich gepreßt und versuchte, sie mit seinem Körper zu wärmen. Sie war kalt und steif wie ein Stück Eisen, nur nicht so schwer. Bald erreichten sie das Blockhaus. Agnes zog hastig das Bett näher an den Kamin, und Doyle legte Linnet darauf.

»Jetzt kannst du Lonnie und deinem Pa Bescheid sagen. Ich werde versuchen, sie wieder aufzutauen.« Doyle verließ gehorsam die Hütte, wobei er sich fragte, ob ein Mensch überhaupt in der Lage war, solche Erfrierungen zu überleben.

Agnes mußte Linnet das Kleid vom Körper schneiden. Dann rubbelte sie das Mädchen mit einer rauhen Wolldecke ab und hüllte sie in eins ihrer voluminösen Flanellnachthemden.

Die Tür öffnete sich. Doyle, sein Vater Lyttle und der

achtjährige Lonnie traten ein. »Sie sieht furchtbar aus, Ma. Ist sie etwa tot?« fragte Lonnie.

»Nein«, fauchte Agnes. »Sie ist nicht tot, und sie wird auch nicht sterben! Lyttle«, wandte sie sich an ihren Ehemann, »du massierst ihre Füße, und du, Doyle, kochst eine große Kanne Tee.«

»Was kann ich tun?« fragte Lonnie eifrig.

»Du reibst ihre Hände. Glaubst du, du schaffst das?«

»Sicher, Ma.« Emsig machte er sich an die Arbeit. »Seht euch nur ihre Hände an — sie sind so klein, und sie haben eine lustige Farbe, nicht?«

Agnes saß auf dem Bett und hatte Linnets Kopf in ihren Schoß gebettet.

»Warum sagt sie nichts, Ma? Warum liegt sie so da, als wäre sie tot?«

»Weil sie halberfroren ist, Lonnie. Wir müssen sie dringend wärmen.«

Lonnie hielt Linnets Hände und blies darauf. Er suchte den Blick seiner Mutter, um zu sehen, ob er es richtig machte.

Agnes schenkte ihrem Jüngsten ein schwaches Lächeln. In Wirklichkeit war sie tief beunruhigt.

»Ich wickle ihre Füße ein«, entschied Lyttle. »Vielleicht hilft es ja, wenn wir all unsere Steppdecken auf sie legen und noch mehr einheizen.« Kaum hatte er die Worte ausgesprochen, warf Doyle auch schon einen frischen Holzkloben auf das Feuer.

»Ma«, flüsterte Lonnie, Tränen schimmerten in seinen Augen. »Ich will nicht, daß sie stirbt. Sie ist so nett, und Mac wird verrückt, wenn ihr etwas Schlimmes zustößt.«

»Sie wird nicht sterben!« verkündete Agnes mit einer Entschiedenheit, die sie selbst überraschte. »Wir werden das nicht zulassen!«

Lyttle breitete Steppdecke auf Steppdecke über Linnet. Agnes legte sich neben das Mädchen und kuschelte sich eng an den eiskalten Körper, während Lyttle die Decken um die beiden wickelte. Lonnie hob einen Zipfel der Decken hoch.

»Lonnie! Was machst du da? Wir wollen sie doch wärmen!«

»Ich weiß«, erwiderte der Junge ernst. »Ich werde die andere Seite übernehmen.« Er schlüpfte unter die Decken und preßte seinen mageren Rücken gegen Linnets. »Sie ist wirklich eiskalt, nicht, Ma?«

»Das ist sie, Lonnie«, flüsterte Agnes. Ihr Herz barst fast — so stolz war sie auf ihren Sohn.

7

Langsam schlug Linnet die Augen auf. Agnes stand gebeugt am Feuer und rührte in einem großen schwarzen Topf, aus dem ein köstlicher Geruch aufstieg. Sie drehte sich um und lächelte Linnet zu.

»Schön, daß du wieder bei Bewußtsein bist.«

Linnet versuchte einen Arm zu bewegen. Verwundert stellte sie fest, daß ihre Muskeln höllisch schmerzten. »Wie bin ich zu euch gekommen?«

»Weißt du das nicht mehr?« Agnes legte den Deckel auf den Topf und stand auf. »Cord stand gestern vor unserer Tür. Er sagte, du hättest dich im Sturm verirrt, und bat uns um Hilfe.«

»Cord hat das getan? Wirklich?« fragte Linnet mißtrauisch. Sie erinnerte sich jetzt wieder an die Geschehnisse des letzten Tages.

Agnes hob eine Augenbraue. »Cord ist gar nicht so übel, obwohl es manchmal so scheint. Allerdings habe ich noch nie gehört, daß sich ein junges Mädchen über ihn beklagt hätte.«

»Dann kannst du es jetzt zum ersten Mal hören.« Linnet hatte wirklich keine Lust, über Cords Qualitäten zu diskutieren.

»Hier, trink das.« Agnes hielt Linnet einen dampfenden Becher unter die Nase. »Du wirst dich noch einige Tage schlapp fühlen, nehme ich an. Aber wir werden dich schon wieder auf die Beine kriegen.«

»Ich kann euch doch nicht die ganze Zeit zur Last fallen, Agnes!« Linnet versuchte sich aufzusetzen. Agnes eilte sofort zu ihr und stützte sie.

»Das habe ich doch alles schon einmal gehört, als du nach Sweetbriar gekommen bist! Und ich sage dir jetzt ein für allemal: Laß das Gerede!«

Linnet lachte.

Agnes lächelte ihr zu. »So ist's recht. Und jetzt wollen wir mal sehen, ob du was essen kannst!«

Linnet stichelte eifrig an der Patchworkdecke. Sie war jetzt schon fast eine Woche bei Agnes. Jedesmal, wenn sie davon sprach, wieder in ihre Hütte zurückzukehren, stellte sich die ganze Familie taub. Linnet hatte gehört, daß Devon wieder in Sweetbriar war, doch bisher hatte er sie noch nicht besucht. Agnes, die am Webrahmen saß, ließ die Hand über die Decke gleiten und begutachtete Linnets Arbeit kritisch.

»Dieses Muster hier — man nennt es Rose von Scharon, nicht? — hat mir schon immer besonders gut gefallen. Du hast es von Mrs. Macalister, nicht wahr?« fragte Linnet.

»Ja, von Macs Ma. Sie hat es nie zugelassen, daß ihre Söhne sie Ma nannten. Sie mußten immer Mutter sagen.«

Linnet beugte sich wieder über die Steppdecke. »Du hast sie doch gekannt. Was war sie für eine Frau?«

»Na ja — sie war eine richtig vornehme Lady. Slade, das war Macs Pa, reiste nach Norden, um zu sehen, ob er Geld auftreiben könnte. Er wollte nämlich einen Handelsposten in Kentucky eröffnen. Wir — das heißt: die Tuckers, die Starks, Lyttle und ich — lebten damals in North Carolina. Lyttle und ich waren damals noch nicht verheiratet, aber wir waren Freunde und Nachbarn. Also, wie ich schon gesagt habe, ging Slade nach Norden.« Agnes hielt inne und seufzte. »Slade Macalister war ein gutaussehender Mann — groß, breitschultrig, dunkles Haar. Er bewegte sich so geschmeidig wie eine Katze.«

»Wie Devon«, flüsterte Linnet kaum hörbar.

Agnes war so versunken in ihre Erinnerungen, daß sie Linnets Bemerkung gar nicht hörte. »Als Slade aus dem Norden zurückkehrte, brachte er seine Braut mit. Sie war ein hübsches kleines Ding, redete vornehm und hatte feine Manieren.« Sie musterte Linnet kurz und stellte fest, daß der schwere Steingutbecher in der Hand dieses englischen Mädchens aussah wie kostbares chinesisches Porzellan. »Sie war schon schwanger, als sie zu uns kam. Sobald ihre Zwillinge auf der Welt waren, machten wir uns alle auf, um nach Kentucky zu ziehen. Von Anfang an machte Slades Frau Ärger. Andauernd klagte sie — über die viele Arbeit, die anstrengende Reise —, sie hat uns damit halb wahnsinnig gemacht. Aber Slade liebte sie wirklich. Ich habe nie wieder einen Mann gesehen, der so abhängig von seiner Frau war.« Agnes kicherte. »Zumindest im Bett muß sie gut gewesen sein, denn oft stand Slade morgens müder auf, als er abends ins Bett gegangen war.«

Linnet senkte den Kopf, weil sie vor Scham rot geworden war.

»Eigentlich konnte sie aber gar nichts dafür, daß sie sich so schrecklich benahm. Slade hat mir mal erzählt, daß sie in einem Haus aufgewachsen ist, wo viele Schnüre an der Wand hingen. Wenn man daran zog, kamen sofort Diener gelaufen, um ihr jeden Wunsch zu erfüllen.«

Linnet sah Agnes verblüfft an. Sie hatte in ähnlichen Verhältnissen gelebt. Nur — als die Minen ihres Vaters erschöpft waren, mußte alles verkauft werden, damit die Schulden bezahlt werden konnten. »Was war Devon für ein Kind?« fragte Linnet leise.

»Also, was Gegensätzlicheres als diese Zwillinge kannst du dir nicht vorstellen! Kevin sah aus wie seine Ma — blondes, lockiges Haar, helle Haut. Devon war ganz der Vater — brünett und mit diesen strahlenden blauen Augen. Als wir hier eine ganze Weile ansässig waren, fand Slade immer mehr Gründe, um selten nach Sweetbriar zu kommen. Ich nehme an, daß ihm allmählich das Gejammere seiner Frau auf die Nerven ging. Aber die richtigen Ehekräche fanden wegen der Indianer statt.«

»Welche Indianer?«

»Slades Mutter war 'ne wichtige Frau aus dem Stamm der Shawnee. So kamen immer wieder Indianer vorbei, um nach den Zwillingen zu sehen. Georgina hatte fürchterliche Angst vor den Rothäuten, und sie hielt die Jungs immer im Haus und ließ sie nie nach draußen. Sie hatte deswegen einen fürchterlichen Krach mit Slade. Das Gebrüll konnte man 'ne Meile weit hören. Als sie laufen lernten, haben die Jungs das Problem selbst gelöst. Zumindest Mac.« Sie lachte.

»Wie hat er das denn angestellt?«

»Das Kerlchen war so schlüpfrig wie ein Aal. Nichts, aber auch gar nichts konnte ihn im Haus halten. Ich erinnere mich, wie Slade einmal den Teer regelrecht aus ihm herausgeprügelt hat. Er hatte ihn nämlich auf dem Hausdach erwischt. Mac war da erst vier Jahre alt! Wir haben nie herausgefunden, wie er da raufgekommen ist.« Agnes lachte.

»Was geschah mit seiner Mutter und wo ist Kevin?«

Agnes seufzte. »Das ist eine wirklich traurige Geschichte. Als die Zwillinge fünf Jahre alt waren, hatte es Slades Frau längst aufgegeben, Mac im Haus halten zu wollen. Doch eines Tages fand sie ihn, als er zusammen mit einem Indianerjungen im Dreck hockte. Beide Jungen trugen nur so kleine Lendenschurze aus Leder, und der kleine Indianer versuchte Mac ein paar Shawneeworte beizubringen. Georgina kreischte so laut los, daß wir alle dachten, sie hätte den Verstand verloren.«

»Aber warum?« fragte Linnet erstaunt.

Agnes lächelte sie voll ehrlicher Zuneigung an. Trotz allem, was sie bei den Indianern erlebt hatte, haßte Linnet sie nicht. Andere Leute würden das sicher tun. »Ich glaube, der Grund war, daß sie Mac nicht davon abhalten konnte, mit den Indianerkindern zu spielen. Mit Kevin war das anders — der gehorchte seiner Ma immer. An diesem Abend hörten wir, wie sie Slade anschrie und ihm sagte, daß sie zurück in den Osten gehen und ihre Söhne mitnehmen wollte. Zwei Tage später zogen ein paar Missionare hier durch. Georgina nahm Kevin und ging zurück in den Osten. Wir haben sie nie wiedergesehen.«

»Was geschah dann mit Devon? Wie brachte sie es über sich, ihren kleinen Jungen zu verlassen?«

Agnes schüttelte müde den Kopf. »Ich weiß es auch nicht genau — aber sie tat es. Sie umarmte und küßte ihn. Sagte ihm immer wieder, wie sehr sie ihn liebte. Dann stieg sie auf den Planwagen und fuhr weg.«

»Und Devon?«

»Er war erst fünf Jahre alt! Er stand etwa eine Minute lang da und ging dann zurück in den Laden. Wir dachten alle, daß er zu klein wäre, um überhaupt zu begreifen, was vor sich ging.«

»Aber er war es nicht«, stellte Linnet mit brüchiger Stimme fest.

Agnes schüttelte traurig den Kopf. »Natürlich hat er alles genau begriffen. Ein paar Stunden später suchte Slade ihn überall. Wir alle suchten nach ihm. Nach zwei Tagen brachte ihn einer seiner indianischen Vettern zurück. Der Kleine sah aus, als hätte er weder gegessen noch geschlafen. Slade stand nur da. Wir dachten alle, er würde ihn tüchtig verprügeln. Aber Slade kniete nieder und breitete die Arme aus. Mac lief geradewegs hinein.« Agnes wischte sich verstohlen eine Träne ab. »Es war furchtbar. Dieser kleine Junge weinte stundenlang. Slade hat ihm schließlich Whisky einflößen müssen, damit er einschlief.«

»Hat er seine Mutter je wiedergesehen?«

»Nein. Aber als Slade vor drei Jahren starb, schrieb ich an Kevin und legte eine von Macs Schnitzereien dazu. Kevin antwortete, daß auch Georgina gerade gestorben wäre ... Ich hoffe und bete, daß wenigstens Kevin eines Tages den Weg hierher zurückfindet.«

Für eine Weile war es still im Zimmer. Von draußen schallte das Geräusch einer Axt herein. Doyle spaltete Feuerholz. Der Schnee dämpfte alle Geräusche.

»Warum haßt Devon Cord so sehr?« Linnet hielt den Kopf gesenkt. Sie mußte es einfach wissen, ganz gleich, was Agnes darüber dachte.

Agnes schien nicht abgeneigt zu sein, über dieses Thema zu sprechen. »Mac traf Cord zum ersten Mal, als er gerade achtzehn war. Sie sahen sich an und ... waren Feinde fürs Leben. Zuerst waren sie nur Rivalen. Weißt du, jeden Sommer kommen hier die Trecks mit neuen Siedlern durch. Cord und Mac trieben da immer so einen Wettbewerb — der Sieger war derjenige, in den sich im Lauf des Sommers die meisten Mädchen verliebten.«

Ungläubig sah Linnet die ältere Frau an. Agnes schmunzelte. »Ja, ich weiß, es ist eine ziemlich blöde Sache gewesen. Ich habe mal mit Slade darüber gesprochen, aber der ließ nie was auf seinen Jungen kommen. Mac war sein ein und alles. Aber ich war es leid, dauernd die heulenden Mädchen zu trösten, während Mac und Cord sich amüsierten! Im letzten Sommer aber kam es anders. Ein kleines Mädchen namens Amy Trulock fuhr hier durch, und Mac verliebte sich zum ersten Mal richtig.«

Agnes schien nicht zu bemerken, daß Linnet große Augen machte und gebannt lauschte. »Als Amy hier auftauchte, war Cord nicht da. Aber als er wiederkam, fing er an, seinen Charme bei Amy auszuspielen. Genau wie immer, nur daß diesmal bei Mac die Dinge anders lagen. Ich weiß ziemlich genau, was dann passierte, weil Lyttle und Mac zusammen auf der Jagd waren. Sie haben Amy und Cord beobachtet, wie sie nackt im Fluß schwammen. Seit diesem Tag dreht Mac halb durch, wenn er Cord nur sieht.«

Sie schwiegen minutenlang, und Agnes betrachtete nachdenklich Linnets gesenkten Kopf. Sie fragte sich, was das Mädchen wohl über Macs Verhalten dachte. Sie, Agnes, wußte, daß Mac Linnet nicht besucht hatte, weil er den Verdacht hatte, daß sie etwas mit Cord angefangen hatte. Das Erlebnis mit Amy Trulock hatte ihn wohl mehr getroffen, als er selbst ahnte. Er war einfach noch nicht fähig, sich wieder richtig für eine Frau zu interessieren. Mac wollte nicht wieder verletzt werden.

Früh am nächsten Morgen ging Linnet zurück in ihre Hütte. Es war ein hartes Stück Arbeit gewesen, Agnes und ihre Familie davon zu überzeugen, daß sie wieder gesund und durchaus in der Lage war, für sich selbst zu sorgen. Schließlich hatte sie Agnes verzweifelt angeblickt, und die ältere Frau hatte begriffen, daß Linnet allein sein wollte.

Der Boden, über den sie lief, war schlammig. Die kühle Luft war erfrischend nach der langen Zeit in der Hütte der Emersons. Es war nur noch hier und da Schnee zu sehen. Linnet schritt beherzt aus und versuchte die Gedanken in ihrem Kopf zu ordnen. Seit Agnes ihr gestern über Devons Leben berichtet hatte, konnte sie an nichts anderes mehr denken. Sie sah ihn vor sich — der kleine Junge, der um seine Mutter weinte, der erwachsene Mann, der zusehen mußte, wie das Mädchen, das er liebte, nackt mit seinem Vetter im Fluß badete. Linnet begriff jetzt, warum er sie nicht besucht hatte. Devon hatte schon den Stab über sie gebrochen und des gleichen Verbrechens für schuldig befunden wie Amy Trulock. Natürlich konnte sie jetzt zu ihm gehen und alles klarstellen und ihm über ihr Erlebnis mit Cord Bericht erstatten.

Aber warum sollte sie das tun? Ja, warum? Wenn sie jetzt um sein Vertrauen bettelte, dann würde sie in einen Teufelskreis geraten. Immer wieder würde sie sich dann vor ihm für ihr Verhalten rechtfertigen müssen. Nein! Er mußte sie akzeptieren, so wie sie war. Wenn er dachte, sie würde ihre Nächte bei anderen Männern verbringen, dann konnte sie es auch nicht ändern. Er mußte erkennen, daß sie, Linnet Tyler, anders war als Amy Trulock. Panik überkam sie, als sie darüber nachdachte, was ihr Entschluß letztendlich bedeuten könnte — Devon könnte so wütend werden, daß er sie gar nicht mehr beachtete. Aber gut, wenn er so reagierte, dann wäre es sicher besser, ihn loszusein, sagte sie sich selbst. Gleich darauf mußte sie lächeln. Sie selbst würde ihm nämlich bis ans Ende der Welt nachlaufen!

Die Lichtung kam in Sicht. Voller Verwunderung sah Linnet Rauch aus dem Schornstein ihrer Hütte aufsteigen. Sie raffte ihre Röcke und lief zur Tür. Außer Atem betrat sie den Innenraum. Sie lehnte sich gegen die Tür und überprüfte das Zimmer. Im Kamin flackerte ein Feuer, alles war sauber und aufgeräumt.

Die vier Schnitzereien auf dem Tisch erregten ihre besondere Aufmerksamkeit. Mit feuchten Augen nahm sie die erste in die Hand. Sie zeigte Agnes, wie sie mit straffen Schultern dastand. Die Energie und Vitalität dieser Frau kamen in der Holzskulptur voll zur Geltung.

Linnet wandte sich den anderen Arbeiten zu. Die zweite Figur stellte die beiden Starkzwillingspärchen dar — wehende Röckchen und Jacken vermittelten, welche Freude die Kinder bei ihrem Kreisspiel empfunden haben mußten. Das dritte Kunstwerk zeigte Gaylon und Doll bei ihrer liebsten Beschäftigung. Die beiden saßen auf ihrer Bank — Gaylon schnitzte an einem Stock, und Doll lachte.

Aus der vierten Schnitzerei wurde Linnet nicht ganz schlau. Jessie Tuckers stupsnasiges Gesicht war unverkennbar — aber wer war das Mädchen, das sich zu ihm hinunterbeugte? Linnet dachte sofort an Amy Trulock. Das Mädchen lächelte leicht und sah aus, als ob es nichts Wichtigeres auf der Welt gäbe als das, was Jessie Tucker gerade sagte. Linnet freute sich nicht besonders über ein Abbild von Amy Trulock, aber die drei anderen Skulpturen bedeuteten ihr sehr viel. Sie setzte sie liebevoll auf das Kaminsims und stellte die vierte etwas abseits.

Es war schon dämmrig, als ein Klopfen ertönte. Nervös fuhr Linnet noch einmal über Kleid und Haar, ehe sie öffnete. Devon stand vor ihr. Linnet starrte ihn nur an, sein Anblick hatte ihr die Sprache verschlagen.

»Willst du mich hier draußen erfrieren lassen, oder darf ich reinkommen?« Er lächelte, und sie trat zurück.

»Natürlich, bitte komm herein.«

Er betrat den Raum und sah sich um. »Hast du alles ordentlich vorgefunden, als du wiedergekommen bist?«

Linnet ging zum Herd und rührte noch einmal das Stew um. Devon verhielt sich so, als würde er Verwandte besuchen! »Ja.« Sie lächelte mühsam. »Es war alles perfekt. Danke, daß du dich um meine Hütte gekümmert hast. Aber besonders gefreut habe ich mich darüber.« Sie trat zum Kamin und fuhr sacht mit den Händen über die drei ersten Figuren. Die vierte beachtete sie gar nicht.

Devon bemerkte ihr Zögern. Ein verletzter Ausdruck trat in seine Augen. Er stellte sich neben sie und hob die verschmähte Figur hoch. »Diese hier magst du wohl nicht?« fragte er leise.

»Ich ... sie ist recht hübsch«, entgegnete sie zögernd.

»Es war gar nicht so leicht, Jessies Gesichtsausdruck einzufangen. Der Junge ist dauernd in Bewegung. Aber du warst viel leichter zu porträtieren.«

Linnet hielt beim Tischdecken inne. »Ich?« fragte sie ungläubig.

Devon sah sie überrascht an. »Vielleicht habe ich dich ja nicht so gut getroffen. Hast du dich wirklich nicht erkannt?«

Sie stellte den Teller hin und nahm ihm die Schnitzerei aus der Hand. Sie musterte das Mädchen genau. Sah sie wirklich so jung, so naiv aus? »Nein, ich habe wirklich nicht gewußt, daß es mich darstellen sollte.« Sie warf ihm einen Blick zu.

Ein Lächeln erleuchtete seine Augen, als er bemerkte, daß ihre Finger jetzt liebevoll über die weichen Konturen der Figur glitten. Jungenhaft schwang er ein Bein über die Stuhllehne und setzte sich hin. »Ich habe riesigen Hunger. Gaylon hat in den letzten Tagen versucht, mich mit seinem Fraß umzubringen.«

Sie legte ihm eine enorme Portion vor. Devon sagte kein Wort über Cord. Linnet wußte nicht, ob sie darüber nun wütend oder erleichtert sein sollte.

»Wen hätte ich denn außer dir schnitzen sollen?« fragte er mit vollem Mund. »Hier sieht dir keines der Mädchen ähnlich.«

»Ich ... ich weiß nicht. Ich dachte, es wäre jemand, den du früher einmal gekannt hast.«

Er runzelte die Stirn. »Du bist eine schlechte Lügnerin.«

Die Stille im Raum war fast mit Händen zu greifen. »Devon, ich wollte dir erzählen ...«

Er fuhr auf. »Du mußt mir überhaupt nichts erzählen! Gar nichts! Du bist meine Lehrerin, mehr nicht. Alles, was du tust, ist deine Sache — nicht meine! Und jetzt wollen wir uns über Dinge unterhalten, die uns beide interessieren, wie zum Beispiel: Ich hätte gern noch ein Stück Kuchen.« Er lächelte sie an. Doch seine Augen funkelten nicht spöttisch wie sonst. Sie blieben hart und kalt.

»In Ordnung«, sagte sie nach einer kleinen Pause. »Ich muß deine Gefühle akzeptieren.« Sie schnitt ihm ein riesiges Stück Kuchen ab.

»Gaylon hat mir erzählt, daß du deinen Urgroßvater besucht hast«, begann sie leise.

Devon beachtete sie nicht.

Ärgerlich nahm sie ihm den leeren Teller ab. »Vielleicht interessiert dich ja mein Leben nicht. Aber ich als deine Lehrerin habe großes Interesse an deinem! Ist dein Urgroßvater eigentlich auch so stur wie du?«

Devon lehnte sich zurück und sah sie überrascht an. »Ich habe die Kinder befreit. Das hattest du dir doch gewünscht, oder? Ich habe sie ein paar Missionaren übergeben, die sie in den Osten zurückbringen wollen.«

Sie war so erstaunt, daß ihr fast die Stimme versagte. »Hast du alle Kinder befreit?« flüsterte sie.

»Deine sechs und noch ein paar andere, die Crazy Bear bei früheren Beutezügen geraubt hatte...«

8

In den nächsten Wochen schien es so, als hätten Devon und Linnet eine stillschweigende Übereinkunft geschlossen. Devon betrat ihre Hütte nicht mehr. Sie fühlte sich ihm gegenüber mehr als je verpflichtet, weil er die Kinder gerettet hatte. Deshalb ließ sie ihm dreimal am Tag durch Gaylon eine Mahlzeit zukommen. Sie sah Devon auch sonst nicht — immer, wenn sie in den Laden kam, war er nicht da.

Als die Adventszeit kam, half Linnet den anderen bei den Vorbereitungen für die Festlichkeiten, die die Weihnachtstage verschönern sollten. Agnes kam in den Laden und wies jedem seine Aufgaben zu. Gaylon wurde in den Wald geschickt, um frisches Wildbret zu schießen. Doll sollte auf der Geige Weihnachtslieder üben, und Linnet hatte die Aufgabe übernommen, Devons Laden weihnachtlich zu schmücken. Dort sollte nämlich ein Tanzfest abgehalten werden. Agnes sah Devon scharf an: »Du bleibst bei Linnet und hilfst ihr.«

Linnet hätte schwören können, daß Gaylon und Doll fast vor Lachen barsten.

»In Ordnung. Was soll ich tun?« fragte Devon mürrisch.

Linnet verzog verächtlich den Mund. »Ich brauche deine Hilfe nicht. Ich komme schon allein zurecht.« Nach diesen Worten rauschte sie aus dem Laden.

»Linnet?«

Sie drehte sich heftig um und sah, daß er ihr nachgekommen war. »Du bist doch nur deshalb herausgekommen, um mir irgendwelche Gemeinheiten an den Kopf zu werfen, nicht? Ich komme aber schon allein zurecht!«

»Du wiederholst dich. Ich wollte dir nur das bringen.« Er hielt ihren Schal hoch. »Hab' mir gedacht, daß du ihn vielleicht brauchen könntest.«

Das stimmte. Sie war so zornig gewesen, daß sie gar nicht bemerkt hatte, wie kalt die Luft war. Linnet schlang das Tuch um ihre Schultern. »Wenn du mich jetzt entschuldigen würdest.« Mit entschiedenen Schritten steuerte sie auf den Wald zu, doch zu ihrem Ärger folgte ihr Devon auf dem Fuße. »Du brauchst nicht in meiner Nähe zu bleiben!«

»Ich weiß — du kommst sehr gut allein zurecht«, äffte er sie nach. »Aber soweit ich weiß, ist dies ein freies Land.«

Sie schenkte ihm keine Beachtung, während sie nach grünen Zweigen Ausschau hielt, die den Kaminsims schmükken sollten. Zu ihrem Mißfallen hatte sie ihr Messer vergessen. Da sie nicht zu ihrer Hütte gehen wollte, um es zu holen, versuchte sie, die Zweige abzubrechen.

Devon beobachtete ein paar Minuten ihre Bemühungen,

dann trat er neben sie. »Kann ich dir helfen?« Er holte ein scharfes Messer aus der Tasche und trennte den Ast mit einem einzigen Schnitt ab. »Oder hättest du es lieber, wenn Cord dir helfen würde?«

»Ja«, flüsterte sie. »Cord oder irgendein anderer. Jeder wäre mir recht!« Sie sah nicht auf, als er auf dem Absatz kehrtmachte und wegging. Mit zitternden Händen trug sie den Zweig zur Siedlung.

Der Laden war voller Leute, als Linnet eintrat. Die Kinder liefen aufgeregt herum, voll Vorfreude auf das Fest, das am nächsten Tag stattfinden sollte.

Caroline Tucker und Linnet kochten den ganzen Tag, wobei sie Zutaten benutzten, die die Frauen schon monatelang eifersüchtig gehütet hatten. Dabei stand ihnen Jessie dauernd im Wege. Lonnie Emerson schloß sich ihm bald an. Lonnie meinte, daß er mehr Anspruch auf Linnet hätte, weil er ihr das Leben gerettet hattc. Jessie akzeptierte das ganz und gar nicht — daher nutzten die Jungen die Gelegenheit zu mehreren kräftigen Prügeleien.

Einmal trat Devon, der an jeder Hand einen Jungen hielt, Linnets Tür auf und forderte sie auf, endlich etwas gegen die Streitlust der Jungen zu unternehmen. Er ließ auch noch einige Bemerkungen darüber fallen, daß sich alle männlichen Wesen in Sweetbriar ihretwegen in den Haaren lägen. Er wolle verdammt sein, wenn er sich diesem Irrsinn auch noch anschließen wollte! Ehe Linnet etwas erwidern konnte, stampfte er wütend hinaus.

Der Abend war kalt und klar. Linnet zog das Kleid über, das sie sich extra für das Fest genäht hatte. Es war aus leichtem blauem Baumwollstoff, im Nacken etwas ausgeschnitten und wurde mit einem Band in der Taille zusammengehalten. Die Puffärmel reichten bis zum Ellbogen. Eigentlich war es mehr ein Sommerkleid, doch auf dem Fest würde es sicherlich sehr warm werden. Sie kämmte ihr langes frischgewaschenes Haar, bis es in seidigen Wellen über die Schultern fiel.

Einen Moment lang stand sie nervös vor dem Kamin und schalt sich selbst für ihren Wankelmut. Wenn Devon sie nur hübsch fand, wenn Devon ... Sie lachte laut. Sie fragte sich, was er sagen würde, wenn er wüßte, wie oft sie in den letzten Wochen an ihn gedacht und daß sie viele Stunden an dem Kleid genäht hatte. Und alles nur für ihn! Ob er sie auffordern würde, mit ihm nach draußen zu gehen, weil die Luft im Saal so stickig war? Würde er das fragen? Sie würde freudig mit ihm gehen. Sie würde ihm überallhin folgen!

Linnet öffnete die Tür und schritt in die Nachtluft. Die Kälte kam ihr auf dem kurzen Weg zum Laden gar nicht zu Bewußtsein. Ängstlich öffnete sie die Tür zu Devons Laden und spähte hinein. Viele Augenpaare wandten sich ihr zu, aber keins davon gehörte Devon. Der saß zusammen mit Corinne in einer lauschigen Ecke und hatte sie noch nicht einmal bemerkt.

Agnes Emerson kam zu Linnet. »Lynna, möchtest du ein bißchen mit mir herumspazieren? Du denkst doch nicht ernstlich daran, ihn zu heiraten, oder?«

Einen Moment lang war Linnet verwirrt. Dann lächelte sie abwesend dem jungenhaften Worth Jamieson zu, der in ihrer Nähe stand.

»Woher weißt du, daß mich Worth gefragt hat?«

»In Sweetbriar bleibt nichts verborgen, Kind. Ich weiß ja auch, daß du dich mit Devon gestritten hast. Ihr sprecht kein Wort mehr miteinander, nicht?«

Linnet senkte betreten den Kopf und starrte auf ihre Hände. »Ich fürchte, es hat da einige Mißverständnisse gegeben. Er hat ja auch schon eine andere.«

»Ach was, Corinne interessiert ihn nicht im geringsten!« Agnes kam zum Kern der Sache: »Wenn Worth oder ein anderer Corinne einen Heiratsantrag machen würde, dann würde sie ihn sofort zum Altar schleifen! Im Moment rechnet sie sich allerdings große Chancen aus, daß sie Mac kriegt. Dazu kommt, daß der Junge nicht unvermögend ist.«

»Agnes, bin ich für jedermann so leicht zu durchschauen?«

»Aber sicher, mein Mädel! Wenn du Mac ansiehst, schmilzt du förmlich dahin!«

»Nein! Bitte, sag so was nicht!«

»Es ist die nackte Wahrheit! Und jetzt wollen wir überlegen, wie wir ihn von Corinne loseisen können! Wenn er dich einmal richtig angesehen hat, wird er kaum noch einen Blick für eine andere Frau übrighaben. Mac«, rief Agnes, »komm mal eben aus deiner Ecke und schau dir unsere Linnet an!«

Devon sah auf. Seine Augen weiteten sich erstaunt.

»Ich glaube, jetzt hast du ihn an der Angel. Gib ihn nicht wieder frei«, flüsterte Agnes Linnet zu. Dann steuerte sie zielsicher Corinne an, um sie davon abzuhalten, Mac und Linnet zu stören.

»Du siehst gut aus, Linnet«, bemerkte Devon leise.

»Wirklich?«

»Ja, wirklich«, lachte er.

Doll fing an zu fiedeln. Devon griff nach Linnets Arm. »Möchtest du tanzen?«

»Ich glaube, du mußt mir die Schritte erst zeigen.«

»Hier gibt's keine Schritte, du mußt nur mit den Füßen stampfen.« Er ergriff ihre Hände und wirbelte sie herum. Das Ganze war ziemlich anstrengend, und sie war bald sehr durstig.

Devon führte sie zu dem Faß mit Apfelwein und füllte ihr einen Becher. Sie sahen sich tief in die Augen. Plötzlich packte er sie um die Taille und zog sie eng an sich. »Deine Augen haben die Farbe von Honig mit kleinen Silberfünkchen darin. Aber manchmal könnte ich schwören, daß sie rotbraun sind.«

»Junge, laß das Süßholzraspeln!« rief Floyd Tucker zu ihnen herüber. »Da drüben siehst du, wohin das führen kann!« Er deutete auf eine Anzahl Kinder, die neben der hochschwangeren Esther Stark saßen.

Linnet fühlte, wie ihr die Röte ins Gesicht stieg. Doch Devon drückte sie noch fester an sich und grinste: »Du bringst mich da auf einen guten Gedanken, Floyd!«

»Devon!« Empört löste sie sich von ihm, aber er lachte sie so lange spitzbübisch an, bis sie nicht anders konnte und zurücklächelte.

»Agnes«, rief Lyttle seiner Frau zu, »ich glaube, wir müssen mit dem Ausschoten anfangen, sonst verlieren die jungen Leute hier noch Maß und Ziel!«

»Na ja, Lyttles Idee ist nicht halb so gut wie die von Floyd, aber es wird schon gehen«, antwortete Devon.

Der ganze Saal brach in brüllendes Gelächter aus, und Linnet begriff, daß Devon einen guten Witz gemacht haben mußte. Sie verstand allerdings die Pointe nicht.

Agnes trat neben sie. »Weißt du, jedes Jahr bewahren wir ein paar Büschel Mais auf, um sie hier auf dem Weihnachtsball zu entschoten. Jeder, der ein rotgefärbtes Blatt findet — wir nennen sie ›rote Ohren‹ — darf jeden küssen, den er mag.«

»Oh!« staunte Linnet. Jetzt verstand sie Devons Scherz!

»Komm, los! Sonst erwischst du kein ›rotes Ohr‹ mehr!«

»Ich?« fragte Linnet.

»Aber sicher«, lachte Agnes. »Und denk dran — wenn du ein ›rotes Ohr‹ findest, darfst du den Mann deiner Wahl küssen!«

Linnet sah auf Devon, der sie scharf beobachtete. Sie zögerte nicht lange. »Dann mal los!« sagte sie und stürmte entschlossen zu dem großen Haufen Mais, der am Ende des Raumes aufgebaut war.

Doll Stark fand das erste ›rote Ohr‹. Trotz zahlreicher Zurufe ging er zielstrebig auf seine Frau Esther zu. Er hatte einige Mühe, die Hochschwangere in den Arm zu nehmen, doch er schaffte es schließlich. Jemand rief gutgelaunt, daß er es deshalb so gut beherrschte, weil er Esther nur mit dickem Bauch kennen würde. Doll küßte sie leidenschaftlich und schwenkte sie dann stürmisch durch den Raum. Alles applaudierte lachend.

Agnes stieß Linnet verstohlen an. »Jetzt verstehe ich, warum Esther mit seiner Faulheit leben kann. Kann eine Frau mehr von einem Mann verlangen?«

Doll setzte seine Esther auf der Bank ab und kehrte zu seiner Geige zurück. Jedermann lachte über den verklärten Ausdruck auf Esthers Gesicht.

Plötzlich flog die Tür auf. Im Türrahmen stand die mächtige Gestalt von Cord Macalister. Linnet hatte ihn nicht mehr gesehen seit sie vor ihm aus der Höhle geflohen war. Er schien den Vorfall nicht zu bedauern, denn er suchte sofort Linnets Augen und grinste sie breit an. »Cord!« riefen die Kinder und liefen auf ihren großen Freund zu, um mit den Fransen an seinem Anzug zu spielen.

»Da bin ich ja gerade zur rechten Zeit erschienen!« Er wies auf den Mais. »Das ist mein Lieblingsspiel! Paßt auf, Kinder, Cord findet sofort ein ›rotes Ohr‹!«

Die Kinder jauchzten, als der Trapper den sauberen Stapel auseinanderriß. »Ich hab' eins!« rief er nur wenige Minuten später triumphierend. Er stapfte durch den Mais, wobei er nicht darauf achtete, daß seine Lederfransen Wilma hart ins Gesicht schlugen. Als er Linnet gefunden hatte, hob er sie hoch.

Sie schlug wild gegen seine Brust. »Cord! Nein! Laß mich in Ruhe!«

»O nein! Ich habe dich in einem ehrlichen Spiel gewonnen! Du bist mein Preis!« Er zog sie grob an sich, bog gewaltsam ihren Kopf zurück und zwang seine Zunge in ihren Mund. Sie fühlte sich wie geknebelt.

Mit einem Mal ließ er sie los. So plötzlich, daß sie fast

hingefallen wäre. Er starrte sie mit harten, haßerfüllten Augen an und verließ den Laden. Die Tür knallte hinter ihm zu.

Im Saal war es ganz still geworden. »Ich glaube, ich habe vergessen, die Zornteufel aus den Ecken zu fegen«, murmelte Gaylon bedrückt. Einige lachten nervös auf. Die Stimmung war verdorben.

Da begann Doll zu fiedeln. »Der wird mir meine gute Laune nicht vermiesen! Kommt, Leute, entschotet den Mais! Sonst müssen meine Frau und meine Kinder noch mehr arbeiten!«

Alle lachten erleichtert über Dolls Witz, denn jeder wußte ja, wie arbeitsscheu er war! Als noch einige ›rote Ohren‹ gefunden wurden, schlug die Stimmung wieder hohe Wellen. Devon fand auch ein ›rotes Ohr‹... Alle warteten gespannt, was nun passieren würde. Linnet wurde manch ermutigendes Lächeln zugeworfen.

Devon sah sie lange mit ernstem Gesicht an.

»Los, Junge!« rief Gaylon. »Oder stehen so viele Frauen zur Auswahl, daß du dich nicht entscheiden kannst?«

»Nein, so ist es nicht«, erwiderte Devon tonlos. »Corinne, komm her zu mir!« Er drehte sich zu dem üppigen Mädchen um. Totenstille herrschte, als Devon Corinne in die Arme nahm. Linnet starrte wie gebannt auf Devons dunkle, weiche Hand, die gerade Corinne berührte. Sie sah, wie sein Mund sich öffnete, bevor er sich auf die Lippen der anderen Frau senkte. Corinne preßte ihren jungen Körper gegen seinen.

Linnet blickte in ihren Schoß und sah auf einmal ein ›rotes Ohr‹. Schnell drückte sie Agnes das Blatt in die Hand. Dabei murmelte sie etwas von Unwohlsein. Leise schlich sie aus dem Saal. Jeder bemerkte ihr Verschwinden. Auch der Mann, der gerade eine andere küßte.

9

Linnet rannte in ihre Hütte und ließ ihren Tränen freien Lauf. Sie war verzweifelt und fühlte sich schrecklich allein.

»Du wirst dein schönes Kleid ruinieren!«

Sie drehte sich erschrocken um. Durch den Tränenschleier vor ihren Augen erkannte sie Cord. »Geh! Laß mich allein!«

Seine Augen wurden schmal. »Jetzt habe ich aber genug von deinen Zicken! Du bist nicht so rein und unschuldig, wie du immer tust. Seit du hier bist, läufst du meinem lieben Vetter nach, und ich bin mir sicher, daß er dich schon gehabt hat! Eine läufige Hündin bist du, nichts weiter! Also werde ich mir jetzt auch von dir holen, was du anderen offensichtlich so freigebig geschenkt hast!«

»Du irrst dich! Jetzt verschwinde hier, oder ich schreie!«

»Na los, tu's doch!« Sie öffnete ihren Mund, doch ehe sie einen Ton hervorbringen konnte, legte sich Cords breite Hand über ihr Gesicht, so daß sie keine Luft mehr bekam. Nach ein paar qualvollen Sekunden gab er sie wieder frei. »Na? Siehst du jetzt, was ich meine? Los, schrei nur! Aber denk daran, wie unbequem es für dich wäre, wenn ich deinen hübschen Mund knebeln müßte, während ich mich an deinem süßen Körper erfreue...«

»Cord, nein —« Sie wich ängstlich vor ihm zurück.

»Glaubst du immer noch, daß du mich davon abbringen kannst? So viele Worte gibt's gar nicht, daß ich hier herausgehe, ohne ein Schäferstündchen mit allem Drum und Dran genossen zu haben.« Eine Stimme schallte herein. Sofort legte sich Cords Hand wieder über Linnets Gesicht. »Diese verdammten Wichtigtuer! Kommen, um zu erfahren, warum die kleine Lynna nicht mehr auf der Party ist! Ich glaube, ich muß dich von hier wegbringen.«

»Nein —«, wollte sie widersprechen.

»Sag nie wieder in meiner Gegenwart nein«, drohte er.

»Ich mag dieses Wort nicht. Laß mich mal überlegen, wie ich es mache... Ich möchte nämlich nicht, daß irgend jemand uns folgt. Mein verdammter Vetter kann Spuren lesen, wie der Teufel persönlich...« Sein Gesicht erhellte sich plötzlich. »Du bringst ihm Lesen bei, nicht? Dann kannst du ihm ja einen Brief schreiben, in dem steht, daß du mit mir weggelaufen bist. Das wird er glauben!« Cord grinste. »Hat dir Mac eigentlich mal die Geschichte von der kleinen Trulock erzählt? Er war so scharf auf sie, daß ihm die Zunge bis zu den Füßen hing! Aber sobald ich ins Spiel kam, hat sie Mac nicht mehr angeschaut.«

Linnet war gelähmt vor Angst. Cord war verrückt! Sie erkannte die Eifersucht und den Haß auf seinen Vetter in seiner Stimme, und sie fragte sich, was der Grund für dieses Verhalten war.

»Hier, schreib auf, was ich dir diktiere.«

Gehorsam nahm Linnet — in Ermangelung von Papier und Feder — die Schiefertafel, auf der Devon seine Schreibübungen machte.

»Du schreibst jetzt, daß du mit mir weggelaufen bist und niemals zurückkehrst. Versuch nicht, mich zu betrügen — ich kann lesen!« Als er bemerkte, daß sie zögerte, kräuselten sich seine Lippen. »Ich würde nur sehr ungern einen von diesen zarten kleinen Knochen brechen — aber ich würde es tun. Und dann würde ich dich trotzdem mitnehmen. Wie hast du doch so schön in der Höhle gesagt? Du hast keine Wahl.«

Sie reichte ihm die nach seinem Diktat vollgeschriebene Tafel. Er hielt sie falsch herum und starrte angestrengt darauf. Da wurde es Linnet klar, daß er sie belogen hatte. Er konnte gar nicht lesen.

Cord grinste sie an, als ob er ihre Gedanken erraten hätte. »Ich hab's nicht gern getan, aber es mußte sein. Ich habe nämlich nicht angenommen, daß du freiwillig mit mir kommst.« Er band ein Tuch fest um ihren Mund, bog ihre

Hände nach hinten und fesselte sie. Dann streckte er vorsichtig den Kopf aus der Tür und spähte nach allen Seiten. Erst als er sicher war, daß niemand in der Nähe war, zerrte er Linnet zu seinem Schimmel und setzte sie darauf. Das Pferd trabte, nachdem er aufgesessen war, in den dunklen Wald.

Als Devon Corinne losließ, begegneten ihm überall feindselige Blicke. Er wußte, daß Linnet den Raum verlassen hatte. Für einen kurzen Augenblick fühlte er sich wohl, weil er es ihr endlich mit gleicher Münze heimgezahlt hatte. Sie konnte sich jetzt nicht schrecklicher fühlen als er, während sie in Cords Armen lag. Devon stieß Corinne von sich und setzte sich allein auf eine Bank, die an der Wand stand. Plötzlich war ihm elend zumute. Er hatte einst geschworen, daß ihn nie wieder eine Frau verletzen sollte — aber Linnet hatte es getan. Ihr Bild war beständig in seinen Gedanken, seit er sie in Crazy Bears Lager zum ersten Mal gesehen hatte.

Niedergeschlagen ging er hinter den Ladentisch und goß sich einen großen Whisky ein. Warum nur heiratete er nicht einfach Corinne, zeugte ein Dutzend Kinder und führte ein beschauliches Leben, wie es einem Mann seines Alters zukam? Warum lief er hinter einem Mädchen her, das es mit der Hälfte der Männer in Sweetbriar getrieben hatte? Die Flasche war schon zur Hälfte geleert, als Gaylon sie ihm fortnahm. »Du hast dich heute abend schon einmal zum Narren gemacht, Junge. Ich werde nicht zulassen, daß das ein zweites Mal geschieht. Los, geh ein bißchen an die frische Luft, damit du wieder 'nen klaren Kopf bekommst!« Er schubste Devon nach draußen.

Das erste, was Devon draußen sah, war Linnets Blockhaus. Die Tür stand offen. Benommen schwankte er langsam dorthin.

»Linnet?« flüsterte er mit schwerer Stimme. Er betrat das

Haus und schloß die Tür hinter sich. Das Feuer war am Verlöschen, also warf er ein Scheit darauf. Da fiel sein Blick auf die Tafel. Mühsam buchstabierte er Wort für Wort. Las es wieder und wieder. Sie war mit Cord auf und davon gegangen. Es lag eine Endgültigkeit in diesen Worten, die ihm das Herz brach.

Er hielt die Tafel fest, wankte zum Bett — Linnets Bett — und fiel wie ein nasser Sack darauf. Der Schlaf übermannte ihn, und er hielt die Tafel umklammert, als wäre es sein kostbarster Besitz.

Am nächsten Morgen schien Devons Kopf mit tausend Nadeln gespickt zu sein. Seine Zunge lag pelzig und trocken im Mund. Als er seinen Durst löschen wollte, bemerkte er, wo er war. Devon schwang seine langen Beine über die Bettkante und las noch einmal die Botschaft auf der Tafel. Der Zorn übermannte ihn.

So, sie ist also mit Cord durchgebrannt, dachte er. Vor seinem inneren Auge erschien wieder das Bild von Linnet, wie sie gestern abend in Cords Armen gelegen hatte. Aber er erinnerte sich auch daran, daß sie versucht hatte, Cord zurückzustoßen. Natürlich war das nur Getue gewesen. Er las noch einmal Linnets Nachricht. Devon runzelte die Stirn. Linnet würde niemals etwas vortäuschen. Sie würde ihre kleine Hand ausstrecken und sagen: »Ich, Linnet Blanche Tyler, werde heiraten. Wirst du zu meiner Hochzeit kommen?«

Je länger er auf die Tafel sah, desto verwirrter wurde er. Es war so gar nicht Linnets Art, einfach wegzulaufen. Sein Blick glitt prüfend durch die Hütte. Das Umschlagtuch und ihre zwei Kleider hingen ordentlich am Haken. Nichts war verändert oder umgestellt worden, selbst seine Schnitzereien standen auf dem Kaminsims. Sie hätte doch zumindest ihre Kleider mitnehmen müssen! Aber vielleicht hatte Cord ihr ja versprochen, sie neu auszustaffieren.

Devon stand auf, in seinem Kopf hämmerte der

Schmerz. Cord! War es möglich, daß Cord Linnet mit Gewalt entführt hatte? Devon konnte es nicht glauben, vor allem, weil sie offensichtlich schon mit ihm geschlafen hatte. Hatte sie das wirklich? Wäre sie denn an diesem Tag in den Schneesturm hinausgelaufen, wenn sie Cord nicht abgewiesen hätte? O ja, wenn Linnet seinen erfolgsgewohnten Vetter Cord abgewiesen hatte, dann wäre er zu allem fähig!

Devon trank einige Becher Wasser und trat dann in den nebligen Frühmorgen hinaus. Gaylon schnarchte auf ein paar Getreidesäcken im Lagerraum. Anscheinend hatte er die Flasche Whisky leergetrunken, die Devon gestern abend stehengelassen hatte.

»Gaylon!« schrie Devon ihn an, und der alte Mann öffnete verschlafen ein Auge. »Ich werde Linnets Spur verfolgen. Cord hat sie offenbar entführt!«

»Bist du sicher, daß sie nicht freiwillig mit ihm gegangen ist?«

»Ich habe jetzt keine Zeit, mit dir zu streiten! Hol mir etwas Dörrfleisch, während ich das Pferd sattle!«

Linnet saß steif vor Cord im Sattel. Zuerst hatte er ihren Körper immer wieder in unverschämter Art und Weise abgetastet. Ihre steife Haltung hatte ihn aber geärgert, und er hatte es gelassen. Jetzt ritten sie in eisigem Schweigen dahin. Linnet zwang sich dazu, wach zu bleiben, denn sie wollte sich merken, in welche Richtung sie ritten. Sie hatte vor, die erste beste Gelegenheit zu nutzen, um zu fliehen und auf eigene Faust nach Sweetbriar zurückzulaufen.

Die Sonne stand schon hoch am Himmel, als Cord Rast machte. Linnet war so erschöpft, daß sie kaum gehen konnte. Cord hingegen sah so frisch und munter aus, als hätte er sich gerade ausgeruht. »Komm, setz dich.« Er stieß sie auf den Boden. »Bis jetzt ist uns noch niemand gefolgt. Wird nicht leicht sein, meinem kleinen Vetter Sand in die Augen zu streuen. Wenn ich genug von dir habe, verkaufe ich dich an den nächsten Trapper. Wenn ich zurückkomme, werde ich Mac erzählen, wie nett du mich behandelt hast — er wird mit bestimmt glauben.«

Sie lauschte seinen Worten, und der Klang seiner Stimme verriet ihn. »Warum hast du Angst vor ihm?« fragte sie ruhig.

Cords Gesicht wurde purpurrot vor Wut. »Angst! Cord Macalister soll Angst vor einem kleinen Jungen wie Mac haben?«

»Du behauptest zwar, daß du ihn nicht fürchtest, aber dein Tonfall klingt ängstlich.«

Er holte zu einem Schlag aus. Linnet ließ sich davon jedoch nicht beeindrucken, sondern blieb ruhig sitzen. Sie wußte, daß es weit Schlimmeres gab als Schläge.

Auf Cords Gesicht erschien wieder das gewohnte Lächeln. »Du bist ein verdammt schlaues Mädchen. Ich habe keine Angst vor ihm. Das geht tiefer — ich weiß es, aber Mac hat keine Ahnung: Er ist nicht mein Vetter. Mac ist mein Bruder.«

Linnets Augen weiteten sich erstaunt.

»Slade Macalister war auch mein Pa, aber er hat mich nie anerkannt. Statt dessen ließ er mich bei diesen Leuten. Fromme Sprüche waren alles, was sie für mich übrig hatten. Ich war so alt, wie Mac heute ist, als ich meinen Vater endlich fand. Mir kommt heute noch die Galle hoch, wenn ich daran denke, daß er niemandem verraten hat, daß ich sein Sohn bin.«

»Ich verstehe das nicht«, meinte Linnet. »Agnes und all die anderen kannten Slade, lange bevor sie nach Kentucky zogen. Sie hätten doch von einer anderen Ehefrau gewußt!«

»Meine Mutter war nicht seine Ehefrau, du kleine Unschuld. Ich bin das Resultat einer heißen Nacht im Heu, als Slade Macalister noch ein grüner Junge war!«

Sie überlegte kurz und sagte dann: »Wußte Slade überhaupt von deiner Existenz?«

»Er hätte es merken müssen!« erwiderte Cord barsch.

Jetzt begann Linnet manches zu verstehen. Als Cord erwachsen war, ging er in den Westen, um seinen Vater zu suchen. Er nahm an, daß er ihn sofort erkennen würde — und als dies nicht geschah, wuchs sein Haß ins Unermeßliche. »Du mußt deiner Mutter sehr ähnlich sein.«

Mißtrauisch musterte er sie. »Meine Ma starb mit einem Fluch gegen Slade Macalister auf den Lippen. Er hat ihr Leben zerstört. Ich lebte mit ihr zusammen bei ihren Eltern. Der Alte predigte mir dauernd, daß ich ein Kind der Wollust und der Sünde wär'!« Sein Mund verzog sich zu einem häßlichen Grinsen. »Bevor ich fortging, hab' ich ihm den Kiefer gebrochen. Das war an dem Tag, als meine Mutter starb.«

»Und jetzt zahlst du es Slade Macalister heim, indem du seinem Sohn weh tust.«

»Richtig. Letztes Jahr habe ich ihm das kleine Mädchen ausgespannt, und dieses Jahr habe ich dich.«

»Ich fürchte aber, daß du diesmal einen Fehler machst. Ich bedeute Devon gar nichts! Weißt du denn nicht, daß er gestern bei dem Spiel Corinne gewählt hat und nicht mich? Ich bringe ihm nur Lesen bei.«

»Willst du mir etwa damit sagen, daß ich mir Corinne schnappen soll?«

»Nein!« Sie hatte nicht bedacht, daß er diesen Schluß ziehen könnte. »Nein«, wiederholte sie etwas ruhiger, »nur — seit der Sache mit Amy Trulock ist Devon nicht mehr fähig, eine Frau zu lieben.«

»Ach, du kennst ihren Namen? Ich bin nicht verrückt, und du brauchst nicht mit mir zu reden, als ob ich's wäre. Ich hätte dich nie entführt, wenn du mich nicht vor ganz Sweetbriar zum Narren gemacht hättest!«

»Das habe ich nicht getan! Zumindest wollte ich es nicht tun, Cord.«

»Versuch nicht, dich herauszureden! Stell dich lieber der

Tatsache, daß ich ein bißchen Liebe brauche. Komm her.« Er griff nach ihr. Sie wich rasch zurück. »Du solltest dich besser nicht wehren. Warum hältst du nicht einfach still und genießt das, was ich jetzt tun werde?«

Linnet wich vorsichtig zurück. Dabei übersah sie eine Baumwurzel, stolperte und fiel hin.

Cord stand über ihr und stemmte die Hände in die Hüften. »So habe ich die Frauen am liebsten — wenn sie vor mir liegen und die Beine breitmachen.« Er kniete nieder und fuhr mit seinen großen Händen über die Innenseiten ihrer Oberschenkel. »Du bist rundlicher, als ich gedacht habe. Ich mag hübsche runde Beine.«

Linnet stützte sich auf die Ellbogen, um von ihm fortzukommen. Doch ihr langer Rock schnürte sie ein, und Cords schwerer Körper preßte sie an den Boden. Seine Hände wanderten höher ... Da ertasteten ihre Fingerspitzen einen Stein. Mit all ihrer Kraft ließ sie den Stein auf seinen Kopf niedersausen. Plötzlich war überall Blut, und es spritzte auf ihr Kleid.

Ihr Herz raste. Linnets erster Impuls war, nach der Wunde zu sehen. Doch sie verbot sich das energisch. Cords Herz schlug noch — also war er am Leben. Sie würde nur sehr wenig Zeit haben zu entkommen, ehe er wieder bei Bewußtsein war. Mühsam schob sie seinen schweren Körper zur Seite, wobei sie sich das Kleid von der Hüfte bis zum Saum aufriß.

Benommen stand sie noch einen Moment da — unfähig zu denken oder zu handeln. Denk nach, Linnet, rief sie sich zur Ordnung. Du mußt nach Süden gehen, dort liegt Sweetbriar. Geh rasch und zügig. Lauf nicht, bemühe dich, gleichmäßig zu gehen. Sie bemühte sich ruhig zu atmen und jedes überflüssige Geräusch zu vermeiden.

Der Durst brachte sie fast um, doch sie wagte es nicht, anzuhalten und einen Schluck zu trinken. Nach dem Stand der Sonne war es später Nachmittag, als sie stolperte. Sie stürzte auf den Rücken, doch im Fallen riß sie einen verrotteten Baumstamm um, der ihr auf die Beine fiel. In Erwartung des kommenden Schmerzes biß sie sich auf die Hand, um nicht laut zu schreien. Doch zu ihrer Verwunderung spürte sie überhaupt nichts. Sie setzte sich auf, um zu sehen, was passiert war. Ihr Fuß steckte in einem Loch, und der Stamm klemmte ihn noch zusätzlich ein. Sie versuchte den Stamm zur Seite zu schieben, aber sie war zu schwach.

Irgendwie war sie zu erschöpft, um sich Sorgen zu machen, zu müde, um weiter zu kämpfen. Sie sank zurück, blinzelte einen Moment in die Sonne und fiel dann in bleiernen Schlaf.

»Wo ist sie?«

Cord sah auf. Er kniete an einem Bach und hatte ein feuchtes Tuch auf seine Kopfwunde gelegt. Devon stand hinter ihm. Cord wandte sich wieder dem Bach zu. »Ich weiß nicht, was du meinst.«

»Cord, ich will es wissen!« zischte Devon gefährlich.

Als Cord sich wieder umdrehte, schimmerte ein langes Messer in seiner Hand. »Das hast du doch schon lange gewollt, und nun bekommst du die Gelegenheit.«

Devon zog ebenfalls sein Messer. Die beiden Männer umkreisten sich lauernd. Cord hatte nie an Devons Stärke geglaubt, er war immer der Meinung gewesen, er wäre zu mager, aber Devons Körper war hart und sehnig. Die Jahre bei seinen indianischen Verwandten zeigten sich in jeder seiner geschmeidigen Bewegungen.

»Du siehst immer mehr aus wie 'ne Rothaut«, spottete Cord. »Erzähl mal, wie kommt es, daß du so hinter diesem Mädchen her bist? Sie hat nichts von einer Squaw an sich.«

Devon schwieg, sein Gesicht glich einer starren Maske — er wurde nur von dem Gedanken ans Überleben beherrscht. Cord runzelte die Stirn, als er gewahr wurde, daß er Macs Konzentration nicht gestört hatte. Er machte einen Ausfallschritt nach vorn, aber Devon wich geschickt zur Seite aus.

Cord hatte schon viele Männer in Messerduellen getötet, doch noch nie hatte er gegen jemanden gekämpft, der so reaktionsschnell war wie Mac. »Hältst dich wohl für einen tollen Kerl, was, Junge, weil du um mich herumtanzt wie ein Irrwisch? Aber du kämpfst gegen einen richtigen Mann!«

Blitzschnell schoß Cords Arm vor und umklammerte Devons Taille so hart, daß ihm das Messer aus der Hand flog. Devon stieß mit einem Ellbogen so heftig in die Rippen seines Gegners, daß er sie knacken hörte. Cord ließ ihn los. Der Stoß seines Fußes riß beide Männer zu Boden, wobei Cord auf Devon fiel. Er hob seinen Arm, um das Messer in die Kehle seines Bruders zu stoßen, doch Devon umklammerte sein Handgelenk. Jetzt war es nur noch eine Frage der Stärke, denn hier stand Kraft gegen Kraft, Mann gegen Mann. Nur einer konnte der Sieger sein.

Auf Cords Gesicht zeigte sich nicht nur die Anstrengung des Kampfes, sondern auch Verwunderung über die unglaubliche Kraft des kleineren Mannes. Minuten vergingen, ohne daß sich etwas änderte. Jeder versuchte, an das Messer zu kommen. Schließlich siegte Devons Beharrlichkeit, die er von den Shawnees gelernt hatte. Langsam senkte sich das Messer in Cords Bauch. Dem großen Mann brach der Schweiß aus allen Poren, als er merkte, welchen Weg das Messer nehmen würde. Cord stöhnte auf, als es die harten Bauchmuskeln zerschnitt.

Devon schob den Mann von sich. Sah, daß er noch lebte. Dann ging er zum Bach, um das Blut und den Schweiß von seinem Körper zu waschen. Das kalte Wasser half ihm, zu sich zu kommen. Für einen Moment schlug er die Hände vors Gesicht. Er war doch kein guter Shawnee, denn der Anblick des Blutes seines Feindes freute ihn nicht.

Devon ging zurück, zog das Messer aus Cords Bauch und wischte es ab, bevor er es wieder in die Scheide an Cords Gürtel steckte.

»Wo ist sie?« fragte er den Mann, der ihn anstarrte. »Cord, ich möchte dich nicht töten, aber ich werde es tun. Sag mir, wo sie sich aufhält, und ich werde dich auf dein Pferd setzen. Etwas weiter nördlich ist eine Siedlung. Da wird man dir helfen. Du wirst nur weiterleben, wenn du mir sagst, wo sie ist.«

»Ich weiß es nicht«, brachte Cord schließlich mühsam hervor. »Sie ist mir davongelaufen. Schon vor sieben oder acht Stunden. Ich bin ihr gefolgt, konnte sie aber nirgends finden.«

Devon nickte nur. Dann stellte er Cord auf die Füße. Cord protestierte nicht, als Devon ihn in den Sattel hob. Er hatte heute schon einmal Macs Kraft unterschätzt — er würde es nie wieder tun.

Als Cord gebückt auf seinem Pferd saß, eine Hand auf die Messerwunde in seinem Bauch gepreßt, sah er seinem Bruder in die Augen. Zum ersten Mal stand kein Haß zwischen ihnen, nur ein Band — teuer erkauft durch das vergossene Blut, das von ihrer beider Vater stammte.

10

Linnet hörte den ruhigen Hufschlag des Pferdes, lange bevor sie jemanden sah. Verzweifelt versuchte sie den Stamm zu bewegen, der sie am Boden festhielt, aber sie vermochte es nicht. Als ein Zweig knackte, wußte sie, daß ein Mensch in ihrer Nähe war.

»Lynna.« Es war kaum mehr als ein Flüstern, doch sie fuhr sofort herum. Seine Gestalt stand im Licht des frühen Morgens. Tränen rannen über ihre Wangen. Sie breitete die Arme aus. »Devon«, rief sie leise.

Er eilte schnell zu ihr, nahm sie in die Arme und streichelte sie beruhigend. »Bist du verletzt?«

»Nein«, stieß sie hervor. »Mein Bein —«

Er ließ sie los, um das Bein zu untersuchen. Schnell schob er den Baumstamm beiseite. Linnet zog ihn in ihre Arme. »O Devon«, flüsterte sie in sein Ohr. »Du bist gekommen. Du hast es geahnt. Ich weiß nicht wieso, aber du hast es geahnt.«

Er vergrub sein Gesicht in ihrem duftenden Haar. »Du würdest nie durchbrennen. Du würdest nie vor etwas davonlaufen.«

Sie lachte freudig auf. Es war so herrlich, ihn zu spüren und zu wissen, daß alles wieder in Ordnung kam. »Du bist immer da, wenn ich dich brauche. Immer bist du da. Du bist der Bruder, den ich nie gehabt habe.«

Jäh stieß er sie zurück. Sein Gesicht war weiß vor Zorn. »Ich habe dich mit anderen Männern beobachtet«, stieß er hervor, »und mich nennst du Bruder? Es wird Zeit, daß du mich als Mann kennenlernst!«

Sie öffnete den Mund, um etwas zu sagen, doch sie brachte keinen Ton hervor. Devon riß sein Hemd auf und warf es beiseite. Seine Haut leuchtete in tiefem, schimmerndem Braun — so wie damals, als sie ihn zum ersten Mal gesehen hatte.

Herrisch zog er sie an sich, und zum ersten Mal berührte sein Mund ihre Lippen. Sein Kuß ähnelte in nichts den Küssen von Cord! Wo dessen Küsse angenehm gewesen waren, war Devons Kuß wie ein Feuer. Ein glühender Strom schien durch ihren Körper zu rinnen. Willig öffnete sie ihren Mund. Ihre Arme schlangen sich um seinen Nacken, und sie zog ihn fest an sich. Als seine Haut die ihre berührte, lief ein Schauer durch ihren Körper.

Sie preßte sich an ihn und fühlte sein Gewicht auf sich. Linnets Körper brannte vor Verlangen. Sein Mund löste sich von ihr, und sie stöhnte protestierend. Doch als er mit den Lippen ihren Nacken liebkoste, wölbte sie sich ihm entgegen. Sie fuhr durch sein volles Haar.

Er zerriß ihr Kleid und berührte den Ansatz der Brust. »O Devon«, flüsterte sie. »Ja, Devon. Devon!« Seine Hand umfaßte die Brust, reizte mit dem Daumen die rosafarbene Brustwarze. Heftig preßte sie ihren Mund auf seine Lippen. Erforschte seinen Mund und genoß die fordernde Süße. Er streichelte ihre Beine... Das Blut rauschte in ihren Ohren.

Da zog er sich plötzlich zurück. Flehend streckte sie die Hände nach ihm aus, doch sie griff in die kalte Luft. Linnet öffnete die Augen. Devon kniete über ihr, ein böses Grinsen umspielte seine verächtlich gekräuselten Lippen. »Erinnere dich an diesen Augenblick, wenn du es das nächste Mal mit anderen Männern treibst. Und denke auch daran, wenn du wieder einmal behauptest, ich sei wie ein Bruder für dich.«

Sie bemerkte, daß das, was für sie ein wundervolles, neuartiges Erlebnis bedeutet hatte, für ihn nichts weiter gewesen war als der Beweis seiner Männlichkeit. Sie hob ihre Hand und schlug ihn mit aller Kraft ins Gesicht. Das Geräusch des Schlages hallte im Wald wider. Auf seiner Wange zeichnete sich deutlich der Abdruck ihrer Finger ab.

Devon stand auf und ging weg. Sie war zu wütend, um zu weinen, aber ihre Finger zitterten, als sie das zerrissene Kleid über der Brust zusammenzog. Devon legte ihr sein Hemd um die Schultern. Verächtlich nahm sie es wieder ab und warf es weg. Linnet fühlte sich erniedrigt und beschmutzt...

»Wenn du dich jetzt nördlich hältst, bist du in Sweetbriar«, erklärte er mit heiserer Stimme. »Nimm du das Pferd.«

Sie sah nicht auf, weil sie wußte, daß er schon auf dem Weg war.

Eine kleine Weile saß sie still da, aber dann übermannte sie der Zorn. Sie war unschuldig! Niemals hatte sie etwas mit anderen Männern gehabt! Sie griff nach seinem Hemd, sprang aufs Pferd und begann ihn wie rasend zu suchen. Devon mußte gehört haben, daß sie kam, denn er stand ruhig da und sah sie erwartungsvoll an.

Wie ein Berserker schlug sie auf ihn ein. »Cord Macalister ist ein besserer Mann, als du es bist«, schrie Linnet zornig. »Er ist zumindest ehrlich! Kein Wunder, daß Amy Trulock Cord vorzog!«

Nach diesen Worten ließ sie das Hemd fallen, stieß dem Pferd die Fersen in die Flanken und wollte fortreiten.

Aber Devon sprang auf sie zu und zerrte sie auf den Boden. Er senkte seinen Mund mit atemberaubender Heftigkeit auf ihren. Linnet vergrub die Hände in seinem Haar und erwiderte heißblütig seinen Kuß.

»Verdammt sollst du sein, Linnet! Verdammt«, stöhnte er und grub seine Lippen in ihren Nacken.

Sie wollte seinen Mund auf ihrem spüren, doch er gebot ihr Einhalt. »Ich habe lange auf diesen Moment gewartet. Dränge mich nicht, bitte!« Langsam küßte er sie, voller Zärtlichkeit und Sanftheit. Vergessen waren die Feindschaft und die Streitereien. Jetzt existierte nur noch die Leidenschaft, die so lange in ihnen geschlummert hatte und jetzt endlich zu lodern begann.

Devon knöpfte Linnets Kleid auf. »Ich möchte dich ansehen«, flüsterte er sanft.

Sie sah in seine zärtlichen Augen. Sie konnte nur noch daran denken, daß er bei ihr war, daß er sie berührte, daß er endlich ihr gehörte. Ihr Blick sagte ihm mehr als tausend Worte, und so zog er vorsichtig das zerrissene Kleid von ihren schmalen Schultern. Linnet kam es gar nicht zu Bewußtsein, daß er ihr das Kleid ganz auszog. Plötzlich lag sie nackt vor ihm, und sein Blick sagte ihr, daß sie ihm gefiel.

»Du bist schön, Lynna. Wunderschön.«

Seine Hand streichelte ihre weiche Haut. Noch nie war ihr so bewußt gewesen, wie vital er war, wie männlich. Er liebkoste ihren Nacken, die Wange, die weiche Haut hinter ihrem Ohr.

Als seine Lippen ihre Brust berührten, stöhnte sie und drängte sich an ihn. Der rauhe, derbe Stoff seiner Hose rieb sich an ihrer nackten Haut und erhöhte den Genuß seiner Berührung.

»Devon«, seufzte sie.

Lächelnd senkten sich seine Lippen auf ihren Mund. Die Leidenschaft in ihr wuchs in ungeahnte Höhen. Hungrig, wild, herrisch ergriff sie Besitz von seinem Mund.

»Warte, Süßes. Nicht so schnell.«

Er drehte sich zur Seite und berührte ihre Schläfe sanft mit einem Finger. Linnet fühlte sich betrogen. Er sollte sie nicht mehr zum Narren halten — sie wollte Küsse, Berührungen, die ihr Verlangen nach ihm schürten...

Devon berührte sanft ihren Bauch, die Hüften. Plötzlich wollte er nicht länger warten. Während sie flehend die Hände nach ihm ausstreckte, stand er auf. Mit einem Lächeln zog er seine Hosen aus und entblößte sein Glied, das sich stolz emporreckte. Linnet stöhnte bei seinem Anblick auf, doch er achtete nicht auf sie und legte sich rasch an ihre Seite. Auf einmal hatte Linnet Angst. Angst vor dem Geheimnis der Leidenschaft. Trotzdem erwiderte sie seine Berührungen. Seine nackte Haut war so lebendig, so heiß, so wundervoll. Sein Verlangen wuchs, als sie mit den Zähnen die Haut seines Nackens reizte.

Devon legte sich auf sie, und die Berührung seiner harten, starken Hüften verblüffte sie und machte sie gleichzeitig völlig wehrlos.

Als er mit seinem Glied in das Zentrum ihrer Weiblichkeit vorstoßen wollte, öffneten sich ihre Augen, und sie versuchte, ihm zu entkommen.

»Linnet, was ist?« fragte er bestürzt.

»Nein!« flüsterte sie verzweifelt.

Er zog sie an sich und erstickte ihren Protest mit einem Kuß. Sie vergaß ihre Angst, bis — ja, bis der scharfe Schmerz sie durchdrang... Devon stützte sich auf die Ellbogen und umfaßte ihr Gesicht.

»Linnet, das habe ich nicht gewußt! Ich hab' es wirklich nicht gewußt! Bitte, sieh mich an!«

Der Schmerz ließ nach, während er still in ihr ruhte. Sie öffnete die Augen und sah ihn an. Es war doch Devon, ihr Devon, und sie wollte ihm doch gefallen! Sie versuchte zu lächeln, und er küßte sie wieder, während er krampfhaft darum kämpfte, die Beherrschung wiederzuerlangen.

»Ich... kann... nicht...«, flüsterte er. Sachte bewegte er sich. Es schmerzte noch immer, aber sie bemerkte auch, wie die Verzückung sein Gesicht verzerrte. Schnell erreichte er den Gipfel und brach über ihr zusammen. Erschöpft zog er Linnet an sich und schlief fast augenblicklich ein.

Linnet lag still in seinen Armen und dachte daran, daß ihre Sehnsucht nach weiteren Küssen unbefriedigt geblieben war. Ihr Verlangen war noch immer grenzenlos. Sie stützte sich auf die Ellbogen und betrachtete versonnen seine starken Muskeln. Sie sehnte sich danach, ihn mit den Lippen zu liebkosen. Wie oft hatte sie sich schon gewünscht, seine Haut zu berühren!

Er schlief tief und wachte auch nicht auf, als sie leise aus seinen Armen glitt und ihre Lippen an seinen Nacken preßte. Sein Haar roch nach Rauch und Erde. Devon bewegte sich ein wenig, als er erwachte, aber er drehte sich nicht um. Linnet vergaß, wo sie sich befand. Vergaß, was ihre Gouvernante in England über das Benehmen einer wahren Lady gesagt hatte — sie war nur eine Frau, die den Mann, den sie liebte, befriedigen wollte. Die Monate des Verlangens hatten sie unersättlich gemacht.

Besitzergreifend ließ sie ihre Hände über Devons

Rücken gleiten und streichelte mit ihren sanften Fingern seine Arme. Sie legte sich auf ihn, so daß die empfindsamen Spitzen ihrer Brüste sich an seiner Haut rieben. Wieder und wieder küßte sie ihn, wurde immer hungriger, immer erregter, während sie seinen Körper erforschte — neugierig und zärtlich.

»Mein Gott, Linnet! Ich halte es nicht mehr aus! Komm her.« Devon zog sie neben sich. In Erwartung des Unvermeidlichen versteifte sich ihr Körper sofort. »Ich werde dir nicht mehr weh tun. Bitte, vertrau mir.«

Sie schenkte ihm willig ihr Vertrauen, so wie damals, als er in dem schmutzigen Indianerzelt darum gebeten hatte. Seitdem war sie oft argwöhnisch gewesen, aber jetzt empfand sie nur noch eine überströmende Liebe für ihn. Er drang mühelos in sie ein, und diesmal verstand sie die Leidenschaft, die sich in ihr aufbaute, zu nutzen. Er bewegte sich langsam, vorsichtig, bis er merkte, daß sie ihn mit aller Macht begehrte. Während ihre Leidenschaft sie höher und höher führte, krallten sich ihre Finger in seine Arme. Es schien wie eine Explosion, als sie beide gleichzeitig zum Höhepunkt kamen. Ineinander verschlungen schliefen sie erschöpft ein.

Devon erwachte zuerst. Linnet glich in dem gleißenden Sonnenlicht einer heidnischen Göttin. Devon zog sich an und schlich fort. Er hatte gehabt, was er wollte. Sie hatte ihre Schulden bei ihm beglichen. Jetzt konnte sie Cord haben — oder jeden anderen Mann, den sie wollte.

Devon wandte sich nordwärts, denn dort lag das Shawneedorf, in dem sein Urgroßvater lebte. Bei ihm würde er Zeit zum Nachdenken finden.

Der junge Mann, der mit einem frischgeschossenen Hirsch über der Schulter in das Dorf der Shawnees kam, wurde begeistert und mit lautem Jubel begrüßt. Die Frauen nahmen ihm das Wildbret ab, so daß er direkt zu dem großen Wigwam seines Urgroßvaters gehen konnte. Das von Furchen und Falten durchzogene Gesicht des alten Indianers hellte sich auf, als er die schlanke, aufrechte Gestalt seines Urenkels erblickte.

»Das Leben bei den weißen Männern hat dich weich gemacht«, begrüßte er den jungen Mann.

Aber Devon legte sich selbstbewußt die Hand auf den flachen, straffen Bauch und lächelte, als er sich niederhockte. »Ich bitte um die Erlaubnis, eine Weile bei meinen Brüdern, den Shawnee, leben zu dürfen.«

Der alte Mann nickte und nahm eine lange Tonpfeife in die Hand. »Du bist willkommen. Du weißt das. Gibt es etwas, was dich beunruhigt?« Der Alte blickte ihn scharf über den Pfeifenkopf hinweg an.

»Es ist nichts, was die Zeit nicht heilen könnte.«

Der alte Mann hielt einen Moment inne, seine Augen funkelten wie schwarze Glassplitter. »Es gibt eine Frau. Sie hat dich verwirrt«, bemerkte er ruhig.

Devon zuckte zusammen, und der Alte lachte leise. »Ich war nicht immer so, wie ich jetzt bin. Auch ich war einmal jung. Du darfst bleiben und wirst versuchen, die Frau zu vergessen oder die Erinnerung an sie zu vertiefen.«

»Mein Urgroßvater ist ein sehr weiser Mann.« Devon nahm die Tonpfeife aus den langen, dürren Fingern entgegen. Sie rauchten zusammen und überließen sich ihren Gedanken.

Als Linnet allein aufwachte, schien es ihr so, als ob sie es nicht anders erwartet hatte. Offensichtlich waren die Eifersucht und der Haß auf Cord stärker als alle Gefühle, die Devon für sie hegte.

Still ritt Linnet nach Sweetbriar zurück.

Sechs Wochen später war Devon immer noch nicht zurück. Linnet war sicher, daß sie schwanger war. Sie hatte keine Ahnung, was sie jetzt tun sollte. Sie zweifelte daran, daß die Leute von Sweetbriar immer noch so liebevoll für sie sorgen würden, wenn sie ein uneheliches Kind in die Welt setzte.

Corinne nahm ihr schließlich die Entscheidung ab. Tränenüberströmt erschien das Mädchen bei Linnet und flehte sie an, ihr doch den Aufenthaltsort von Mac zu verraten. Sie weinte laut und schielte schniefend auf ihre Rivalin, als Linnet ihr mitteilte, daß sie nicht wüßte, wo Devon sich befände.

Da gestand ihr Corinne in einer dramatischen Szene, daß sie Macs Kind erwarte und er sie jetzt heiraten müßte.

Linnet lachte so hysterisch los, daß Corinne eilig nach Hause rannte.

Am nächsten Morgen packte Linnet ihre wenigen Habseligkeiten zusammen und fragte ein paar Händler in Macs Laden, wann der nächste Treck in Richtung Osten durchkäme. Sie erfuhr, daß in zwei Tagen ein paar Männer durch Sweetbriar ziehen würden.

11

»Ich hab' gehört, daß du uns morgen verläßt«, begann Agnes mit strengem Gesicht.

»Ja, das tue ich«, erwiderte Linnet kurz angebunden.

Erbittert starrten sich die Frauen an. Agnes begann wieder: »Du bist eine verdammte Närrin, und du weißt das!«

»Ich weiß gar nichts!« Linnet spaltete energisch ein Stück Holz mit der Axt.

Agnes nahm ihr das Beil ab. »Du kannst den anderen was vormachen — aber mich hältst du nicht zum Narren!«

»Agnes, bitte entschuldige mich jetzt. Ich habe dir eben schon gesagt, daß ich nicht weiß, worüber du eigentlich sprichst!«

»Ich rede über dich und Mac.«

»Mac? O ja, jetzt erinnere ich mich. Es gibt nicht viel darüber zu sagen — sicher nicht genug, um aus uns ein Paar zu machen!«

Agnes packte sie an den Armen. »Was hat er dir angetan, daß du so verändert bist?«

»Niemand hat mir etwas angetan, worum ich nicht selbst gebeten hätte. Ich gehe in den Osten, weil ich dorthin gehöre. Ich bin es leid, auf die Rückkehr eines selbstsüchtigen, starrköpfigen Mannes zu warten, der sich über mich lustig macht.«

»Jeder Mann hat auch gute Eigenschaften.«

»Und was könnte das sein?« fragte Linnet sarkastisch.

»Da gibt es noch ein Gefühl, das immer da ist — auch wenn du nach einem anstrengenden Tag, an dem du die Windeln der Kinder dieses Mannes gewaschen hast, müde bist. Wenn du krank bist und er dich pflegt... Dieses Gefühl läßt dich alle bösen Worte vergessen, die er je zu dir gesagt hat. Dieses Gefühl nennt man Liebe. Du bist doch ein kluges Mädchen, oder? Warum muß ich dir das alles erklären?«

»Du siehst das falsch, Agnes«, sagte Linnet leise. »Ich weiß nichts über die Liebe. Ich kenne nur die Heldenverehrung für einen Mann, der nichts anderes empfindet als Wut und Mißtrauen. Erwartest du von mir, daß ich hinter einem solchen Mann herlaufe? Ich habe das einmal getan — das reicht mir! Es ist zuviel geschehen... Zuviel, was wir uns nicht verzeihen können.«

»Erzähl mir doch nichts von einer hochgestochenen Jungmädchenschwärmerei! Ich weiß, was ich gesehen habe, und ich sage es dir noch mal — du bist eine Närrin! Geh zu ihm und sag ihm, daß du ihn liebst!«

Linnet lächelte bitter. »Agnes, du hast mich falsch verstanden — ich habe es ihm doch gesagt. Ich habe ihm gesagt, daß ich ihn liebe, und zwar so, wie es nur eine Frau kann, die wirklich liebt! Aber es interessiert ihn nicht! Entschuldige mich jetzt bitte, ich muß das Abendessen zubereiten.« Sie ging an Agnes vorbei, und für einen Moment war die ältere Frau sprachlos.

Der Morgen des Abschieds brach an. Linnet hörte, wie die Wagen heranrollten. Sie warf einen letzten Blick auf den kleinen Raum. Von jetzt an würde sie ihr Leben ohne Devon Macalister meistern müssen. Die vier Schnitzereien standen auf dem Kaminsims. Nein, sie würde sie nicht mitnehmen. Dieser Teil ihres Lebens war vorbei. Ein letztes Mal strichen ihre Hände über das glatte Holz. Dann seufzte sie tief auf und packte die vier kurzentschlossen zu ihren Kleidern. Ist ja egal, rechtfertigte sie sich vor sich selbst, ich kann sie ja immer noch verkaufen.

Es klopfte. Vor der Tür stand Lyttle Emerson.

»Es ist soweit, Lynna. Ganz Sweetbriar ist gekommen, um dir Lebewohl zu sagen.«

Linnet trat ins Freie. Alle warteten auf sie. Zuerst ging Linnet zu Wilma und Floyd, ihre vier Kinder standen bedrückt neben ihnen.

»Du wirst uns fehlen«, bekannte Wilma und umarmte Linnet. »Vielen Dank, daß du dich so um Jessie gekümmert hast.«

Linnet wandte sich ab, damit niemand ihre Tränen sah.

Floyd schüttelte ihr mit versteinertem Gesicht die Hand. Jonathan, Caroline und Mary-Lynn lächelten ihr zu und sagten, wie schade es wäre, daß sie fortginge. Vor Jessie kniete Linnet nieder. Er streckte ihr die Hand hin. »Ich hab' mir gedacht, es könnte dir gefallen. Ist nicht viel, nur ein Stein. Aber er hat ein Loch ...«

»Ich danke dir, Jessie«, raunte Linnet heiser.

Esther Stark drückte sie an sich und dankte ihr für die Hilfe bei der Entbindung ihres Babys, das sie Lincoln genannt hatte. Die Zwillinge weinten bettelnd, sie möge doch bleiben. Der Abschied von den Emersons fiel ihr am schwersten. Lonnie war beleidigt und meinte, er hätte ihr nicht das Leben gerettet, damit sie jetzt mir nichts, dir nichts ohne seine Erlaubnis verschwände.

Agnes zerbrach sie fast in ihrer Umarmung. »Denk an das, was ich dir gesagt habe! Du bist immer bei uns willkommen.«

Während ihr die Tränen die Wangen herunterliefen, schüttelte Linnet Lyttles Hand. Es war ihr nie bewußt geworden, wie glücklich sie in Sweetbriar gewesen war.

Etwas weiter entfernt standen Doll und Gaylon. Linnet vergoß noch mehr Tränen, als sie daran dachte, daß sie nie wieder hören würde, wie diese Männer Devon neckten. Bevor sie auf den Planwagen kletterte, versank sie vor den beiden Alten in einem tiefen Knicks. Dem tiefsten, den sie beherrschte — er stand dem König zu.

Lyttle half ihr auf den Wagen, und sie zwang sich, nicht zurückzusehen.

12

Sweetbriar, Kentucky — April 1787

Der Trapper warf ein ansehnliches Bündel Felle auf den Ladentisch. Zum ersten Mal seit nahezu zwei Jahren hatte ihn sein Weg wieder nach Sweetbriar geführt. Es hatte sich viel verändert. Die Siedlung war jetzt doppelt so groß, und er kannte die meisten Leute nicht mehr. Er fragte sich verwundert, wo Mac und Gaylon blieben und wo der alte Mann namens Doll war, der gewöhnlich vor dem Kamin saß. Der Blick des Trappers schweifte durch den Laden — auch hier war manches anders geworden. Mac hatte immer auf Sauberkeit und Ordnung geachtet und auch Gaylon dazu angehalten — aber jetzt sah der Laden mehr so aus, als ob eine Herde Bären hier ihren Winterschlaf gehalten hätte.

Zeke setzte sich vor das Feuer und streckte seine langen Beine aus. Vielleicht hatte die Unordnung etwas mit dem kleinen Mädchen zu tun, das er in der Stadt des Friedensrichters gesehen hatte. Er war überrascht gewesen, als er sie mit einem Haufen Kinder spielen sah, die nicht viel kleiner als sie waren. Überrascht deshalb, weil er ihr schon einmal in Sweetbriar begegnet war. Damals hatte sie die ganze Männerwelt in Aufruhr versetzt.

Zeke mußte lächeln, als er sich daran erinnerte, wie Mac, immer wenn er sich unbeobachtet glaubte, dem Mädchen mit seinen Blicken gefolgt war. Er, Zeke, war in seiner Jugend genauso gewesen. Aber Gott sei Dank hatte Molly genug Verstand besessen, um ihn zu durchschauen. Sie hatte ihre Schwangerschaft dazu benutzt, ihn zum Altar zu schleifen, und er war noch eine ganze Zeit danach ziemlich sauer auf sie gewesen. Aber sie hatte ihn erzogen. In den folgenden zehn Jahren war er ein sehr glücklicher Mann gewesen. An Mollys Tod erinnerte er sich nur mit Schaudern, denn Zeke war dadurch völlig aus der Bahn geraten. Schließlich hatte er die Kinder in den Osten zu Verwandten geschickt und lebte seitdem in den Wäldern.

Zeke schüttelte den Kopf, um die trüben Gedanken zu verscheuchen. Lieber dachte er an die früheren, glücklichen Jahre mit Molly. Mac verhielt sich wirklich so ähnlich wie er damals — er fürchtete sich vor den starken Gefühlen, die er für das Mädchen hegte. Wenn ein Mann so sehr liebte, dann war er verletzbarer als sonst, weil er dann zuviel von sich selbst preisgab.

Die Tür öffnete sich. Gaylon schlurfte mit hängenden Schultern herein. Er sah viel älter aus, als Zeke ihn in Erinnerung hatte. »Morgen, Gaylon!« rief Zeke.

Gaylon stutzte. »Was bist du denn für ein Vogel?«

»Komm schon, du kennst mich doch! Zeke Hawkins! Ich habe euch ein paar Felle mitgebracht.«

»Hmph!« Der alte Mann gönnte dem Stapel kaum einen Blick.

»Sag mal, was ist hier eigentlich los?« fragte Zeke. »Wo steckt Mac? Und wo ist der alte Mann, der sonst immer am Kamin gesessen hat?«

Gaylon sah überrascht hoch. »Warst eben 'ne Zeitlang nicht hier. Es läuft alles anders jetzt. Jetzt führt nämlich ein wahrer Teufel den Laden. Läßt einen nur noch schuften!« Verächtlich spuckte er eine Ladung Kautabak auf den Boden.

Die Tür flog auf, und Mac betrat geschäftig den Raum. Zeke blieb der Mund offenstehen, als er ihn sah. Devon war mager geworden. Die Augen lagen tief in den Höhlen, sein Haar und seine Kleidung starrten vor Schmutz. »Mac.« Der Trapper stand auf und streckte seine Hand aus: »Ist lange her seit unserem letzten Treffen, glaub' ich.«

Aber der junge Mann beachtete ihn gar nicht, sondern eilte sofort zum Ladentisch. »Hast du diese Felle gebracht?«

»Ja«, erwiderte Zeke zögernd.

Mac drehte sich zu Gaylon um: »Wie kommt es, daß du sie noch nicht gezählt hast?«

Gaylon spuckte erneut aus. Diesmal wäre der Tabaksaft fast auf Macs Füßen gelandet. »Hatte keine Zeit. Wenn du es damit so verdammt eilig hast, dann mach's doch selbst! Ich hatte was anderes zu tun.«

»Es war wahrscheinlich wahnsinnig wichtig«, knurrte Mac, als Gaylon die Tür hinter sich zuschlug.

Zeke trat ein paar Schritte zurück. Was immer Mac auch in den letzten zwei Jahren zugestoßen sein mochte — so wie er sich jetzt benahm, gefiel ihm der Junge gar nicht. »Hast du was dagegen, wenn ich einige Tage hierbleibe?«

»Tu, was du nicht lassen kannst«, antwortete Mac finster. »Bist ja nicht mein Eigentum.«

»Das weiß ich«, meinte Zeke friedfertig.

Die Tür öffnete sich, und eine große Frau betrat den Laden.

»Was willst du denn hier, Agnes?« fragte Mac barsch.

»Auf jeden Fall nichts von deiner schlechten Laune«, konterte die Frau schlagfertig. »Ich bin bloß hergekommen, um mir die Stoffballen anzuschauen, die du bekommen hast.«

»Du weißt ja, wo sie liegen«, entgegnete Mac desinteressiert.

Agnes beachtete ihn gar nicht, als sie den Trapper erblickte. »Ja, wenn das nicht Zeke Hawkins ist! Wir haben Sie in Sweetbriar aber schon lange nicht mehr gesehen!«

Er lüftete seine Pelzmütze und lächelte: »Wie schön, daß

Sie sich an mich erinnern. War wirklich seit zwei Jahren nicht mehr in dieser Gegend, Ma'am. Hab' mich weiter nördlich rumgetrieben. In der Gegend um Spring Lick.«

»Spring Lick? Ist das nicht der Ort, in dem sie sich immer treffen und darüber reden, daß Kentucky ein Bundesstaat werden soll?«

»So was in der Art geht da vor, Ma'am. Da gibt es einen Mann, der heißt Talbot, Friedensrichter Talbot, und man sagt, daß er der erste Gouverneur des neuen Staates wird.«

»Ein Gouverneur! Hast du das gehört, Mac? Kentucky wird seinen eigenen Gouverneur kriegen!«

Mac achtete nicht auf sie.

»Nun, Mr. Hawkins —«

»Für Sie nur Zeke, Ma'am.«

Sie lächelte: »Also — Zeke, ich bin ziemlich neugierig darauf, was Sie mir noch alles berichten werden. Warum kommen Sie nicht einfach zum Abendessen zu uns?«

Zeke sah sie ehrlich erfreut an. »Das ist das beste Angebot, das ich seit langem bekommen habe. Ich finde, es geht nichts über 'ne Mahlzeit, die von einer Frau gekocht wurde! Ob Sie es glauben oder nicht — ich wollte gerade Mac nach so was fragen.«

Mac hob träge den Kopf. »Ich habe keine Garküche für durchreisende Trapper.«

»Ach was, darum geht es nicht. Es geht um mein Gliederreißen. Diese verdammten Frühlingsregen machen es nur noch schlimmer, und auf der Erde schlafen tut mir auch nicht mehr besonders gut«, erklärte Zeke.

Mac knallte sein Kontobuch zu. »Es steht dir frei, hier auf dem Fußboden zu schlafen.«

»Ich möchte dir keine Umstände machen. Aber als ich eben in den Ort kam, habe ich gesehen, daß diese Blockhütte noch immer leersteht, und ich habe mich gefragt, ob ich dort nicht übernachten könnte...«

»Nein!« schrie Mac.

Verwundert warf Zeke einen Blick auf Agnes. Sie musterte Mac aufmerksam, als sie sagte: »Es tut mir leid, aber in dieser Hütte lassen wir alles so, wie es ist. So können wir uns alle immer wieder vor Augen führen, wohin die Dummheit mancher Leute führen kann.«

Mac fragte: »Hast du was bei den Stoffen gefunden, was du brauchen kannst? Ja, Agnes? Ich habe nämlich noch anderes zu tun, als den ganzen Tag rumzustehen.«

Zeke trat zwischen die beiden: »Hört mal, ihr braucht euch meinetwegen nicht zu streiten! Ich weiß ja, daß jeder hier die kleine Lady, die in der Hütte gewohnt hat, gern hatte. Aber ich habe gedacht, weil sie ja jetzt nicht mehr zurückkommt ...«

Agnes wirbelte zu ihm herum: »Wieso sind Sie so sicher, daß sie nicht mehr hierher zurückkommt?«

»Weil ich sie gesehen hab'.« Zekes Worte schlugen ein wie ein Blitz.

Agnes faßte sich als erste. »Wo haben Sie sie getroffen?« fragte sie ruhig.

Zeke schlug die Augen nieder, weil Mac ihn starr anblickte. »Seit über einem Jahr lebt sie jetzt schon in Spring Lick. Ich glaube, sie kam letztes Jahr mit ein paar Missionaren an. Sie leitet die Schule in Spring Lick.« Zeke lachte leise. »Sie mag zwar klein sein, aber sie ist nicht ohne! Hat die Kinder voll unter ihrer Fuchtel! Hab' sie gesehen, als sie mit ihnen draußen spielte. Aber als sie sagte: ›Marsch ins Schulhaus‹, gingen alle Kinder brav hinein! Das Lustigste an der Sache ist, daß über die Hälfte der Kinder größer ist als sie!«

Agnes lachte: »Ja richtig, das ist Linnet! Sie hat so was ganz Bestimmtes an sich. Aber warum ist sie in Spring Lick? Sie wollte doch nach Boston oder so!«

»Könnt ihr zwei nicht woanders tratschen? Ihr langweilt mich mit eurem Geschwätz über alte Zeiten!«

Agnes zuckte nicht mit der Wimper und ignorierte Macs

Einwurf. »Zeke, ich muß noch mehr von Ihnen erfahren! Meine Neugier läßt es einfach nicht zu, daß ich bis zum Abendessen warte. Warum kommen Sie nicht einfach jetzt schon mit zu uns?«

Zeke war nur zu froh, der gedrückten Atmosphäre, die im Laden herrschte, zu entkommen. »Das würde mich sehr freuen, Ma'am.«

Mac starrte einen Augenblick lang auf die geschlossene Tür. So, Linnet lebte also in einem Ort namens Spring Lick. Er nahm sich eine halbvolle Flasche Whisky vom Bord und ging zu der alten Eiche, die sich über den Bach neigte. Er setzte die Flasche an die Lippen. Seine Kehle war so an das beißende Brennen des Alkohols gewöhnt, daß es ihm gar nichts mehr ausmachte.

Das Mädchen macht mich kaputt, dachte er. Jeden Tag, jede Nacht mußte er an sie denken. Wie oft war er schon in der Hütte gewesen und hatte an die Stunden gedacht, die sie gemeinsam dort verbracht hatten! Nicht, daß er sie vermißte — das war es nicht! Nur — die Wunde, die sie ihm durch ihre Abreise zugefügt hatte, schmerzte und brach immer wieder auf.

Mac trank die Flasche leer. Wieder war es nicht genug gewesen, um Linnets Bild zu verwischen. Was war nur so Besonderes an ihr? Er hatte Amy Trulock geliebt, aber er war leicht über diese Liebe weggekommen. Warum nur dachte er immer noch an Linnet? Es gab nur einen Ausweg für ihn — er mußte nach Spring Lick reiten und sie sehen. Vielleicht war sie inzwischen verheiratet und hatte zwei schmutzige, häßliche Kinder. Wahrscheinlich hatte sie zugenommen und ließ sich gehen wie die anderen Frauen. Wenn er sie so sehen würde, dann könnte er über sich selbst lachen und würde sie nie wiedersehen wollen.

Zum ersten Mal seit langer Zeit huschte ein Lächeln über sein Gesicht. Es wäre sehr gut, sich endlich ihre seltsame Sprechweise aus dem Kopf schlagen zu können. Nicht mehr ihre schillernden Augen vor sich zu sehen, die alle Farbschattierungen boten, die man sich denken konnte — von Grün über Grau zu blitzendem Rot, wenn sie wütend war. Vergeblich versuchte er der Flasche noch etwas Whisky zu entlocken. Als es nicht klappte, schleuderte er sie wütend gegen den Baum.

Linnet saß gebeugt über dem Webstuhl. Ihr Schiffchen flog flink durch die gespannten Schnüre, während die Frauen um sie herum eifrig den neuesten Klatsch durchhechelten. Im Moment ließen sie kein gutes Haar an Linnets Freundin Nettie Waters. Doch Linnet wagte nicht, sich einzumischen, denn dann wäre sie das Zielobjekt der hämischen Bemerkungen geworden.

Sie lebte jetzt seit gut einem Jahr in Spring Lick, doch sie fühlte sich nicht wohl in diesem Ort und zählte schon die Stunden, bis es ihr möglich war, abzureisen. Sie hatte damals Sweetbriar in allzu großer Eile verlassen und sich dabei nicht bewußt gemacht, daß sie weder Geld noch jemanden, der ihr half, hatte. Monatelang hatte sie jede Stellung angenommen, die sie kriegen konnte. Sie war Zofe bei einer faulen, verwöhnten Frau. Aber nachdem sie in Boston angekommen war, hatte ihre fortschreitende Schwangerschaft es nahezu unmöglich gemacht, solche Stellungen zu finden.

Ihre Tochter Miranda wurde in einem katholischen Krankenhaus für ledige Mütter geboren. Dort hatte man Linnet dazu gedrängt, das Baby zur Adoption freizugeben. Aber ein einziger Blick in die blauen Augen ihres Kindes, die sie schmerzlich an Devons Augen erinnerten, hatte genügt. Sie würde lieber sterben, als sich von ihrem Kind zu trennen.

Im Krankenhaus las sie eine Annonce, daß ein Mann in Boston eine Lehrerin für eine Schule in Kentucky suchte. Linnet wünschte sich nichts sehnlicher, als in die

Wildnis zurückzukehren. Dort wollte sie ihr Kind großziehen.

So bewarb sich Linnet bei Friedensrichter Talbot. Nach sechs Tagen des Wartens, die sie sehr zermürbten, bekam Linnet die Zusage.

Es dauerte nicht lange, bis sie feststellte, daß sie einen Fehler begangen hatte. Talbot fand nämlich heraus, daß Linnet mitnichten eine Witwe war, wie sie ihm erzählt hatte, sondern eine ledige Mutter. Nun dachte der Friedensrichter, sie sei ein leichtes Mädchen. Auf dem Treck nach Kentucky hatte er einmal versucht, sie zu verführen. Linnet hatte ihm einen großen Tonkrug auf dem Kopf zertrümmert. Der Mann hatte die Botschaft verstanden.

Aber Linnet besaß jetzt einen unversöhnlichen Feind.

Der Friedensrichter hatte sie zwar seitdem in Ruhe gelassen, aber sein Stolz war verletzt, und er sann auf Rache. So stellte er Linnet zwar den Einwohnern von Spring Lick als Mrs. Tyler vor, doch innerhalb von ein paar Tagen wußte jeder, daß Miranda ein uneheliches Kind war. Linnet war klar, daß nur Talbot die Wahrheit verbreitet haben konnte.

Die Bewohner von Spring Lick waren durch die Bank engherzige, klatschsüchtige Spießbürger, die heuchlerisch ihre Frömmigkeit dazu benutzten, jede ihrer Handlungen zu rechtfertigen. Zuerst hatten die Männer der Stadt anscheinend gewisse Gunstbezeigungen von Linnet erwartet. Linnet war es gelungen, sie in Schach zu halten, doch damit hatte sie sich nur noch mehr Feinde gemacht. Die Frauen haßten sie, weil sie ihre Männer in Versuchung führte. So stand Linnet zwischen allen Fronten.

Deshalb sparte sie jeden Pfennig, den sie erübrigen konnte, um mit Miranda möglichst bald diese Stadt verlassen zu können. Nur eine Frau war in diesem Ort anständig zu ihr: Nettie Waters, Linnets einzige Freundin.

»Wie groß Miranda geworden ist«, säuselte Jule Yarnall.

»Erzähl mal — wem gleicht sie eigentlich — deiner Familie oder der deines, hmm, Mannes?«

Linnet sah nicht auf. »Sie sieht meinem Mann ähnlich. Zumindest die Augen ... Obwohl ich sagen muß, daß mein Mann dunkle Haare hatte.«

Die Tür öffnete sich mit einem lauten Knall, und eine hübsche Frau in einem ausgewaschenen, aber sauberen Kleid trat ein. »Linnet, ich habe ein bißchen Wachs ergattert. Es müßte für ein paar Kerzen reichen. Könntest du mir vielleicht beim Gießen helfen?«

Jule protestierte: »Vaida oder Rebecca könnten dir doch helfen. So große Mädchen — und nicht in der Lage, ihrer Mutter zur Hand zu gehen! Ich kann es kaum glauben! Aber vielleicht haben sie ja Wichtigeres zu tun, nicht wahr?«

Nettie schenkte Jule ein eisiges Lächeln und sah fragend zu Linnet hinüber.

Linnet lächelte dankbar. »Ich würde dir sehr gern helfen, Nettie.«

Hastig packte sie die Wolle und das Schiffchen in den kleinen Korb und zog Miranda den Mantel über. »Ich kann dir gar nicht genug danken«, meinte sie, als sie draußen standen.

»Och, ich habe mir nur gedacht, es wäre ein guter Zeitpunkt, um dich zu erlösen, weil sie ja genug Zeit hatten, meine Familie und mich zu betratschen. Jetzt müssen sie endlich Gelegenheit haben, über dich und Miranda herzuziehen!«

Linnet mußte über die Bemerkung der Freundin herzlich lachen. Miranda drängte vom Arm ihrer Mutter, sie wollte laufen. Linnet nahm sie an die Hand, und die beiden Frauen paßten ihr Tempo dem des Kindes an.

»Ein herrlicher Frühling dieses Jahr, findest du nicht auch?« meinte Nettie. »Die richtige Jahreszeit zum Heiraten.« Nettie warf einen neckenden Blick zu Linnet hinüber. »Wann kommt eigentlich der Richter zurück?«

»Ich weiß es nicht genau.« Linnet wich dem forschenden Blick der Freundin aus.

»Weißt du eigentlich, daß er das Gerücht verbreitet, daß Miranda sein Kind ist?« fragte Nettie ruhig.

»O nein!« rief Linnet. »Sogar wenn ...«

»Ich kann es ihm noch nicht mal übelnehmen. Schließlich hast du seinen Stolz verletzt ... Ach — sieh mal dort drüben. Wenn man vom Teufel spricht!«

Ein großer, grauhaariger Mann ritt ihnen entgegen. Er wirkte viel jünger als die fünfzig Jahre, die er zählte. Die Schultern waren gerade, der Bauch flach. Er hatte immer das bekommen, was er sich wünschte. Linnet hegte den unbestimmten Verdacht, daß ihr Widerstreben, ihn zu heiraten, seine Bemühungen nur noch verstärkte.

Der Richter zügelte sein Pferd vor den beiden Frauen, seine braunen Augen lächelten Linnet liebevoll zu, ehe sein Blick zu Nettie und Miranda schweifte. Mit einer nachlässigen Gebärde berührte er seinen Hut: »Hallo, Nettie. Na, alles in Ordnung bei euch?«

»Aber sicher, Richter«, antwortete Nettie. »Ottis möchte, daß Sie mal vorbeikommen und sich die neue Maissaat anschauen, die er irgendeinem Trapper abgekauft hat. Ich glaub' ja nicht, daß der Mais viel wert ist — aber Sie kennen ja Ottis! Der denkt immer, daß seine Aussaat besonders gut ist.«

Der Richter verbiß sich ein Grinsen: »Ich komme heute noch vorbei.« Talbot wandte sich lächelnd an Linnet: »Findet heute keine Schule statt, Linnet?«

»Doch, doch. Heute nachmittag. Alle haben mich gebeten, diesen Morgen die Schule ausfallen zu lassen. Ich muß zugeben, daß ich dem Gedanken an einen schulfreien Morgen auch nicht widerstehen konnte.«

»Sie lassen den Kindern zuviel durchgehen, Linnet«, mahnte der Richter ernst.

Nettie hüstelte. »Also — wie Linnet überhaupt mit solchen Rangen wie den Gather-Kindern zurechtkommen kann, geht über meinen Verstand! Sie wissen ja, Richter, daß Sie dringend einmal mit Butch Gather reden müssen! Wenn er sich ein bißchen weniger um seinen Laden und etwas mehr um seine Gören kümmern würde, wäre schon viel gewonnen!«

Talbot stieg von seinem Pferd und stellte sich neben Linnet. »Nettie, Sie hören sich schon an wie Jule, die mir dauernd damit in den Ohren liegt, ich müßte was wegen deiner Ältesten unternehmen...«

»Vaida ist ein liebes Mädchen, wie Sie sehr wohl wissen! Die sind doch nur neidisch, weil meine Kinder viel hübscher sind als ihre Satansbraten!«

»Sei es, wie es sei — ich habe die Pflicht, jedem, der eine Klage vorbringt, Gehör zu schenken. Wenn Linnet sich über die Disziplin ihrer Schüler beschweren würde, müßte ich sofort einschreiten. Aber solange das nicht der Fall ist...« Er brach den Satz abrupt ab und sah Linnet fragend an.

»Nein«, erklärte sie kurz, »ich habe keine Klagen. Aber... oh, ich muß mich jetzt leider sputen, weil ich vor Unterrichtsbeginn noch einiges vorzubereiten habe.« Linnet kniete nieder und drückte ihre Tochter an sich. Die Kleine lächelte ihrer Mutter zu. »Ich muß jetzt zur Schule, Miranda. Sei mein liebes kleines Mädchen und geh brav mit Tante Nettie. Willst du?«

Miranda krähte eine Antwort, die wohl niemand außer der Mutter verstand, und ging willig zu Nettie.

Der Richter nahm Linnets Arm und sagte: »Ich begleite Sie ein Stück, Linnet.«

»War Ihre Reise erfolgreich?« fragte sie, als sie allein waren.

»O ja.« Talbot sah ihr tief in die Augen. »Aber ich habe mich beeilt, um möglichst schnell wieder hier zu sein. Haben Jule und Ova Sie wieder geärgert?«

»Nicht der Rede wert«, lächelte sie. »Ich muß jetzt leider

gehen«, sagte sie, als sie an der Tür der kleinen Schule anlangten.

»Ich komme nur für einen Augenblick mit hinein und...«

»Nein«, unterbrach sie ihn.

Er senkte betreten den Kopf. »Wie immer haben Sie recht, Linnet. Wissen Sie, daß Sie eine sehr kluge Frau sind? Natürlich schulden Sie mir nichts, weil ich Ihr Kind und Sie aus Boston hergeholt habe. Nun ja«, lenkte er ein, als sie nicht antwortete, »das ist Vergangenheit... Ich habe noch eine Menge zu tun. Sehe ich Sie heute abend?«

Linnet drehte sich um und lief in das Schulgebäude. Dieser Richter! Alle verehrten ihn und gingen zu ihm, um seine Erlaubnis für jedes neue Vorhaben einzuholen! Spring Lick hatte sogar den Beinamen »Die Stadt des Richters«. Gut, Sweetbriar wurde auch als »Macs Stadt« bezeichnet, aber welch ein Unterschied bestand zwischen den beiden Orten! Devon liebte die Einwohner von Sweetbriar — der Richter machte jeden von sich abhängig. Immer sorgte er für die anderen und weigerte sich stets, Bezahlung für seine Dienste anzunehmen. Er lehnte selbst die kleinsten Gefälligkeiten ab. So war es gekommen, daß die ganze Stadt in der Schuld des Richters stand.

Zuerst hatte Linnet versucht, mit ihm auszukommen. Er war sogar einige Male zum Abendessen bei ihr und Miranda gewesen. Aber bald waren Jule und Ova aufgetaucht, um von »Frau zu Frau« mit ihr zu reden. Sie hatten erklärt, daß es ihrem Ruf schaden würde, wenn sie jeden Abend einen Mann in ihrem Haus empfing. Die Leute würden über sie klatschen — nicht daß sie, Jule und Ova, sich auch zu solch einer Niedertracht herablassen würden, o nein, sie nicht! —, aber nicht jeder wäre schließlich so christlich eingestellt wie sie!

Das Benehmen der Leute von Spring Lick hatte Linnet zuerst zur Verzweiflung gebracht. Jetzt, nach einem Jahr

Aufenthalt in dieser Gemeinde, verstand sie zumindest die seltsamen Reaktionen, obwohl sie ihr nach wie vor verhaßt waren. Die Frauen hier würden einen gutaussehenden Junggesellen mit offenen Armen aufnehmen. Aber eine alleinstehende Frau wirkte störend. Linnet hatte einige beißende Kommentare über ihre Person herunterschlucken müssen. Spring Lick war viermal so groß wie Sweetbriar, doch sie hatte mehr Freunde in der kleinen Siedlung gehabt, als sie bis jetzt in diesem großen Ort finden konnte. Nettie war die einzige, die keine neugierigen Fragen stellte, die niemals Miranda mit Blicken bedachte, als wäre das Kind eine Art weißer Elefant oder ein Stück Dreck.

Der Gedanke an die Kinder brachte sie wieder in die Gegenwart zurück. Die ersten Erfahrungen im Umgang mit Kindern hatte sie auf dem Treck nach Kentucky gesammelt. Ulysses und die anderen waren glückliche, guterzogene kleine Geschöpfe gewesen, die sie sehr gemocht hatte — ähnlich wie die Kinder in Sweetbriar. Linnet mußte auf einmal an die geschnitzte Skulptur denken, die sie zusammen mit Jessie zeigte. Sie fragte sich, ob und wie sich Jessie in den vergangenen Jahren verändert hatte. Ob man sich in Sweetbriar überhaupt noch an sie erinnerte?

Sie unterdrückte gewaltsam ihre schwermütigen Gedanken. Nicht Sweetbriar war ein Problem, sondern die gegenwärtige Situation in Spring Lick! Als der Richter ihr damals den Posten einer Lehrerin angeboten hatte, war sie sehr glücklich gewesen. Heute fragte sie sich allerdings oft, ob es nicht eher ein Unglück für sie gewesen war, in diesen Ort gekommen zu sein. So wie die Städte verschieden waren, so unterschieden sich die Kinder. Was sie Jessie und den anderen auch Liebes getan hatte — stets wurde es ihr hundertfach vergolten. Aber die Kinder hier in Spring Lick waren ganz anders. Manchmal fühlte Linnet sehr deutlich, daß sie ihnen vollkommen gleichgültig war. Wenn sie mitten im Unterricht tot umfiele, würden die kleinen Ungeheuer das gar nicht beachten.

Stets schauten sie sie mit leeren, desinteressierten Augen an. Netties Behauptung, nur die Gather-Kinder wären ein Problem, traf nicht ganz zu. Manchmal sehnte sich Linnet regelrecht nach einem Jungen wie Jessie, der ihr widersprach und die Mädchen ärgerte. Alles konnte sie tun — nur nicht mehr diese kalten Kinderaugen ertragen, die sie anstarrten und nicht zu bemerken schienen, daß sie ein Mensch war!

Müde stand Linnet auf, denn sie hörte ihre Schüler kommen. Als sie sie hereinließ, schlurften sie mit gesenkten Köpfen an ihr vorbei. Keines der Kinder sah Linnet an.

13

»Miranda, was hältst du von einem kleinen Spaziergang?« fragte Linnet ihre kleine Tochter. Mühsam strampelte das Mädchen, um auf die Füße zu kommen, und lief dann stolpernd in die ausgebreiteten Arme seiner Mutter. Linnets seliges Lächeln verblaßte jedoch sofort, als ein Klopfen zu hören war. Sie hatte eigentlich gehofft, daß der Richter erst dann kommen würde, wenn sie schon das Haus verlassen hätte. »Hallo«, begrüßte sie ihn dennoch höflich. »Miranda und ich sind schon fertig.«

Talbot beachtete — wie gewöhnlich — das Kind nicht. Ernst sah das kleine Mädchen zu ihm auf, als wüßte es, daß der Standesdünkel des Richters es niemals zulassen würde, ein Kind der Sünde zu bemerken.

»Ein wundervoller Abend, nicht wahr?« meinte Linnet und atmete in tiefen Zügen die reine Luft, die nach Frühlingsblumen roch.

»Ja«, erwiderte er und betrachtete sie gierig.

»Wie ist es Ihnen in Danville ergangen?«

Der Richter warf sich stolz in die Brust: »Meine Rede hat wohl alle sehr beeindruckt.« Er gönnte ihr einen langen Blick. »Ich danke Ihnen, daß Sie sie mir aufgesetzt haben.«

»Ach was, ich habe es gern getan. Also sind Sie jetzt ziemlich sicher, daß ihr Wunsch, Gouverneur zu werden, in Erfüllung geht, nicht wahr?«

»Ja, das bin ich, Linnet, und —« Er unterbrach sich, weil Linnet ihr Töchterchen davor bewahrte, in eine Pfütze zu fallen. »Linnet, ich ...« begann er wieder und ergriff ihren Arm.

Höflich, aber bestimmt entzog sie sich ihm. Seine Berührungen hatten schon mehr als einmal zu Situationen geführt, die ihr peinlich waren.

Talbot bemerkte voller Ärger, wie sie zurückzuckte. »Wir wollen zurückgehen, es wird schon dunkel.«

Der große Mann betrat den Laden und sah sich mit Kennermiene darin um.

»Kann ich Ihnen helfen?« Die Stimme gehörte zu einem fettleibigen Mann. Der kleine Kopf wurde durch eine enorme Menge von Doppelkinnen verunstaltet. Die Schultern und der Rest des Körpers waren nicht zu erkennen — nur eine ungeheure Masse an Fett wabbelte hinter dem Ladentisch. »Sind Sie neu in der Gegend?«

»Nein«, erwiderte der Fremde. »Ich komme aus Sweetbriar. Ich hatte eigentlich überlegt, daß es ganz gut wäre, hier 'nen Laden aufzumachen. Aber mit Ihnen als Konkurrenz würde er ganz schnell wieder eingehen, glaube ich.«

Der Fettberg begann sich geschmeichelt zu winden: »Ich heiße Butch Gather.« Er streckte eine schwammige Hand aus, deren Handrücken mit bläulich schimmernden Fettröllchen übersät war.

»Macalister, meine Freunde nennen mich Mac.« Er schüttelte die ausgestreckte Hand.

»Wollen Sie hier in der Gegend bleiben?«

»Ich habe an ein paar Wochen gedacht — das heißt, wenn ich ein Zimmer oder so etwas finden kann.«

»Ich habe ein kleines Hinterzimmer. Wenn Sie Geld haben, dann kriegen Sie's.«

Devon warf mit nachlässiger Geste eine Silbermünze auf den Ladentisch.

Butch musterte sie kritisch und hielt sie dicht vor seine Schweinsäuglein: »Für Silber, Mister, überlasse ich Ihnen sogar mein eigenes Schlafzimmer!«

Gelächter brandete hinter Devons Rücken auf, und er drehte sich um. Drei Männer saßen im Laden. Einer von ihnen meinte gerade lachend: »Wenn Ova erst mal Geschmack an 'nem richtigen Mann gekriegt hat, bekommst du dein Bett nie wieder!«

Butch grinste: »Sie hat sich noch nie über mich beklagt. Schließlich habe ich ihr sechs Kinder gemacht!«

»Kommen Sie doch zu uns — Mac, nicht? —, und erzählen Sie uns mal, was es in Ihrer Gegend für Neuigkeiten gibt.«

Devon hatte schon eine ganze Weile mit den vier Männern geschwatzt, bis die Rede auf die Lehrerin kam.

»Ein wirklich süßes kleines Ding ist sie, und der Richter täte gut daran, sie endlich fest an sich zu binden.«

»Der Richter?« fragte Devon. »Ich habe gehört, er will sich um das Amt des Gouverneurs bewerben, wenn Kentucky zum Bundesstaat erklärt wird.«

»Sie haben richtig gehört.«

»Und diese Lehrerin ist mit ihm verheiratet?«

Der Mann zwinkerte Devon zu: »Nicht direkt, obwohl sie seine Frau ist. Sie verstehen, was ich meine?«

Devon zwang sich zu einem Lächeln. »Ach, so ist das. Ja, ich verstehe.«

Linnet verließ das Schulhaus so schnell sie konnte. Eigentlich müßte sie jetzt sofort zu Nettie gehen und Miranda abholen, doch sie brauchte etwas Zeit für sich. Sie lief in den Wald und genoß den wohltuenden Schatten, der dort herrschte. Sie lächelte und reckte sich — wie sehr sie diese Stille und friedliche Atmosphäre hier im Wald liebte!

»Hallo, Linnet.«

Der Klang dieser Stimme lähmte sie, und sie begann zu zittern. Langsam, sehr langsam drehte sie sich um und blickte direkt in die stahlblauen Augen von Devon Macalister.

Sie starrte ihn mit offenem Mund an. Sie war wütend über sich selbst, weil ihr Herz so laut pochte und sie ihm nicht so unbefangen gegenübertreten konnte, wie er es offensichtlich fertigbrachte.

»Erinnerst du dich noch an mich?« fragte er, und seine Augen blitzten.

»Ja«, brachte sie heiser hervor und versuchte verzweifelt, sich zu beruhigen.

»Ich war auf der Durchreise«, log er. »Und als ich gehört habe, daß du hier lebst, dachte ich: Schau doch mal bei Linnet rein! Du siehst gut aus. Es scheint, als ob Spring Lick dir bekommt.« Seine Augen wanderten über ihren Körper. Jedes Detail war ihm schmerzlich genau vertraut.

Linnet reckte ihr Kinn hoch. »Ich komme schon zurecht!«

»Nach allem, was ich gehört habe, ist es ein bißchen mehr als bloßes Zurechtkommen.« Er lehnte sich an einen Baumstamm. Linnet sah, wie seine Augen ärgerlich funkelten.

Wie brachte er es bloß fertig, so ruhig zu bleiben? Warum zitterte sie immer noch am ganzen Körper? Er ließ sich mit gekreuzten Beinen auf dem Boden nieder und begann an einem langen Grashalm zu kauen. Linnet beobachtete seine fließenden Bewegungen. Sie hatte vergessen, wie kraftvoll und anziehend sein Körper war ... Sein Haar war etwas dunkler, als sie es in Erinnerung hatte. Sie konnte es förmlich unter ihren Fingern spüren ...

»Erzähl mal, was du in den letzten Jahren so gemacht hast.«

Sie begegnete seinem Blick und zwang sich dazu, so teilnahmslos zu erscheinen, wie er es offensichtlich war. »Oh, da gibt es nicht viel zu erzählen, wirklich. Ein Jahr habe ich in Boston gelebt, ein weiteres hier in Spring Lick. Ich würde viel lieber die Neuigkeiten aus Sweetbriar erfahren. Wie geht es Agnes?«

Devon lächelte. Seine starken weißen Zähne blitzten auf und bildeten einen interessanten Kontrast zu seiner dunklen Haut, von der sie genau wußte, wie sie sich anfühlte... Halt! rief sie sich energisch zur Ordnung.

»Agnes hat ein Kind bekommen. Ziemlich bald nach deiner Abreise.« Er sah sie mit einem eigentümlichen Blick an. »Sie hat das Baby Blanche genannt.«

Verblüfft wiederholte Linnet: »Blanche?«

»Ja. Ich nehme an nach Linnet Blanche Tyler. Nur daß sie es keinem so genau erklärt hat.«

Linnet fühlte sich sehr geschmeichelt.

»Und Esther ist schon wieder guter Hoffnung«, fuhr er fort. »Und Lester ist — ach ja, Lester kennst du ja nicht. Sweetbriar ist nämlich in der letzten Zeit ganz schön groß geworden!«

»Und Jessie Tucker?« fragte sie. »Und Lonnie?«

»Jessie und Lonnie wachsen schneller, als ihre Mütter Kleider ranschaffen können. Du würdest sie wahrscheinlich kaum noch erkennen. Und Esthers Baby Lincoln — den hast du doch mit entbunden, nicht? — läuft schon ganz ordentlich und redet auch schon ein bißchen. Alle Frauen sind entzückt von ihm. Die Zwillinge gleichen sich auch immer noch aufs Haar, alle vier.«

»Ach was, du hast sie doch immer auseinanderhalten können.«

Er schwieg einen Moment und lächelte ihr zu. Sie wandte den Blick ab. Es schien ihr so, als ob der Raum zwischen ihnen mit lauter kleinen Blitzen bedeckt wäre...

»Und wie geht es deiner Frau?« fragte sie leise. Sie wollte die Spannung beseitigen.

»Frau?« fragte er ungläubig. »Was sollte ich wohl mit einer Frau anfangen? Ich hab's bis jetzt geschafft, ohne Ring und Kette durchs Leben zu gehen, da werde ich wohl auch weiter ledig bleiben können, oder?«

Linnet war verblüfft: »Aber dein Kind. Was ist denn mit dem Baby geschehen?«

»Ich habe keine Ahnung, wovon du eigentlich sprichst.« Er lehnte sich gegen einen Baumstumpf, zog sein Messer aus der Scheide und begann an einer Wurzel herumzuschnitzen.

Linnet ließ sich schwer auf einen verrotteten Baumstamm fallen. »Aber was ist mit Corinne passiert?« hakte sie nach.

Devon sah kurz auf: »Die wäre die letzte, die ich heiraten würde! Ich mache mir doch nicht die Hände an Cords abgelegten Flittchen schmutzig!« Sein böser Blick sprach Bände. »Corinne ist gut verheiratet. Ein paar Tage nach der Hochzeit hat sie ein Kind zur Welt gebracht — aber das ist Jonathan Tuckers Problem, nicht meines. Wie kommst du auf den Gedanken, daß ich Corinne geheiratet hätte?«

Sie legte die Hände auf die Wangen und erwiderte aufrichtig: »Sie hat mir erzählt, daß sie ein Kind von dir erwartet.«

Devon lachte rauh auf: »Corinne war schon immer eine Lügnerin. Alle wußten das. Sie wollte nicht mich, sie wollte meinen Laden! Sie hat alles versucht, um mich zum ...« Er unterbrach sich und sah sie so zärtlich an, daß ihr ganz warm ums Herz wurde. »Nun ja — Tatsache ist, daß sie unmöglich von mir schwanger sein konnte!«

Linnet blickte ihn zweifelnd an und fragte sich, ob nicht er in Wahrheit der Lügner war.

Er schien ihre Gedanken zu erraten und schaute weg.

»Ich habe nicht gesagt, daß ich nicht mit ihr geknutscht hätte und auch — na ja! — manchmal ein bißchen mehr... Aber sie hat's mit vielen Männern getrieben, und ich möchte nicht in Jonathans Haut stecken. Aber wer weiß, vielleicht zähmt er sie ja!«

»Ja, vielleicht«, murmelte Linnet und versuchte die Information zu verdauen. Wenn es nur nicht zu spät für einen Neuanfang wäre! Selbst wenn Corinne gelogen hatte — es war schließlich Devon gewesen, der sie nach ihrer Liebesnacht verlassen hatte!

»Jetzt erzähl mir was von dir. Wir haben wahrhaftig genug über mich geredet.«

»Haben wir nicht. Du hast kein Wort darüber verloren, wie es dir ergangen ist.« Linnet holte tief Luft. »Du siehst müde und abgemagert aus.«

Er sah sie ruhig an. »Ich habe nur von Gaylons Fraß gelebt, oder von dem, was ich selbst gekocht habe — was eigentlich noch schlimmer ist. Es ist ein Wunder, daß ich überhaupt noch Fleisch auf den Rippen habe.«

Plötzlich wünschte sie, er wäre weit weg. Sie wollte ihn treten, schlagen, beißen, küssen, berühren... Nein! Sie durfte sich nicht so gehenlassen. Besser, sie blieb so ruhig wie er. »Ich habe gestern Brot gebacken. Möchtest du etwas davon probieren?«

Er grinste, und sie fühlte, wie ihr Herz wild zu schlagen begann. »Das würde ich sehr gerne tun.« Er stand auf und baute sich vor ihr auf. Aber sie schenkte ihm keinen Blick — sie konnte ihn einfach nicht anschauen, wenn er ihr so nahe war.

Sie gingen zum Waldrand. Die ersten Personen, die Linnet sah, waren Nettie und Miranda. Linnet hielt erstaunt inne — sie hatte ihre Tochter total vergessen! Jetzt war nicht die Zeit für langwierige Erklärungen. Sie warf ein kurzes »Entschuldige bitte« über die Schulter, hob ihre Röcke und lief zu Nettie.

Atemlos und keuchend ergriff Linnet Netties Arm: »Wenn du meine Freundin bist, dann tust du mir jetzt einen Riesengefallen, ja? Sag ihm nicht, daß Miranda meine Tochter ist, hörst du?«

Nettie blickte über Linnets Schulter, um »ihn« in Augenschein zu nehmen. Sie sah einen großen, schlanken, gutaussehenden Mann mit dunklem Haar und mit Mirandas Augen. Man brauchte nicht besonders klug zu sein, um zu erkennen, wer das war.

Devon trat neben die beiden Frauen.

»Nettie, das ist Devon Macalister. Seine Freunde nennen ihn Mac.«

Devon hob verwundert eine Augenbraue. So, sie wollte also nicht, daß andere Leute ihn auch Devon nannten.

»Und das ist Nettie Waters.«

Devon nickte der Frau grüßend zu.

Nettie beugte sich herunter und hob Miranda hoch. »Und das ist Miranda.« Nettie hörte sehr wohl, daß Linnet tief Luft holte. Doch sie beachtete das nicht, sondern reichte Devon das Baby. »Möchten Sie sie mal auf den Arm nehmen?«

Devon war überrascht. Er mochte Kinder, aber vor Babys hatte er einen gewissen Respekt — sie wurden entweder unangenehm feucht, oder sie machten einen Höllenlärm. Er sah mit geheucheltem Interesse auf das Kind in seinen Armen. »Ein hübsches kleines Mädchen«, meinte er höflich und drückte das Kind Nettie in die Arme. »Hübsche Augen.« Verwirrt registrierte er, daß seine Bemerkung, die gar nicht komisch gemeint war, bei Nettie eine wahre Lachsalve auslöste.

Linnet sandte Nettie einen wütenden Blick zu und sagte hastig: »Ich habe Devon kennengelernt, als ich in Sweetbriar wohnte.«

»Ich habe gar nicht gewußt, daß du je in Sweetbriar gelebt hast! Ich dachte immer, du kämst aus Boston.«

»Dort war ich ja auch, ich...« stammelte Linnet verwirrt. Der Anblick von Devon und Miranda brachte sie um den Rest ihrer ohnehin spärlichen Selbstbeherrschung. »Ich gehe jetzt und richte das Abendessen für Devon. Bis später dann.«

Devon saß an dem Kieferntisch in Linnets Blockhaus. Diese Hütte war etwas größer als die, die sie in Sweetbriar bewohnt hatte, aber die Innenausstattung der beiden Häuser war ziemlich ähnlich. Der einzige Unterschied bestand in der großen Veranda vor dem Haus in Spring Lick. »Du hast mir überhaupt noch nicht erzählt, was du hier tust. Du bist die Lehrerin, nicht wahr?« fragte er mit vollem Mund.

Wie bringt er es nur fertig, so ruhig an meinem Tisch zu sitzen? fragte sich Linnet. Wie kann er Miranda in den Armen halten, ohne zu bemerken, daß sie seine Tochter ist? Hübsche Augen — ja in der Tat, das war der Gipfel der Unverschämtheit! Mirandas Augen glichen denen dieses widerlichen, verabscheuungswürdigen Kerls aufs Haar! »Och, es ist ganz nett hier. Die Leute sind ganz anders als die in Sweetbriar.«

»Ich habe unten im Laden einen Mann namens Butch Gather getroffen und...« Er unterbrach sich und ging zum Kamin, wo er eine der Schnitzereien betrachtete.

»Du hast sie behalten?« fragte er leise.

»Ja.« In ihr wuchs der Ärger. Was für ein Recht hatte er, ihr Leben, das sie sich so gut eingerichtet hatte, wieder vollkommen durcheinanderzubringen? Sie hatte gelernt, ohne ihn zu leben. Es gab sogar manchmal Stunden, in denen sie nicht einmal an ihn dachte! Also warum war er zurückgekehrt? »Warum bist du hier?« wollte sie unvermittelt wissen.

Devon setzte sich wieder hin und aß gelassen weiter.

»Ich habe dich gefragt, warum du hergekommen bist, und ich verlange eine Antwort!«

Er legte die Brotscheibe hin. »Ich war eigentlich auf der Durchreise, aber als ich hörte, daß eine alte Bekannte von mir hier wohnt, hab' ich mir gedacht: Schaust du mal eben rein und sagst Hallo.«

»Eine alte Bekannte, so«, sagte sie mit eiskalter Stimme. »Du sitzt hier, als wäre nichts geschehen ... Als ob wir in Sweetbriar säßen — gleich beginnt wohl deine Lesestunde, was?« Ihre Stimme wurde schrill: »Wie kannst du denn nach allem, was zwischen uns war, noch so ruhig mit mir sprechen? Nach der Nacht, in der wir ...« Tränen stiegen in ihre Augen. »Ich bin von Sweetbriar verschwunden, weil ich dich nie — hörst du: nie! — wiedersehen wollte! Ich möchte, daß du jetzt von hier verschwindest und niemals wiederkommst, hast du mich verstanden?« Sie hatte so laut geschrien, wie sie nur konnte. Jetzt liefen ihr Tränen der Wut und Empörung über die Wangen. Sie lief durch die offene Tür hinaus in den Wald.

Devon saß ruhig am Tisch und sah ihr nach. Ein breites Lächeln erhellte sein Gesicht, als er sich wieder seinem Mahl zuwandte. Sie läuft noch genauso komisch wie früher, dachte er. Zum ersten Mal seit zwei Jahren hatte er wieder Appetit, und zwar nicht auf Alkohol. Wie oft hatte er in der letzten Zeit sein Essen angeekelt fortgeschoben und statt dessen zur Whiskyflasche gegriffen!

So, sie erinnerte sich also an ihn! Genüßlich bestrich er das Brot dick mit Butter und biß hinein. Sie dachte, er hätte ihre gemeinsame Liebesnacht vergessen. Diese eine Nacht mit ihr hatte es ihm in den letzten zwei Jahren unmöglich gemacht, mit einer anderen Frau zu schlafen! Er hatte schon einige Erfahrungen mit Frauen — aber keine von ihnen hatte ihn so liebkost wie Linnet, keine von ihnen war ...

Er lächelte und biß wieder von seinem Brot ab. Wenn sie sich so gut an ihn erinnerte, vielleicht wäre es dann möglich, daß er ein bißchen mit ihr ... na ja! Danach könnte sie der Richter gern wiederhaben. Du meine Güte — was für ein widerlicher, arroganter Mensch mußte das wohl sein, weil er anderen Leuten erlaubte, ihn »den Richter« zu nennen? Nun ja, ihn brauchte das schließlich nicht zu interessieren, solange er selbst bekam, was er wollte.

14

»Es ist für jeden Christenmenschen ein Schlag ins Gesicht, wenn sie ihn vor aller Augen hierher bringt. Jeder kann doch sehen, daß ihm das Kind wie aus dem Gesicht geschnitten ist«, entrüstete sich Jule.

»Und stellt euch vor — sie treibt es doch wieder mit ihm! Butch sagte mir, daß er erst gegen Morgengrauen in sein Zimmer gekommen ist!« Ova stichelte eifrig an ihrer Steppdecke.

»Aber was können wir gegen sie unternehmen?« überlegte Jule laut. »Spring Lick war immer eine Gemeinde, die unseren Herrn und Gott fürchtete und ehrte. Doch was jetzt hier stattfindet, erinnert an Sodom und Gomorrha! Und sie ist auch noch die Lehrerin unserer Kinder! Was wird sie ihnen beibringen?«

»Du hast recht«, stimmte ihr Ova zu. »Eine Lehrerin sollte immer Vorbild sein. Und wenn sie meint, daß sie eines ist — du weißt, was ich meine...«

»Aber sicher weiß ich das!« Jule nähte schneller, und ihre Stimme wurde unangenehm schrill: »Ich habe es ja immer schon gesagt — die ist 'ne ganz Heimliche! Wie sie schon den Richter angehimmelt hat...«

»Der Richter!« Ova hörte auf zu nähen. »Den haben wir ja ganz vergessen!«

»Ach was, der ist ein unschuldiges Lamm, das wir beschützen müssen.«

»Aber sicher müssen wir das, und ich denke mir, daß ihm ein Vögelchen zwitschern müßte, was in seiner Stadt, gewissermaßen unter seiner Nase, so alles vor sich geht!« Jule und Ova sahen sich an.

»Es ist unsere Pflicht...« beteuerte Jule.

»... als Christinnen«, bestätigte Ova. Die beiden Frauen räumten ihre Nähsachen weg und steuerten dann mit lebhaften Schritten das große Holzhaus des Richters an.

»Guten Morgen, meine Damen. Ein wundervoller Tag. Gerade richtig zum Spazierengehen, nicht wahr?«

Ova senkte beschämt den Kopf. Ob das alles so richtig war? Doch Jule hatte keine Skrupel.

»Richter, es tut mir leid, aber wir müssen Ihnen etwas Unerfreuliches mitteilen.«

Das Gesicht des Richters wurde ernst: »Es ist doch hoffentlich keinem etwas geschehen?«

Ova seufzte: »Das ist doch wieder ganz unser Richter! Immer denkt er zuerst an andere. Doch ich fürchte, daß Sie der einzige sein werden, dem etwas angetan wird, und deshalb hielten wir es für unsere Pflicht —«

»— unsere Christenpflicht«, schaltete Jule sich ein.

»Ja«, fuhr Ova fort, »für unsere heilige Pflicht, Ihnen zu erzählen, was in ihrer eigenen Stadt — gewissermaßen in Ihrem eigenen Haus! — vor sich geht. Und zwar handelt es sich um etwas, das Sie selbst nie bemerken würden. Sie sind ja ein so freundlicher Mann!«

»Möchten Sie sich nicht setzen, meine Damen, und mir dann alles erzählen?« Er holte ihnen Stühle auf die Veranda. Als sie saßen, fragte er: »Nun, was kann ich für Sie tun?«

»Es geht um die Lehrerin.«

»Linnet?« fragte er.

»Jawohl, um Linnet Tyler. So nennt sie sich ja anscheinend selbst.«

Jule übernahm die Gesprächsführung: »Wir haben Ihnen zuliebe über vieles hinweggesehen, Richter. So zum Beispiel, daß das Baby keinen Vater hat. Oh, es ist nicht ganz ohne Vater, denn schließlich haben wir alle unseren himmlischen Vater, aber Sie verstehen, nicht wahr? Aber wenn diese Person jetzt den Erzeuger dieses Bastards in diese Stadt kommen läßt und uns zumutet, mit...«

»Was?« fragte der Richter erstaunt und stand auf.

»O ja. Es stimmt. Leider«, fügte Ova hinzu. »Der Vater des Kindes ist hier, in dieser Stadt. Er wohnt bei meinem Butch im Laden.«

Der Richter lehnte sich gegen einen Pfosten. »So, meine Damen, jetzt erzählen Sie mir doch bitte die ganze Geschichte. Aber von Anfang an, und unterschlagen Sie nicht die kleinste Kleinigkeit.«

Linnet fegte den Boden des kleinen Schulhauses. Sie bedauerte die Ereignisse der letzten Nacht, aber es war nun mal passiert. Wenn sie ruhig geblieben wäre, dann hätte er es vielleicht vorgezogen zu gehen. So hatte er die Hütte erst verlassen, als sie zurückgekehrt war. Die ganze Nacht hatte sie wachgelegen und seine Gegenwart gespürt.

»Morgen, Frau Lehrerin.« Devon stand lässig in der offenen Tür und lehnte sich gegen den Türpfosten.

»Guten Tag«, erwiderte sie, so ruhig sie nur konnte. »Was kann ich für dich tun?«

Er lächelte unbestimmt: »Och, ich habe mir gedacht, ich komme mal eben vorbei und schaue mir an, wo du den Großteil deiner Zeit verbringst.« Er wies mit dem Daumen auf ein großes Buch, das auf ihrem Pult lag. »Was ist das?«

»Das ist ein Wörterbuch. Wenn man nicht weiß, was ein Wort bedeutet, dann kann man dort nachschlagen.«

»Das ist doch völlig sinnlos. Warum sollte man denn ein Wort benutzen, dessen Bedeutung man nicht kennt?«

Sie sah ihn nachsichtig an: »Was wäre denn, wenn dir jemand etwas auf Shawnee sagt, und du kennst die Bedeutung von jedem Wort — nur ein einziges fehlt dir? Hättest du dann nicht gern ein Buch, in dem du dieses Wort nachschlagen könntest?«

»Nein«, erwiderte er ernsthaft. »Dann müßte ich ja so einen dicken Wälzer mit mir rumschleppen. Ich würde lieber einen Indianer nach der Bedeutung fragen.«

»Aber manchmal —« Sie unterbrach sich, als sie bemerkte, daß der Richter den Raum betrat.

»Linnet, ich habe gerade gehört, daß ein Freund von Ihnen unsere Stadt besucht.«

Linnet stand zwischen den beiden Männern. »Ja. Darf ich Ihnen Devon Macalister aus Sweetbriar, Kentucky, vorstellen?«

»Schön, Sie kennenzulernen, Devon!« Der Richter streckte seine Hand aus.

»Mac genügt!« riefen Devon und Linnet wie aus einem Mund. Devon blinzelte ihr vergnügt zu, als Linnet hastig erklärte: »Jeder nennt ihn nur Mac.«

»Oh«, machte der Richter nur. Was er da an Übereinstimmung bemerkte, gefiel ihm ganz und gar nicht. »Linnet, könnte ich Sie wohl für einen Moment allein sprechen?«

»Natürlich.« Sie sah Devon nicht an, weil sie förmlich fühlen konnte, was er dachte. Seine Eifersucht hatte sie schon einmal entzweit, und sie hatte keinerlei Veranlassung anzunehmen, daß er sich geändert hatte.

»Ist dieser Mann der Vater Ihres Kindes?« wollte der Richter wissen, als sie kaum durch die Tür getreten waren.

Linnet riß erstaunt die Augen auf: »Das haben Sie aber schnell herausgefunden.«

»Haben Sie die letzte Nacht mit ihm verbracht?«

»Sie möchten wissen, ob ich ihn vorgezogen habe, nachdem ich die großzügigen Angebote von nahezu jedem Mann in dieser Stadt ausschlug? Entschuldigen Sie mich jetzt. Ich habe noch zu arbeiten.«

Der Richter packte sie grob am Arm: »Ich habe Sie hergebracht. Ich habe Ihnen Geld gegeben, und Sie schulden mir —«

»Ich schulde Ihnen nichts! Ich habe bereits bezahlt! Schließlich haben Sie meinen Ruf dadurch ruiniert, daß Sie Ihre Abende bei mir verbrachten!« Sie warf einen bedeutsamen Blick auf seine Hand, die ihren Arm umklammerte. »Allerdings würde es Ihrem guten Ruf — zumindest bei den Männern — schaden, wenn bekannt würde, daß ich einen kleinen Ladenbesitzer dem zukünftigen Gouverneur vorgezogen habe, nicht wahr?« Mit einer jähen Bewegung riß sie sich los und ging mit selbstbewußten Schritten zum Schulhaus zurück.

»Hast du dich mit deinem Liebsten gezankt?« fragte Devon spöttisch.

»Ja!« zischte sie. »Der Richter ist nur einer von den vielen Männern, mit denen ich mich hier vergnüge. Würdest du jetzt bitte aus meinem Leben verschwinden?«

»Hast du vor, den Richter zu heiraten?«

Sie wollte ihm nicht auf diese törichte Frage antworten.

»Ich habe gehört, er wäre ein reicher Mann. Er könnte dir eine Menge hübscher Sachen kaufen.«

Sie sah ihn durchdringend an: »Natürlich — ich habe ja auch nichts anderes im Kopf als Seidenkleider und Hausangestellte! Weißt du eigentlich, daß ich in einem Palast aufgewachsen bin? Alle Häuser von Sweetbriar würden in den Speiseraum dieses Hauses passen! Als Kind brauchte ich keinen Finger zu rühren. Mein Vater hatte zwölf Bedienstete beschäftigt, die nur um mein Wohl besorgt waren! Ich hatte zwei Kammerzofen, eine Gouvernante, einen Koch, zwei Laufburschen, einen Kutscher, einen —«

»Hör auf! Es reicht! Wenn du jetzt den Richter heiratest, bekommst du sicher etwas von diesem Luxus wieder.«

»Sicher«, stimmte sie ihm zu, und ihre Augen weiteten sich.

Er musterte sie schweigend.

»Du mußt mich jetzt entschuldigen. Ich muß arbeiten. Das werde ich noch eine ganze Weile tun müssen, bis mir jemand das Leben bietet, das ich gewohnt bin.«

Schweigend verließ Devon das Schulhaus und wanderte in den Wald.

Dort ließ er sich schwer auf einen Baumstumpf fallen und vergrub das Gesicht in den Händen. Warum sagte sie so etwas nur, wenn es nicht stimmte? Mein Gott, diese Frau trieb ihn noch zum Wahnsinn. Er hatte es sich alles so schön ausgedacht: wie er endlich von ihr loskommen könnte, wenn er sie wiedersehen würde. Und was war jetzt? Alles war nur noch schlimmer geworden, viel schlimmer.

»Mac?«

Er blickte auf und sah eine Frau vor sich stehen. Nach einem Moment des Nachdenkens fiel ihm auch ihr Name wieder ein: Nettie, Linnets Freundin.

»Könnte ich Sie wohl einen Moment sprechen? Miranda, lauf nicht zu weit weg!«

Devon richtete seinen Blick auf das Kind, ohne es wirklich zu sehen. Sein Kopf war seltsam leer.

»Ich weiß, es ist nicht meine Angelegenheit. Ich sollte auch nicht darüber reden, aber ich finde, Sie sollten wissen, was in Spring Lick vor sich geht.«

»Ich hatte keine Ahnung, daß hier überhaupt etwas passiert«, entgegnete er mürrisch.

»Das können Sie auch gar nicht wissen, aber Ihre Anwesenheit verursacht hier einen Riesenwirbel.«

»Meine Anwesenheit? Aber ich kenne hier doch niemanden!«

Nettie lächelte ihn an. Jetzt verstand sie, warum Linnet sich in ihn verliebt hatte. »Mac, es ist doch offensichtlich, daß Linnet und Sie sich einmal sehr gut gekannt haben müssen.«

Er hob eine Augenbraue, und sie lachte: »Miranda,

komm doch einmal zu Tante Nettie. Ich will dir etwas zeigen.«

Das Mädchen lief tapsig in Netties Arme. »Sie haben doch gesagt, sie wäre ein hübsches kleines Mädchen. Jetzt sehen Sie einmal genau hin. Erinnert sie Sie vielleicht an jemanden?«

Devon sah zuerst auf das Kind, dann auf die Frau. Sein Blick zeigte deutlich, daß er sie für ein wenig verrückt hielt.

»Was ist mit ihren Augen? Haben Sie diese Augen schon einmal gesehen? Jule und Ova haben die Ähnlichkeit sofort erkannt!«

»Ich habe keine Ahnung, wovon Sie eigentlich sprechen!« Devon entschied, daß ihm diese Frau unsympathisch war. »Außerdem — wer sind Jule und Ova?«

»Das sind unsere Klatschtanten. Geschwätz und verletzende Gerüchte sind ihr Lebensinhalt. Wenn es sie nicht gegeben hätte, dann würde sich niemand drum kümmern, daß Linnets Tochter ohne Vater aufwachsen muß. Und Linnet wäre auch nie ein Außenseiter und zum Objekt der Begierde für alle Männer hier geworden!«

»Ohne Vater? Linnets Tochter?« explodierte er. »Sie hat mir nie erzählt, daß —«

»Nein, das hat sie bestimmt nicht getan«, unterbrach ihn Nettie. »Tatsache ist, daß sie alles Erdenkliche unternommen hat, um Miranda vor Ihnen zu verbergen! So, jetzt sehen Sie sich Miranda noch einmal genau an! Vielleicht fällt Ihnen dann ein, wo Sie diese blauen Augen schon einmal gesehen haben könnten. Wenn Sie dann immer noch nicht draufkommen, könnte ich Ihnen nur noch einen Hinweis geben: Schauen Sie in den Spiegel!«

Devon starrte das kleine Mädchen an. Er erkannte Linnets eigensinniges Kinn, das sie so oft hochreckte, und seine Augen... Seine Augen! »Viele Menschen haben blaue Augen, vielleicht —«

Nettie stand auf und setzte Miranda auf den Schoß ihres

Vaters. »Sie sind ein Narr, Devon Macalister! Bleiben Sie hier eine Weile sitzen, und lernen Sie Ihre Tochter kennen.« Nettie ließ die beiden allein.

In Devons Kopf wirbelte alles durcheinander. Er war nicht fähig, auch nur einen klaren Gedanken zu fassen. Miranda griff spielerisch nach seinen Hemdknöpfen, aber sie verlor bald das Interesse an diesem neuen Spielzeug und krabbelte von seinem Schoß herunter. Devon betrachtete sie. Seine Tochter! Konnte es denn wahr sein? War Miranda wirklich seine Tochter?

»Miranda?« fragte er zärtlich, und das Kind drehte sich mit einem bezaubernden Lächeln zu ihm um. Er griff in seine Tasche und zog eine Halskette aus glitzernden Glasperlen hervor. Als er ihr die Kette gab, steckte sie sie sofort in den Mund und lachte ihn an. Devon mußte mitlachen.

»Nun, kleine Tochter, ich bin dein Vater. Ja, du hast jetzt einen Vater! Ich wette, du heißt Miranda Tyler. Was hältst du davon, wenn wir das ändern würden? In Miranda Macalister...« Er hob sie hoch und schwenkte sie durch die Luft. Miranda jauchzte entzückt.

»Miranda. Verrückter Name! Aber wenn dein Vater dir den Namen Macalister gibt, dann durfte sich deine Mutter den anderen nach ihrem Geschmack aussuchen!« Miranda spielte mit der Glasperlenkette, und er drückte sie fest an sich. »Es gefällt mir, ein Vater zu sein! Es gefällt mir sogar sehr!«

Linnet sah die beiden langsam aus dem Wald kommen. Sie gingen Hand in Hand. Devon blieb vor der Veranda stehen. Miranda riß sich von ihm los, um nach den Kätzchen zu schauen, die unter der Terrasse ihre Bleibe hatten.

»Stimmt es? Ist sie wirklich meine Tochter?«

»Ja, Miranda ist dein Kind.«

Er seufzte und holte tief Luft. »In Ordnung«, sagte er in niedergeschlagenem Ton, »ich werde dich heiraten.«

15

»Mich heiraten?« fragte Linnet ungläubig. Sie fühlte einen solchen Zorn in sich, daß sie glaubte, platzen zu müssen. »So, du willst mich also heiraten! Nach zwei Jahren und nachdem ich eine Tochter geboren habe, willst du gemeines, unerträgliches Subjekt mich heiraten!«

»Sei bitte eine Minute still —«

»O nein, jetzt hörst du mir einmal zu! Ich habe nämlich viel zu oft geschwiegen! Als du damals in das schmutzige, kleine Zelt in Crazy Bears Lager kamst und dein Leben für mich aufs Spiel gesetzt hast, habe ich mich in dich verliebt! Ja, das erstaunt dich, was? Ich habe mich so sehr in dich verliebt, daß ich durch die Hölle gehen mußte, um zu erkennen, was ich doch für eine Närrin gewesen bin! Glaubst du denn, es ist angenehm, jemanden zu lieben, der ewig Streit sucht und einen ständig irgendwelcher Gemeinheiten beschuldigt, die man nicht begangen hat?«

»Die du nicht begangen hast! Zum Teufel! Ich hab' dich doch beobachtet! Jedem Mann, der in deine Nähe kam, hast du schöne Augen gemacht!«

»Jedem Mann!« kreischte sie. »Da gab es doch nur Cord! Und ihr beide wart von Eifersucht zerfressen! Ihr habt mich benutzt, um einen Wettbewerb zu veranstalten, den ihr schon öfters ausgefochten habt! Du hattest schon einmal eine Frau an ihn verloren, deshalb sollte dein Stolz nicht ein zweites Mal verletzt werden!«

»Woher sollte ich denn wissen, welchen Mann du eigentlich wolltest?« fragte er leise.

Sie rang in einer verzweifelten Geste die Hände. »Es gab Zeiten, in denen du kaum ein Wort mit mir gewechselt hast. Cord entführte mich gefesselt in die Wildnis. Anstatt bei ihm zu bleiben, lief ich lieber hinaus in den Schneesturm. Es hätte nicht viel gefehlt, und ich wäre gestorben. Aber hast du dir darüber Gedanken gemacht? Nein! Du dachtest nur daran, daß dein Rivale mich berührt haben könnte!«

»Warum hast du mich Bruder genannt?« flüsterte er heiser.

Sie lachte schrill auf: »Du warst doch alles zusammen für mich — Bruder, Vater, Mutter, Schwester — alles! Ich habe dich so sehr geliebt. Du bist so selbstsüchtig, daß du nie ermessen kannst, wie stark meine Liebe war. Aus welchem Grund habe ich wohl zugelassen, daß wir miteinander schliefen? Ich war eine solche Närrin, daß ich sogar mit dir zusammengelebt hätte! Du hättest nur mit dem Finger schnippen müssen, und ich wäre zu dir gekommen! Du kannst nicht einmal erahnen, was ich an dem Tag fühlte, als du mich verlassen hast. Nun ja, das ist jetzt vorbei. Ich habe meine fünf Sinne wieder beisammen. Was ich einst für dich empfand, ist gestorben — Stück für Stück in mir gestorben — durch deine Zweifel, deine ewigen Anklagen, deinen immerwährenden Zorn! Jetzt möchte ich nur noch, daß du aus meinem Leben verschwindest! Ich will dich nie wiedersehen. Und ich kann dir eines versichern: Es wird nicht länger als zehn Minuten dauern, bis ich mich von der unerfreulichen Erinnerung an dich befreit haben werde!«

Sie wollte hochmütig an ihm vorbeigehen. Er packte ihren Arm und zwang sie, ihn anzusehen.

»Ich war ein verdammter Idiot, nicht wahr?« murmelte er. Aus seinen Augen leuchtete ihr etwas völlig Neues entgegen.

»Ja, das warst du wohl«, erwiderte sie mit müder, aber immer noch eisiger Stimme.

»Alles lief von Anfang an schief. Ich liebte dich und wußte es nicht einmal. Ich hatte Angst davor, wieder verletzt zu werden. Nach dem, was mit Amy passiert war, hatte ich einfach Angst! Du wußtest das, und wahrscheinlich jeder andere in Sweetbriar auch! Ich liebte dich immer schon. Nur — ich war so verblendet, daß ich es nicht gemerkt habe.«

Sie wand sich aus seinem Griff. »Und jetzt soll ich dir wohl in die Arme fallen und alles vergeben und vergessen. So geht es nicht! Siehst du denn immer noch nicht, was du mir angetan hast? Es ist noch keine Stunde her, da hast du mich beschuldigt, ich würde den Richter wegen seines Geldes heiraten! Ist dir je der Gedanke gekommen, daß ich mir vielleicht ein friedliches normales Leben wünschen könnte? Daß ich mir jemanden zum Mann nehmen möchte, der freundlich guten Morgen zu mir sagt, und zwar ohne irgendwelche Hintergedanken zu haben? Jemand, der mich nicht verdächtigt, ein Straßenmädchen zu sein? Du hast mich beschuldigt, mit jedem Mann, den ich nur angesehen habe, ins Bett zu gehen. Dazu kann ich dir nur eines sagen: Du bist der einzige Mann gewesen, der mich je berührt hat!«

»Linnet, ich ...«

»Sieh mich nicht so an! Ich kann dir das alles nur sagen, weil es mir verdammt egal ist, was du von mir denkst! Es ist mir gleichgültig!«

»Aber ich liebe dich! Eben erst habe ich es dir gesagt!«

»Ach, und dieses Geständnis löscht die Vergangenheit aus? Warum hast du das nicht in dem Augenblick gesagt, als Miranda gezeugt wurde? Warum nicht an dem Tag, als du mich fandest, nachdem Cord mich entführt hatte?«

»Ich habe es doch damals noch nicht gewußt! Bitte, vergib mir!«

»Oh — ich soll dir also vergeben!« gab sie mit beißendem Spott zurück. »Du hast mir damals immer vorgeworfen, ich wäre hinter Cord her. Jetzt, nachdem Jahre vergangen sind, spazierst du in mein Leben und beschuldigst mich, ich hätte ein Verhältnis mit dem Richter. Mit dem Richter!« zischte sie wütend.

»Linnet, bitte!« Devon streichelte schüchtern ihren Arm. »Miranda ist doch meine Tochter ...«

Sie wandte sich ab. »Welches Recht hast du denn auf deine Tochter? Warst du etwa da, als ich sie nach sechzehn Stunden Wehen zur Welt brachte? Warst du bei mir, als ich fast am Kindbettfieber gestorben bin und zwei Wochen zwischen Leben und Tod schwebte? Oder wolltest du nur beweisen, was ich für eine unmoralische Frau bin?«

Ihre Blicke trafen sich für einen kurzen Moment. Devon wußte, daß sie die Wahrheit gesagt hatte. Seine Stimme klang gepreßt, als er gestand: »Noch nie hat mir jemand so deutlich gesagt, was für ein mieser Kerl ich bin und wie ekelhaft ich dich behandelt habe. Es ist eigentlich noch schlimmer für mich, weil ich so schlecht über dich gedacht habe. Du hast so recht! Ich weiß, daß es wenig Zweck hätte, dich um Verzeihung zu bitten. Aber vielleicht könnten wir ja von vorne anfangen? Ich würde dir das Leben leicht machen ...«

Linnet blitzte ihn an, ihr Mund war nur noch ein schmaler Strich. »Was für nette kleine Ideen du doch manchmal hast! Wir fangen neu an, die Vergangenheit wird ausgelöscht ... O nein, so einfach ist das nicht! Ich könnte dir niemals wieder vertrauen, dich niemals wieder lieben! Denn du wirst dich nie ändern. Sobald ich einen Mann nur freundlich begrüße, wirst du sofort mich gleich all der Dinge beschuldigen, die nur du dir ausdenken kannst! Ich bin mir auch sicher, daß dir eines schönen Tages Zweifel kommen werden, ob du wirklich Mirandas Vater bist. Schließlich hat Cord auch blaue Augen, nicht wahr?«

Er sah sie an, als ob man ihn geschlagen hätte, und wandte sich von ihr ab. »Gibt es denn nichts, was dich überzeugen könnte?«

»Nichts.«

»Dann wird also eines Tages ein anderer Mann der Vater meiner Tochter sein?«

»*Meiner* Tochter! Du hast kein Recht auf sie.«

Er trat dicht vor sie und legte seine Hand auf ihre weiche,

samtige Wange. »Ich liebe dich, Lynna. Bedeutet dir das gar nichts? Ich habe das noch keiner Frau gesagt.«

Sie sah ihn nur kalt an: »Früher einmal hätte es die Welt für mich bedeutet. Aber jetzt ist es zu spät.«

Devon trat zurück. »Möchtest du, daß ich von hier abreise und dich allein lasse?«

»Ja«, nickte sie ruhig. »Ich brauche Zeit, um wieder zu mir zu kommen. Dann kann ich ein neues Leben für Miranda und mich aufbauen. Vielleicht werde ich es schaffen, wenn ich nicht mehr an dich denken muß.«

Er nickte, seine blauen Augen waren feucht. »Wenn du mich je brauchen solltest ...« stieß er hervor und schluckte. Dann drehte er sich um und ließ sie allein.

Miranda bekam Angst, als sie die Stimme ihrer Mutter so laut und zornig vernahm. Sie legte sich das Kätzchen über den Arm und lugte unter der Veranda vor. Ihre Mutter schrie einen großen Mann an. Es war der komische Mann, den Tante Nettie kannte. Miranda stiegen die Tränen in die Augen, als die Wut ihrer Mutter wuchs und wuchs. Sie mochte laute Stimmen nicht und wünschte, sie würden wieder normal sprechen.

Die Tränen rollten über die Wangen des kleinen Mädchens. Es öffnete seinen Mund, um laut loszuweinen, aber plötzlich sprang das Kätzchen von Mirandas Arm und lief auf die Wiese vor der Veranda. Das Kind sah ihm verblüfft nach, während das Kätzchen einem großen blauen Schmetterling hinterherjagte. Miranda kroch ebenfalls auf die Wiese und beteiligte sich eifrig an diesem neuen Spiel. Die Angst und die Furcht waren vergessen.

Die Tür des Schulhauses stand offen. Miranda, die von dem Kätzchen genug hatte, kroch die drei Stufen zum Eingang empor. Sie kannte das Schulhaus und wußte sehr wohl, daß es etwas mit ihrer Mutter und den großen Kindern zu tun hatte, die hier öfter spielten. Miranda trippelte über den rauhen Fußboden und setzte sich dann hin. Sie wollte wieder anfangen zu weinen, doch da niemand hier war, der sie trösten konnte, ließ sie es lieber sein. Miranda stand auf und ging zu dem großen Tisch, der am hinteren Ende des Raumes stand. Sie spähte neugierig unter ihn und entdeckte eine gemütliche kleine Höhle, die ihr sehr gefiel. Sie setzte sich hin, legte den Kopf auf die Seite und schlief erschöpft ein.

»Siehst du, ich hab' dir ja gesagt, daß niemand hier ist«, triumphierte eine Jungenstimme. »Tust du's jetzt, oder hast du keinen Mumm? Bist wohl ein Angsthase, was?«

»Bin ich nicht!«

»Pst! Da kommt jemand! Los, hauen wir ab!«

Die beiden Jungen rannten in wilder Flucht aus dem Schulhaus bis zum Waldrand. »Blinder Alarm! Da ist ja gar keiner!«

»Es hat sich aber so angehört! Wo hast du denn die Laterne gelassen?«

Der Junge blickte verdutzt auf seine rechte Hand, an der eigentlich die Laterne hängen müßte. »Ich muß sie wohl da drinnen vergessen haben.«

»Dann geh gefälligst zurück und hol sie!«

»Ich bin doch nicht blöd! Da geh ich nicht noch mal rein! Nicht nachts!«

»Wenn mein Pa rausfindet, daß eine von seinen Laternen fehlt, dann sag' ich ihm einfach, daß du sie genommen hast!«

»Ich? Du verdammtes Lügenmaul!«

Die Jungen sprangen aufeinander zu und balgten sich auf dem Boden.

Das Kätzchen sah die offene Tür der Schule und tapste auf weichen Pfoten hinein. Auf dem Boden stand die Laterne. Die Flamme flackerte auf und nieder und ihr gelbes Leuchten erregte die Neugier des Tieres. Für einen Moment beobachtete es mit schiefgelegtem Kopf die Flamme.

Dann streckte es eine kleine weiße Pfote aus, um gegen das tanzende Feuer zu schlagen. Als es die Hitze spürte, merkte es, daß es einiges Geschick erfordern würde, diesen Gegner zu besiegen. So hüpfte es auf eins der Pulte, um die Bewegungen der Flamme besser studieren zu können. Schließlich sprang das Kätzchen mit einer blitzschnellen Bewegung auf die Laterne, stieß sie um, und Petroleum floß auf den Boden.

Das Kätzchen wurde am linken Bein verletzt. Schreiend rannte es in die kalte Nachtluft. Die taubedeckte Wiese linderte den Schmerz. Das Kätzchen setzte sich hin, um die Wunde zu lecken. Glücklicherweise waren nur die Haare versengt. Dann wanderte es — in seiner Würde verletzt — mit hocherhobenem Schwanz in Richtung Wald.

Die Buben rangen noch immer miteinander, als einer von ihnen das Feuer bemerkte.

»Sieh mal! Die Schule brennt.«

Der andere Junge starrte auf die Flammen, die deutlich durch ein Seitenfenster des Gebäudes zu sehen waren. »Du warst es«, rief er. »Du hast die Laterne vergessen!«

»Aber du hast sie mir gegeben!«

»Egal, was passiert — Dresche beziehen wir auf jeden Fall!«

»Ach was! Es ist doch nur die Schule! Das ist doch nicht so schlimm wie ein Wohnhaus oder 'ne Scheune! Da ist doch kein Mensch drin. Wenn das Haus niederbrennt, dann haben wir höchstens Ferien — vielleicht sogar für immer!«

Der andere Junge sah ihn erstaunt an. Dann verklärte sich sein Gesicht und zeigte nur noch Entzücken. »Du hast recht! Wenn die Schule abbrennt, heißt das: Nie mehr Schule! Aber komm jetzt, wir hauen besser ab, bevor jemand vorbeikommt und denkt, wir hätten es absichtlich getan. War doch bloß ein Versehen!«

Der Richter sah als erster den Feuerschein. Er lief zu der

Glocke, die am Ende seiner Veranda hing und nur in Notfällen geläutet wurde. Er zog mit aller Macht am Seil.

»Was ist los? Greifen etwa die Rothäute wieder an?« fragte Butch Gather, als er auf das Haus des Richters zuwabbelte.

»Das Schulhaus brennt! Komm! Wir müssen eine Eimerkette bilden!«

»Hmph!« murrte Butch, während er seine Fettmassen hinter dem Richter herrollte. »Warum lassen wir's nicht einfach abbrennen? Dann gäb's wenigstens keinen Ärger mehr mit dieser Lehrerin!«

Die Flammen loderten schon an einer Seite des Gebäudes empor. Gelbe Flammenzungen leckten aus den Fenstern und hatten das Dach beinahe erreicht. Es schien so, als ob viele Leute in Spring Lick ähnlich dachten wie Butch, denn sie halfen nur widerwillig. Sie hatten die Schule nicht gewollt, die ihre Sprößlinge von der Feldarbeit abhielt. Keiner bedauerte es, daß dieses Gebäude ein Raub der Flammen wurde. Nur die barschen Befehle des Richters bewirkten, daß sie überhaupt ihre Eimer holten und versuchten zu löschen.

Die Vordertür der Schule brach krachend auf, und man konnte erkennen, daß der Innenraum ein einziges Flammenmeer war. Die Leute lächelten höhnisch, weil sie wußten, daß das Gebäude nicht mehr zu retten war.

Linnet lief durch die Nachtluft auf den Feuerschein zu. Sie zerrte den Richter am Arm. »Miranda. Ich kann Miranda nirgends finden!« rief sie gellend, um den Lärm zu übertönen.

Er stieß sie unwirsch fort. »Wir haben jetzt keine Zeit, nach ihr zu suchen! Später! Los, stellen Sie sich in die Reihe, und nehmen Sie einen Eimer!«

Linnet starrte mit ausdruckslosen Augen auf das verheerende Feuer. Die Schule bedeutete ihr nichts — aber Miranda war ihr ein und alles! Sie drehte sich um und entfernte sich von den Leuten, die versuchten, das Feuer zu löschen.

Nettie und ihre beiden Töchter rannten ihr über das Feld entgegen. »Oh, Linnet«, rief Nettie mitfühlend. »Mir tut es leid um die Schule. Ich weiß, wie stolz du darauf warst. Jetzt sieht es so aus, als ob es zu spät wäre, noch irgend etwas zu retten.«

»Ja«, erwiderte Linnet gedankenverloren und richtete ihren dumpfen Blick auf das wild flackernde Licht.

»Zumindest ist Miranda noch rausgekommen«, flüsterte Rebecca leise.

Sofort drehten sich die beiden Frauen zu ihr um.

»Ich habe doch gar nichts gesagt!« Die Zehnjährige zuckte unter den forschenden Blicken der Frauen zusammen.

Linnet krallte ihre Finger in die Schultern des Mädchens. »Was hast du da eben über Miranda erzählt?« wollte sie wissen.

»Ist Sie denn nicht bei Ihnen?« fragte Rebecca erschrocken. »Ich hab' sie nämlich vor einer Weile ins Schulhaus gehen sehen.«

Nettie löste Linnets Finger von Rebeccas Arm. »Jetzt erzählst du uns alles ganz genau, mein Kind.«

»Ich ging eben zur Quelle, und da habe ich Miranda gesehen, wie sie ins Schulhaus ging. Die Tür war offen, deshalb dachte ich, daß Mrs. Tyler drin wäre.«

Linnet drehte sich um, hob ihre Röcke und rannte, so schnell sie konnte, zum Feuer zurück. Die Leute hatten das Löschen aufgegeben, doch noch immer standen ein paar Menschen vor dem Gebäude. Sie sollten auf Funkenflug achten. Es schien nur noch die Rückseite der Schule zu stehen.

Linnet lief geradewegs in das Feuer hinein, ohne auf die sengende Hitze zu achten.

»Linnet!« schrie der Richter schrill und packte sie um die Taille. Sie kratzte und trat nach ihm. Ihre Kräfte schienen ins Unermeßliche zu wachsen, während sie all ihre Energie einsetzte, um sich von seinem festen Griff zu befreien.

»Du meine Güte, Linnet! Was ist los mit Ihnen?« Der Richter konnte einfach nicht glauben, daß eine so kleine Person solche Kräfte besaß. Er hielt sie mit beiden Armen fest. Sie waren der sengenden Glut des Feuers zu nah, deshalb vergrößerte er seine Anstrengungen noch, obwohl ihm der Schmerz, den ihre Tritte ihm bereiteten, fast die Tränen in die Augen trieb.

»Miranda! Es geht um Miranda!« überschrie Nettie das Inferno. »Linnet glaubt, daß Miranda da drinnen ist!«

Er verstand und runzelte die Stirn. Wenn das Kind sich wirklich in dieser Flammenhölle befand, dann war es nicht mehr zu retten... »Linnet!« Er versuchte ihre Aufmerksamkeit zu erregen, doch es fruchtete nichts. Sie trat ihn immer noch, und die Kratzwunden, die sie ihm zugefügt hatte, bluteten. »Linnet! Sie können sie nicht mehr retten! Hören Sie mir doch zu! Sie ruht jetzt in Gottes Schoß!«

Später erzählten die Leute, die dabeigewesen waren, daß Linnets Schrei, den sie nach den Worten des Richters ausstieß, das Schrecklichste gewesen wäre, was sie je in ihrem Leben gehört hätten. Es war ein langgezogenes Heulen voller Hilflosigkeit, Schmerz und Hoffnungslosigkeit. Es war kilometerweit zu hören und jedem, der es vernahm, lief ein Schauer den Rücken hinunter.

Devon tauchte plötzlich aus dem Nichts auf. »Was ist hier los?« wollte er vom Richter wissen.

»Miranda«, seufzte der Mann nur. Er hielt eine schlaffe, bewußtlose Linnet in den Armen und wies müde auf das Flammenmeer.

Devon verlor keine Sekunde. Er riß sich das Hemd vom Leib, tauchte es in einen gefüllten Wassereimer und hielt es vor sein Gesicht. Dann rannte er direkt in die Flammen. Alle standen wie gelähmt da, nur Nettie schrie laut: »Nein!« Aber Devon konnte sie schon nicht mehr hören.

Miranda lag zusammengekauert auf dem Fußboden. Ihr Gesicht wurde von ihren Röcken bedeckt, der Tisch über ihrem Kopf hatte ihr das Leben gerettet. Der Rauch hatte sie jedoch bereits bewußtlos gemacht. Devon nahm den kleinen Körper in die Arme und wickelte das nasse Hemd um seine Tochter.

Suchend schaute er sich um. Es gab keinen Ausweg. Die Rückfront des Hauses stand zwar noch unversehrt, aber die aus massiven Bohlen gefertigte Hauswand bot keine Fluchtmöglichkeit. Die Fenster an den Seiten waren ebenfalls von Flammen umgeben und außerdem zu klein, um Miranda ins Freie zu bringen. Die einzige Möglichkeit bestand in dem Weg durch die Vorderfront, die in hellen Flammen stand. Obwohl Devon fühlte, daß sein Rücken bereits versengt war, wählte er diesen Weg.

Er preßte das bewußtlose Kind an seine Brust, schützte es mit seinem eigenen Körper und rannte los. Seine Füße steckten nur in ledernen Mokassins. Die Sohlen wurden durch die Glut verbrannt. Doch das kümmerte ihn nicht.

Der Richter schüttelte Linnet und deutete auf Devon, der ihr ein kleines Bündel entgegenhielt.

»Ich glaube, sie ist in Ordnung«, sagte Devon heiser.

Linnet sah ihn nicht an, sondern griff sofort dankbar nach dem kleinen Bündel in seinen Armen. Mit zitternden Händen entfernte sie das nasse Hemd und die Röcke von dem kleinen Körper. Einen Moment lang lag Miranda wie leblos da, dann hustete sie, öffnete für eine Sekunde die Augen und schlief gleich wieder ein.

Große Tränen der Erleichterung rollten über Linnets Wangen, das Weinen schüttelte ihren Körper und schwemmte die Angst der letzten Minuten weg. Linnet preßte Miranda an sich, wiegte sie, hielt sie fest. In ihrem Kopf hatte nur ein Gedanke Platz: Sie lebt, sie ist wieder bei mir!

Nettie und der Richter schwirrten wild um sie herum. Beide waren sehr froh, daß Miranda unverletzt war. Niemand beachtete den großen, dunkelhaarigen Mann. So konnte sich Devon davonstehlen — er wollte nur weg. Weg von dem Feuer, weg von der Menge, weg von dem Lärm. Er ging ruhig und aufrecht zu seinem Pferd — doch seine Haltung täuschte. Nur die schiere Willenskraft ließ ihn durchhalten. Er schaffte es bis zu seinem Pferd. Doch dann brach er wie ein gefällter Baum zusammen.

»Ma!« Rebecca zupfte ihre Mutter am Rock.

»Nicht jetzt, Becky«, murmelte Nettie. »Komm hilf uns lieber. Mrs. Tyler und ich wollen Miranda nach Hause bringen.«

»Aber Ma — es geht um den Mann...«

»Welcher Mann?« wollte Nettie von ihrer Tochter wissen.

»Der Mann, der Miranda gerettet hat. Er ist hingefallen.«

Linnet löste die Augen von ihrer schlafenden Tochter. »Devon?« fragte sie leise.

»Ja, ich glaube, er ist es. So heißt wohl der Fremde, der kürzlich in die Stadt gekommen ist. Der ist es. Er ging zu seinem Pferd, und ich habe gesehen, wie er auf den Boden gesunken ist.«

»Ist er wieder aufgestanden?« fragte Nettie drängend.

»Nein, er lag noch immer da, als ich zu euch gelaufen bin.«

»Los, zeig mir, wo er ist!« forderte Linnet und preßte Miranda fester an sich.

Rebecca führte Nettie und Linnet quer durch den Wald zu einer alten Platane.

»Sag mal, wie hast du ihn überhaupt gefunden?« wunderte sich Nettie.

»Ich bin ihm nachgegangen. Er schien irgendwie nicht in Ordnung zu sein. Seht mal, da liegt er!«

Die Frauen blieben zuerst wie gelähmt stehen, denn selbst auf die Entfernung konnten sie erkennen, welche Verwüstungen die Flammen auf seinem einst so glatten Rücken angerichtet hatten. Nettie nahm Miranda, als Linnet zu ihm ging. Er war bewußtlos und hielt die Zügel in einer Hand, die von Blasen übersät war. Sein wundervolles, schwarzes Haar war fast völlig von seinem Hinterkopf verschwunden. Der Rücken, die Schultern und seine Oberarme waren ein einziges Meer von großen schrecklichen Brandblasen.

Die schweren Lederhosen hatten die untere Hälfte seines Körpers weitgehend geschützt, doch an einigen Stellen waren auch hier Flecken roter, verbrannter Haut zu sehen. Die Sohlen seiner Mokassins waren verschwunden. Devons Füße schienen nur noch eine einzige geschwollene Masse zu sein.

»Devon«, hauchte Linnet und berührte seine unverletzte Wange, »Devon, kannst du mich hören?«

»Linnet.« Nettie legte ihre Hand auf den Arm der Freundin. »Er kann dich nicht verstehen. Linnet, du mußt jetzt der Wahrheit ins Auge blicken — mit so schweren Verbrennungen kann kein Mensch überleben.«

»Nicht überleben?« fragte sie dumpf.

»Ja. Sieh ihn dir doch an! An manchen Stellen ist kein Fetzen Haut mehr da!«

Linnet streichelte sanft sein Ohr. O Gott, seine wundervolle Haut. So weich, so sanft ... dachte sie. »Er darf nicht sterben, Nettie! Nicht, nachdem er Miranda das Leben gerettet hat!«

»Ich fürchte, wir können nichts für ihn tun. Ich habe noch nie gehört, daß jemand so schwere Verbrennungen lebend überstanden hat.«

»Aber ich kenne jemanden.«

Die Frauen sahen erschrocken hoch. Vor ihnen stand Richter Talbot.

»Als ich noch ein kleiner Junge war, erlitt eine Frau noch schwerere Verbrennungen als diese, und sie hat überlebt. Sie erfreut sich sogar immer noch ihres Lebens.«

»Könnte sie uns helfen?« fragte Linnet. »Wäre sie in der Lage, Devon zu heilen?«

Der Ton in Linnets Stimme mißfiel dem Richter sehr. »Phetna ist ziemlich menschenscheu. Sie lebt für sich und kommt nie in die Nähe menschlicher Behausungen, wenn es nicht unbedingt nötig ist. Sie würde nie —«

Linnet stand entschlossen auf. »Sie werden diese Frau zu mir bringen!« forderte sie energisch. »Sie sollten sich jetzt sofort auf den Weg machen und so schnell wie möglich zurückkehren. Ich werde dieser Frau bezahlen, was immer sie verlangt. Aber sie muß kommen!«

Der Richter runzelte zwar die Stirn, aber er tat, wie ihm geheißen wurde.

Nachdem er gegangen war, nahm Linnet Miranda von Netties Arm. »Geh zu meinem Blockhaus und hol ein paar Decken. Wir werden ihn darauf legen. Ich glaube, so können wir ihn besser transportieren«, sagte sie zu Rebecca. »Nettie, du holst vier Männer und kommst rasch mit ihnen zurück!«

»Ja, Linnet.« Nettie lächelte. »Das werde ich tun.«

16

»Du meine Güte, was wollen Sie denn mit dem noch anstellen? Entsetzlich, wenn ich mir vorstelle, was für ein gutaussehender Mann das mal war!« verkündete Butch Gather, während er angeekelt Devons verbrannten Körper anstarrte. »Scheint nicht viel Zweck zu haben, ihm noch zu helfen. Am besten, wir lassen ihn einfach hier liegen. Wäre das Barmherzigste, was wir tun könnten ...«

»Das ist einzig und allein Ihre Meinung, Mr. Gather«, erwiderte Linnet streng. »Ich teile Ihre Auffassung ganz und gar nicht! Wenn die Männer mir jetzt helfen würden? Ich möchte, daß er in mein Haus gebracht wird.«

Butch und Mooner Yarnall sahen sich mit hochgezogenen Augenbrauen an. Dann fühlte sich Butch bemüßigt zu sagen: »Ich weiß wirklich nicht, ob das so richtig ist — ihn in Ihr Haus bringen und alles. Schließlich sind Sie nicht mit ihm verheiratet.« Seine Schweinsäuglein funkelten listig, und sein anzügliches Lächeln verschönerte sein wabbelndes Gesicht keineswegs. »Schließlich wissen wir ja alle, daß er Ihnen mal sehr viel bedeutet hat, nicht?« Der fette Mann sah von einem zum anderen, um sicherzugehen, daß alle den Klatsch über Linnet kannten. »In anderen Städten mag das ja gang und gäbe sein, aber wir hier in Spring Lick sind anständige, gottesfürchtige Leute. Wir wollen mit so etwas nichts zu tun haben!«

Aus Linnets Augen schossen Blitze, die bewirkten, daß die Männer sich etwas duckten. »Anstand ist etwas, von dem ich in dieser Stadt bisher nichts gemerkt habe! Was immer Sie auch glauben zu wissen oder über was Sie auch richten mögen — jetzt ist nicht die Zeit für solche Spekulationen! Entweder Sie helfen ihm, oder ich trage ihn allein.«

Butch lächelte herablassend. »Sie wollen uns wohl Angst einjagen, was? Das gelingt Ihnen nicht! Ich zum Beispiel überlege gerade, warum die Schule ausgerechnet heute abgebrannt ist. Vielleicht habt ihr zwei sogar das Feuer gelegt, damit ihr mehr Zeit füreinander habt und öfter zusammen —« seine Augen wanderten lüstern über Linnets wohlgeformten Körper, »— das tun könnt, was ihr offensichtlich schon oft miteinander getan habt.«

»Genau. Das denke ich auch!« Mooner trat mutig einen Schritt vor. »Ich halte sowieso nichts von einer Lehrerin, die ihren Liebhaber offen zur Schau stellt. Seht sie euch doch an, wie sie uns auffordert, ihn in ihr Haus zu tragen! Wahrscheinlich will sie da weitermachen, wo sie aufgehört hat!«

Im Wald war es dunkel, nur der Feuerschein des brennenden Gebäudes leuchtete zu ihnen herüber. Linnet fühlte die Bedrohung, die von den Männern ausging. Aber Devon brauchte dringend Hilfe, und diese Männer wollten sie ihr nicht geben.

Mooner kam noch einen Schritt näher. »Ich glaube, Butch, daß das 'ne ganz heiße, läufige Hündin ist! Die ist doch schon scharf auf uns, seit sie in die Stadt gekommen ist.« Linnet blieb stocksteif stehen und bemühte sich krampfhaft, die Angst zu unterdrücken, die sich langsam in ihr ausbreitete. Devons Wohlergehen lag ihr mehr am Herzen als ein paar erregte Männer.

»Jaah«, meinte Butch genüßlich und trat dicht vor sie. »So was in der Art denke ich mir auch.«

»Was ist denn hier los?« unterbrach Netties scharfe Stimme die unerfreuliche Szene. Sie hatte die Arme voller Decken und blickte haßerfüllt auf die Männer. »Ich habe euch hergeschickt, damit ihr helft! Aber es sieht eher danach aus, daß ihr nur Schwierigkeiten macht!«

Weder Butch noch Mooner rührten sich von der Stelle, und die beiden anderen Männer setzten unbeteiligte Gesichter auf.

»Warum sollten wir der da helfen?« begehrte Butch auf. »Das ist doch 'ne ganz miese Sorte Frau! Ich frage mich, was sie unseren Kindern eigentlich beibringt? Etwa: Wie werde ich am besten ein käufliches Weibsstück? Weißt du denn überhaupt, wer dieser Kerl da ist?« Er wies mit seinem Kopf auf den bewußtlosen Devon.

»Ich weiß sehr gut, wer das ist«, gab Nettie zurück. »Und ich weiß auch noch einiges, was nicht Linnet betrifft! Ich kenne nämlich die Frau, die unten bei der Schlucht wohnt!«

Diese Bemerkung schien ins Schwarze getroffen zu haben, denn die vier Männer starrten Nettie an und sahen dann verlegen zur Seite.

»Wer unter euch ohne Sünde ist, der werfe den ersten Stein!« zitierte Nettie. »Kommt jetzt, wir packen ihn in diese Decken und tragen ihn zu Linnets Blockhaus!«

Butch ging zu Devon und zischte: »Dem werde ich nicht helfen. Nach allem, was ich weiß, hat der die Schule in Brand gesetzt.«

»Ach! Wenn seine eigene Tochter drin ist?« rief Linnet empört.

Butch schnalzte mit der Zunge. »Na, sie gibt es endlich zu! Bis jetzt haben wir's ja nur vermutet... Na gut. Also, ich für mein Teil verschwende meine Kraft nicht an 'nen Kerl, der sowieso bald stirbt.«

Nettie gab ihm die passende Antwort: »So weit ist es noch nicht! Und was die Brandstiftung am Schulhaus betrifft — ich würde dir mal empfehlen, daß du zu Hause deine Laternen nachzählst und herausfindest, wo deine Gören waren, als es anfing zu brennen...«

»Du willst doch nicht sagen, daß meine Kinder das Feuer gelegt haben?« höhnte Butch.

»Vielleicht haben sie es getan. Ich will ja nicht behaupten, daß es Absicht war... Aber möglich wäre es schon. So, jetzt haben wir aber genug geredet. Hier braucht ein kranker Mann unsere Hilfe. Wenn ihr schon nichts tun wollt, dann verschwindet wenigstens von hier!«

Linnet kniete an Devons Seite nieder. Sie war erleichtert, daß die Männer gegangen waren. »Denkst du, wir können ihn tragen?« fragte sie leise.

»Aber sicher. Ich habe Rebecca gesagt, sie soll Ottis und Vaida holen. Wir schaffen es schon, keine Bange. Komm, zuerst müssen wir ihn auf diese Decken legen«, beruhigte Nettie ihre Freundin.

Während sie auf Devons Körper blickte, fragte sich Linnet, ob ihre Entscheidung richtig gewesen war. Noch immer bildeten sich neue Blasen auf seiner Haut. Einige von ihnen waren aufgebrochen, und eine gelbe Flüssigkeit rann über die wulstige Haut. Was tat man nur bei so schweren Verbrennungen? Sie hatte keine Ahnung und dachte, daß alles, was sie versuchen könnte, genau das Falsche wäre. Wenn nur der Richter endlich mit dieser Phetna zurückkehren würde! Diese Frau wußte doch, wie man Brandwunden behandeln mußte! Ob sie die verbrannten Stellen waschen durfte? Oder würde die Seife eine Entzündung verursachen? Die Blasen waren alle mit Wasser gefüllt. Sollte sie versuchen, Devon etwas zu trinken zu geben?

Devon hatte keinen Laut von sich gegeben und sich noch nicht einmal bewegt, seit Nettie, ihr Mann, die zwei Mädchen und Linnet ihn langsam zu ihrer Hütte getragen hatten. Sein Atem war flach und klang gequält. Sie fragte sich beklommen, ob er überhaupt wußte, was mit ihm geschehen war.

»Devon«, flüsterte sie, »hörst du mich?«

Er blieb reglos liegen. Da riß sie lautes Hufgetrappel aus ihren Gedanken.

»Ich brauche Sie nicht mehr«, hörte Linnet eine hohe, nörgelnde Stimme sagen.

»Ich werde Sie Linnet vorstellen«, antwortete der Richter.

»Ich brauche Sie wirklich nicht«, erwiderte die Frauenstimme. »Das Mädchen wird schon wissen, wer ich bin! Nun gehen Sie schon! Ich habe zu arbeiten!«

Linnet beobachtete gespannt die Tür, als sie hörte, daß Richter Talbot wegritt. Die Tür schwang auf, und Linnet erblickte ein Gesicht, das einst menschlich ausgesehen haben mochte, jetzt aber kaum noch erkennbare Züge aufwies und eigentlich nur noch ein Fleischklumpen war. Ein Augenlid hing über dem Augapfel, so daß nur wenig von der Iris zu sehen war. Eine Wange war von dicken, wulstigen Narben übersät. Die Hälfte der Lippen fehlte. Die andere Seite des Gesichts war nicht so stark verbrannt, doch ihr fehlte noch ein Ohr und das meiste vom Haar.

»Ich bin Phetna«, verkündete die hohe Stimme. »Mir ist gesagt worden, daß ein Mann mit starken Verbrennungen hier liegt.«

Linnet schwieg.

»Ich werde Ihnen helfen. Selbst wenn Sie meinen Anblick nicht ertragen.«

Linnet erwiderte ruhig: »Wenn Sie Devon wieder gesund machen können, dann wäre es mir sogar egal, wenn Sie ein zweiköpfiger Teufel aus der Hölle wären!«

Die Frau warf ihren Kopf zurück, und ihrem Mund entstieg ein gackerndes Lachen. »Ich hab' zwar nur einen Kopf, aber vielleicht sagen Sie in ein paar Tagen doch, daß mich der Teufel geschickt hat, wer weiß?« Sie humpelte in die Hütte. »Was würden Sie tun, um diesem Mann zu helfen?«

»Alles«, beteuerte Linnet.

»Hm! Das behaupten viele junge Mädchen, aber wir werden schon merken, ob Sie's ernst meinen. Für einen Mann mit solchen Verbrennungen zu sorgen, ist nämlich nichts für zartbesaitete Gemüter.«

»Ich werde alles tun, was in meiner Macht steht«, bekräftigte Linnet.

»In Ordnung«, nickte Phetna. »Los, machen wir uns an die Arbeit. Zuerst machen Sie mal Licht, und zwar soviel Sie können, Mädchen. Ich kann nämlich nicht mehr so gut sehen. Selbst am hellichten Tag geht's ziemlich schlecht.«

Linnet befolgte den Befehl sofort, indem sie das Feuer schürte, jede ihrer kostbaren Wachskerzen anzündete und den Docht der Laterne hochdrehte. Phetna zog das Leintuch, das Linnet fürsorglich über Devons Rücken gebreitet hatte, weg. Dabei erblickte Linnet zum ersten Mal Phetnas Hände. An der linken Hand fehlten Ringfinger und kleiner Finger. An der rechten waren die verstümmelten Finger so zusammengewachsen, daß alle, bis auf den Daumen, eine einzige Fläche bildeten.

»Zuerst müssen wir mal Luft dranlassen. Es gibt nichts, was Verbrennungen so gut heilt, wie Gottes frische Luft! Dann müssen wir ihn säubern. Ich werde Ihnen sagen, was

Sie tun müssen, denn ich bin nicht mehr imstande, es selbst zu tun.« Phetna sah Linnet ruhig an und hielt ihre verstümmelten Hände hoch. »Mit denen kann ich Ihnen nicht helfen.« Die alte Frau schien darauf zu warten, daß Linnet angeekelt vor ihr zurückwich oder zumindest ein Zeichen des Entsetzens von sich gab. Doch sie hatte sich getäuscht. Linnet blickte gelassen und vertrauensvoll auf die Alte und bat: »Bitte, sagen Sie mir, was ich tun muß.«

Phetna wandte sich wieder ihrem Patienten zu. »Kochen Sie Wasser ab! Haben Sie Seife?«

»Ja, natürlich. Und wenn wir noch mehr brauchen sollten, kann ich mir welche leihen.«

Da schnaubte Phetna verächtlich: »Das ist allerdings eine Überraschung. Hätte ich diesem Nest nicht zugetraut!«

Linnet hatte den Kessel schon gefüllt und nahm die Kernseife aus dem Regal.

»Ist das Ihr Kind?« fragte Phetna unvermittelt. Ihre Stimme hatte einen zärtlichen Klang angenommen, war nicht mehr so schrill.

»Ja. Sie heißt Miranda.«

Phetna drehte sich schnell von dem schlafenden Kind weg. »Am besten geben Sie sie morgen früh zu 'ner Nachbarin. Kinder schreien immer, wenn sie mich sehen«, knurrte sie.

Linnet protestierte energisch: »Meine Tochter muß lernen, daß jemand mit einem entstellten Körper nicht gleichzeitig ein schlechter Mensch sein muß!«

»Das wird nicht so einfach sein, wenn sie bei meinem Anblick anfängt zu weinen.«

»Ich glaube, das Wasser ist jetzt heiß genug«, meldete Linnet. »Erklären Sie mir bitte, wie ich ihn waschen muß?« Linnet schnitt die zerfetzten Hosen von Devons Beinen und besah sich kummervoll die Brandwunden. Obwohl sie nicht so schlimm waren wie die auf dem Rücken, den Schultern und den Armen, seufzte sie.

»Besser, Sie gewöhnen sich an diesen Anblick. Es wird keine Stelle an seinem Körper geben, die Sie in der nächsten Woche nicht kennenlernen werden wie Ihre Westentasche.«

»In der nächsten Woche? Denken Sie denn, daß er in einer Woche schon wieder gesund ist?«

»Nein, nicht gesund«, antwortete Phetna. »Aber auf dem Weg der Besserung. In drei Tagen werden wir wissen, ob er überlebt. Jetzt nehmen Sie das Tuch, und fangen Sie an, ihn zu waschen — aber langsam und vorsichtig, damit nicht noch mehr Blasen aufplatzen. Wasser ist ein Gottesgeschenk für jemanden mit solchen Verbrennungen. Es kühlt und lindert den Schmerz.«

Linnet benötigte Stunden, um Devons Körper zu waschen. Dabei ging sie so sanft wie möglich vor, um ihm nicht noch mehr Schmerzen zu bereiten.

»Sollten wir nicht versuchen, ihm etwas zu essen zu geben?« fragte Linnet.

»Nein, noch nicht«, wehrte Phetna ab. »Er ist so erschöpft, daß er es wahrscheinlich nicht bei sich behalten würde. Sind Sie fertig?«

»Ja«, seufzte Linnet und wrang den Lappen aus.

»Gut. Dann können Sie ja jetzt runter zum Bach gehen, neues Wasser holen, es abkochen und wieder von vorn anfangen.« Die alte Frau beobachtete Linnet mit wachsamen Augen, doch Linnet zuckte nicht mit der Wimper. Sie nahm zwei Eimer und verließ das Haus. Phetna beugte sich über Devons nackten Körper, der auf dem Strohsack lag.

»Sind Sie wach, Junge?« fragte sie scharf. Devon gab ein gurgelndes Geräusch von sich — er hatte sie gehört.

»Ich weiß, es tut verdammt weh. Wir versuchen unser Bestes, um die Pein zu lindern. Sie haben im Moment nur eine große Aufgabe — zu leben! Hören Sie? Am Leben bleiben und das Atmen nicht vergessen. Die kleine Frau hier wird Sie noch ein paarmal waschen. Das wird Ihnen guttun. Vergessen Sie nur nie zu atmen, und verlieren Sie die Hoffnung nicht. Der Schmerz vergeht, und bald ist er nur noch Erinnerung.«

Linnet kniete am Bach nieder. Sie riß eine Handvoll Moos aus der Erde und reinigte damit die Eimer. Dann füllte sie sie wieder. Sie war den Tränen nahe. Die Ereignisse dieses Tages waren einfach zuviel für sie gewesen: Devons dumme Anschuldigungen, ihr Streit, Miranda im letzten Moment vom sicheren Tod errettet... Und jetzt lag der Mann, den sie liebte, in ihrer Hütte, dem Tode nahe, und sein Körper war eine einzige große Brandblase. Mit müden Bewegungen trug sie die Eimer in das Blockhaus. Was immer sie für ihn gefühlt hatte, zählte nicht mehr. Sie wollte nur noch eins — ihn retten.

Linnet sah flehend in den klaren dunklen Himmel und sprach ein Gebet, in dem sie um Devons schnelle Genesung bettelte. Ihre Schultern schmerzten, und die Eimer waren fast zu schwer für sie. Doch sie kümmerte sich nicht darum. Es gab Wichtigeres zu tun, als sich um ihre Wehwehchen zu kümmern.

Phetna saß am Tisch und löffelte eifrig Eintopf in sich hinein. Linnets Gegenwart schien sie nicht zu interessieren.

Linnet kniete nieder und wusch Devons Rücken. Die Blasen platzten immer noch auf, und die gelbliche Flüssigkeit floß über den wunden Rücken.

»Ist er Ihr Mann?« fragte Phetna kauend.

»Er ist... er ist nicht mein Ehemann. Aber ich kenne ihn schon lange.«

»Was sagt denn Ihr Mann dazu, wenn er zurückkommt und einen nackten Kerl auf Ihrem Bett findet?«

»Ich bin nicht verheiratet.«

Phetna gackerte amüsiert. »So, so. Die Welt hat sich also in den letzten Jahren doch nicht so sehr verändert, wie ich angenommen habe. Dabei hat mir der Richter gesagt, daß Sie die Lehrerin von Spring Lick sind!«

»Das war ich. Ja.« Linnet wollte nicht länger über sich sprechen — Phetna würde früher oder später auch ohne ihre Mithilfe alles herausfinden.

»Wie heißt denn unser Kranker?« fragte die Alte und schob den leergegessenen Teller weg.

Linnet berührte liebevoll Devons Ohr. »Devon Slade Macalister«, erwiderte sie.

»Slade Macalister?« rief Phetna ungläubig.

Linnet lächelte und spielte mit einer schwarzen Locke, die sich an Devons Schläfe ringelte. »Er heißt Slade nach seinem Vater. Ich kann mich noch gut an den Tag erinnern, an dem er entdeckt hat, daß er nach seinem Vater benannt wurde ... Man hat mir erzählt, wie sehr er an seinem Vater gehangen hat. Als er getötet wurde, muß Devon völlig außer sich gewesen sein.« Sie nahm den Lappen und begann von neuem die Blasen zu kühlen.

»Ach ... Slade ist tot?« fragte Phetna leise.

»Ja. Er wurde von einem Bären umgebracht.« Linnet konnte nicht sehen, wie sich Phetnas Gesicht schmerzvoll verzerrte. »Agnes sagte mir, daß Devon seinem Vater sehr gleicht.«

»Beide Jungs waren ihrem Vater wie aus dem Gesicht geschnitten«, murmelte Phetna.

Linnet sah die Alte erstaunt an. Was hatte sie da eben gesagt? »Sie kannten Devons Vater und die Zwillinge?«

»Ja.« Phetna stand auf und setzte sich auf einen Stuhl neben Mirandas Bett. »Ich bin doch mit Slade und den anderen in die Wildnis gezogen. Die Mutter der Jungs war auch dabei.«

»Georgina.« Linnet tunkte den Lappen erneut in das Wasser.

»Ach ja, so hieß sie wohl. Für mich war sie immer nur Mrs. Macalister. Wir haben uns nie so recht verstanden«, bekannte Phetna geringschätzig. »Wo ist eigentlich der Bruder von ihm? Ich meine den, der seiner Mutter ähnlich war. Ich habe gehört, daß Georgina zu ihren feinen Verwandten in den Osten zurückgegangen ist. Einen Jungen soll sie ja mitgenommen haben.«

»Genauso ist es. Devon blieb hier. Den Bruder habe ich nie kennengelernt.«

Phetna schwieg für einen Augenblick, dann fragte sie: »Ist etwa Slades Sohn der Vater von diesem Baby?«

Linnet drehte sich lächelnd um. Die Stimme der alten Frau hatte freundlich und interessiert geklungen. Linnet war so dankbar für ihre Anteilnahme, daß sie der Anblick des entstellten Gesichts gar nicht mehr störte. »Ja, so ist es.«

»Wenn er auch nur ein bißchen seinem Vater ähnlich ist, dann verstehe ich sehr gut, daß Sie ihn genommen haben, ohne den Segen der Kirche abzuwarten.«

»Agnes sagte —«

»Agnes Emerson?« unterbrach Phetna sie.

»Ja. Kennen Sie sie auch?«

»Ach, Kind! Ich kenn' sie alle! Ich war ihnen etwas im Alter voraus — so etwa Slades Jahrgang —, aber wir lebten zusammen in North Carolina, kamen zusammen in den Westen, und dann haben wir unsere Häuser gemeinsam errichtet.«

»Aber wenn es Ihnen so gut in Sweetbriar gefallen hat, warum sind Sie dann hierher gezogen?« fragte Linnet und runzelte die Stirn.

Phetna verstand sofort den Sinn der Frage und erwiderte fröhlich: »Ich bin eine alte häßliche Person geworden, und Slade ist ja leider tot... Also kann ich Ihnen die Wahrheit erzählen, ohne befürchten zu müssen, daß ich jemanden wehtue. Ich war einmal vor langer Zeit fürchterlich verliebt in Slade Macalister. Als er damals in den Norden reiste und diese, diese Frau heiratete, wurde ich fast verrückt! Ich ging nur deshalb mit in den Westen, weil mir niemand einreden konnte, daß diese Ehe gutgehen würde. Und ich hatte recht behalten. Als sie in den Osten zurückging und

Slade mit seinem Sohn allein dastand, habe ich gehofft und gebetet, daß er sich mir zuwendet. Er tat es nicht, und ich fürchte, ich war ein verdammt schlechter Verlierer. Mit dem erstbesten Mann ging ich auf und davon. Tja, und seit der Zeit lebe ich hier.«

»Lebt Ihr Mann noch?«

Phetna drehte sich abrupt um. Linnet sah erschrocken, wie die weißen Narben an Phetnas Nacken auf einmal purpurrot aufleuchteten. »Er starb bei dem Brand, der mich so zugerichtet hat«, erklärte Phetna schroff. »Er hat das Haus angesteckt, er hatte wohl zuviel getrunken und wollte das Böse aus mir herausbrennen — so sagte er zumindest. Aber der Wind drehte sich... Plötzlich stand er in Flammen und starb. Ich konnte nichts tun. Sein Ziel hat er nicht erreicht — ich bin nicht umgekommen. Aber es gab Zeiten, da hab' ich mir gewünscht, ich wäre tot...«

»Sein Rücken ist am schlimmsten verbrannt, glaube ich«, schnitt Linnet Phetnas Monolog schnell ab, weil sie dachte, daß Phetna diese Zeit besser vergessen sollte — die Erinnerung an den Brand schien ihr zu schmerzlich zu sein.

Phetna kniete an Devons Bett nieder und besah sich kritisch die Blasen. »Es sieht wirklich nicht gut aus, aber es könnte schlimmer sein. Ich habe Brandwunden gesehen, bei denen man schon die Knochen erkennen konnte. Die Haut war schwarz und fiel einfach ab. Menschen mit solchen Verbrennungen haben wirklich keine Chance mehr... Aber hier ist noch Hoffnung, Mädchen! Besser, Sie machen jetzt ein Nickerchen. Morgen früh müssen Sie ihn wieder waschen, und bald können wir ausprobieren, ob er etwas Nahrung bei sich behält.«

»Ich brauche keinen Schlaf. Sehen Sie doch nur, diese Blasen platzen immer noch auf.«

»Das wird noch ein paar Tage so weitergehen, mein Kind. Sie werden all Ihre Kräfte brauchen, um ihn immer wieder zu waschen. Deshalb müssen Sie sich jetzt hinlegen. Was wollen Sie — mir helfen oder Streit anfangen?«

Linnet lächelte erschöpft und legte eine Matratze, die Nettie ihr gegeben hatte, auf den Fußboden. »Sie nehmen die Matratze, und ich mache mir ein Strohlager zurecht.«

»O nein!« protestierte Phetna stur. »Ich bleibe in meinem Stuhl hier sitzen. Einer von uns muß ihn im Auge behalten!«

»Dann werde ich das —«, begann Linnet, doch Phetnas strenger Blick ließ sie innehalten. »In Ordnung. Sie haben ja morgen genug Zeit zum Schlafen.« Linnet legte die Matratze so nah wie möglich an Devons Bett, streckte sich aus und schlief sofort ein.

17

Als Linnet erwachte, schimmerte die Sonne durch die mit Ölpapier bespannten Fenster. Langsam kehrte die Erinnerung an die schrecklichen Ereignisse des vergangenen Tages wieder. Bei Tageslicht konnte sie erst erkennen, wie furchtbar Phetnas Gesicht entstellt war. Die wulstige, gespannte Haut des Gesichts verlieh ihr einen seltsam grotesken Ausdruck, und Linnet begann zu begreifen, warum sich Phetna von den Menschen zurückgezogen hatte und als Einsiedlerin lebte. Die Einwohner von Spring Lick akzeptierten bestimmt keine Mitbürgerin, die ihrem Aussehen nach eher einen Waldschrat als einem menschlichen Wesen glich. Miranda schlief noch immer die Rauchvergiftung aus, die sie gestern erlitten hatte.

Linnet blickte zu Devon hinüber, und ein kleines Lächeln stahl sich um ihren Mund, als sie seine unschuldige Nacktheit bewunderte. Die Blasen waren verschorft. Linnet stand auf, nahm die Eimer und ging leise nach draußen, um frisches Wasser zu holen.

»Linnet.«

»Guten Morgen, Richter«, begrüßte sie ihn freundlich.

Er lächelte zurück. »Ich weiß nicht, ob dieser Morgen so gut ist... Es liegt Regen in der Luft. Wie geht es... ihm?«

»Er lebt noch.« Linnet sah bedrückt zu Boden. »Ich weiß es wirklich nicht. Phetna sagte, daß wir erst in ein paar Tagen sagen können, ob er... ob er es übersteht oder nicht.«

»Kommen Sie mit Phetna zurecht? Ich weiß, wie rechthaberisch sie manchmal sein kann.«

Linnet runzelte die Stirn. »Ich finde, sie ist sehr nett! Wir sind gut miteinander ausgekommen und hatten uns viel zu erzählen.«

»Die Menschen in Spring Lick kümmern sich gewöhnlich nicht um sie. Sie meinen...«

Linnet blickte ihn mit Verachtung und heftigem Mißfallen an.

»Ich tue das natürlich nicht. Obwohl — ja, ich muß zugeben, daß ich ihr schreckliches Gesicht auch nicht jeden Tag vor Augen haben möchte... Aber die Leute von Spring Lick halten sie für eine Hexe! Vor ein paar Jahren brannte hier ein Farmhaus ab. Die ganze Familie war im Feuer eingeschlossen, aber wir konnten sie herausholen. Phetna kam, um sie zu behandeln, doch die Leute starben trotzdem.«

Linnet hob eine Augenbraue. »Sie meinen doch nicht etwa, daß man Phetna die Verantwortung für diese Todesfälle in die Schuhe schiebt?«

»Ich weiß nicht, ob man das tut. Fest steht, daß man hier sehr aufgebracht wegen Phetna war. Es ist ihre Art ebenso wie ihr Aussehen. Immer erteilt sie Befehle, ist herrisch gegen jeden. Wenn sie es nur einmal über sich brächte, ›Bitte‹ zu sagen...«

»Bitten«, entgegnete Linnet böse. »Als ich vier Männer

gebeten — angefleht — habe, Devon zu meiner Hütte zu bringen — was meinen Sie, haben sie getan? Sie haben sich geweigert, rundheraus geweigert!«

»Geweigert?« rief der Richter dramatisch aus. »Wer war das? Wer hat sich geweigert, Ihnen zu helfen?«

»Ach, das interessiert doch jetzt niemanden mehr. Netties Familie hat mir dann geholfen. Aber erzählen Sie mir nicht mehr, wie schlecht Phetna ist, ja? Sie war sehr gut zu mir und bemüht sich nach Kräften zu helfen.«

Der Richter nahm ihr die vollen Wassereimer ab, und sie gingen zur Hütte. »Tut mir leid, daß meine Bemerkungen Sie aufgeregt haben, Linnet. Ich dachte nur, es wäre gut, wenn Sie über Phetna Bescheid wissen.«

»Aber nein. Wirklich?« erwiderte sie ironisch. »Ich muß gehen, weil ich mich um Devons Wunden kümmern muß!«

Der Richter hielt ihr die Haustür auf. Als er Devons nackten Körper erblickte, erstarrte er zu einer Salzsäule. Sein Gesicht nahm eine rötliche Farbe an.

Linnet unterdrückte mühsam das Gelächter, das in ihr aufstieg. »Phetna meinte, daß Brandwunden an der frischen Luft am besten heilen.«

»Ja, ja. Wird schon stimmen.« Der Richter sah verlegen zur Seite. »Aber könnten Sie ... ich meine, wäre es möglich, daß Sie wenigstens einen, hm, bestimmten Körperteil zudecken?«

Phetna lachte laut auf, und der Richter drehte sich gekränkt zu ihr um. Obwohl er wußte, welcher Anblick ihn erwartete, drehte sich ihm der Magen um.

Linnet bemerkte den angeekelten Blick, mit dem er die alte Frau maß. Kühl nahm sie ihm die Eimer ab und sagte barsch: »Ich habe zu arbeiten. Würden Sie mich jetzt entschuldigen?«

Doch der Richter ließ sich nicht so einfach abspeisen. »Also, Sie sollten ihn wirklich zudecken. Denken Sie doch an Miranda!«

Linnet sah ihm gerade in die Augen. »Devons Wohlergehen liegt mir im Moment mehr am Herzen als Mirandas Schamgefühle. Außerdem dürften meine Tochter solche Dinge überhaupt noch nicht interessieren! Ich werde Miranda nicht zu einem selbstsüchtigen Menschen erziehen, dem die eigenen Empfindungen wichtiger sind als ein todkranker Mann! Jetzt gehen Sie bitte, ich habe zu tun!«

Der Richter starrte sie wütend an, drehte sich um und knallte die Haustür hinter sich zu.

Phetnas anhaltendes Gegacker und das Zuschlagen der Tür weckten Miranda auf. Schlaftrunken sah sich das Kind um. Es war erstaunt über die Veränderungen, die in seiner vertrauten Umgebung stattgefunden hatten.

Linnet bemerkte betroffen, wie Phetna sofort ihr Gesicht wegdrehte, damit Miranda es nicht sehen konnte. Linnet holte tief Luft und wußte, daß sie diese Situation durchstehen mußte — sonst würde Phetna nie ihre Menschenscheu verlieren, und Miranda liefe Gefahr, ein albernes, ängstliches Kind zu werden. »Phetna, ich habe jetzt dringend bei Devon zu tun. Würden Sie so lieb sein und für Miranda sorgen? Sie muß zur Toilette gebracht werden. Vielleicht ist sie auch schon naß ...«

»Nein, das können Sie nicht von mir verlangen«, widersprach ihr Phetna verzweifelt.

Linnet blickte noch nicht einmal von Devons Rücken auf. Sie fuhr fort, vorsichtig die Haut zu säubern. »Ich kann mich doch nicht teilen! Ich muß mich jetzt um ihn kümmern, das wissen Sie ganz genau. Ich habe keine Zeit für Miranda. Bitte seien Sie so gut, und helfen Sie mir ein wenig.«

»Aber ich kann sie doch nicht nach draußen führen — sie sind doch dort draußen!«

Linnet drehte sich zu ihr um. »Ich glaube, Sie meinen die Leute von Spring Lick. Wahrscheinlich haben Sie recht —

aber für mich gibt es Wichtigeres an einem Menschen als ein hübsches Gesicht!«

Phetna blinzelte verwirrt, ein Augenlid zuckte unkontrolliert. »Das sagen Sie — aber was meint Ihre Kleine dazu?« fragte Phetna leise und verbarg ihr Gesicht.

»Miranda«, lockte Linnet und streckte die Arme nach ihr aus. »Komm her, Miranda. Ich muß leider sagen, daß Miranda in ihrem kurzen Leben schon viele ›Mütter‹ gekannt hat. Erst als sie ein Jahr alt wurde, hat sie ihre eigene Mutter richtig kennengelernt. Auf dem Treck nach Kentucky brach nämlich eine Epidemie aus, und da habe ich mich als Krankenschwester betätigt. Die anderen Frauen haben damals abwechselnd für meine Kleine gesorgt. Hier in Spring Lick war sie immer bei Nettie, wenn ich unterrichten mußte. Einen Vorteil hat diese Erziehung gehabt: Miranda weiß nicht, was das Wort ›Fremder‹ bedeutet! So, und jetzt komm her, Miranda!« Sie drehte das Kind so, daß es Phetna ansehen mußte. »Das ist — ich kenne Ihren Nachnamen nicht ...«

»Ich auch nicht. Hab' ihn vergessen«, brummte Phetna und sah zögernd in das weiche, runde Gesicht des kleinen Mädchens.

»Miranda, das ist Tante Phetna. Sie wohnt jetzt bei uns. Willst du zu ihr gehen? Sie bringt dich nach draußen.« Zu Linnets großem Kummer verzog sich das Gesicht der Kleinen weinerlich. Sie versteckte den Kopf an der Brust der Mutter und wimmerte leise.

»Ich hab's Ihnen doch gesagt! Sie halten meinen Anblick vielleicht aus, aber ein Kind kann soviel Scheußlichkeit nicht ertragen.« Phetnas schrille Stimme verstummte rasch, als Linnet Miranda in ihren Schoß drückte.

»Miranda, sieh mich an.« Das Kind war nur zu froh, den grausigen Anblick nicht länger ertragen zu müssen, und schaute seine Mutter an. »So, Miranda. Tante Phetna sieht zwar anders aus als wir, aber du brauchst keine Angst vor ihr zu haben.« Linnet berührte ein Auge. »Sieh mal. Auge. Wo ist Mirandas Auge?« Sie führte die pummelige Kinderhand, und Miranda berührte jauchzend ihr eigenes Auge.

»Wo ist Mamas Auge?« Miranda krähte vergnügt auf — dieses Spiel begann ihr zu gefallen. »Jetzt wieder Mirandas Auge.« Wieder berührte Miranda ihr Auge. »Jetzt das Auge von Tante Phetna.«

Phetna beobachtete fassungslos, wie der kleine Finger, ohne zu zögern, ihr wulstiges Augenlid berührte.

»Jetzt weiter, Miranda«, forderte Linnet. »Mamas Nase, Mirandas Nase, Tante Phetnas Nase.« Das Baby lachte hell auf. Linnet wandte sich zufrieden an Phetna: »Es wird noch ein paar Minuten dauern, aber sie wird ihre Scheu vor Ihnen ziemlich schnell überwinden. Lassen Sie sie einfach Ihr Gesicht abtasten, damit sie sieht, daß Sie keine Grimassen schneiden, um ihr Angst zu machen, sondern daß Ihr Gesicht nun einmal so ist.«

Phetna war sprachlos. Seit zwölf Jahren — seit dem Tag des Brandes — hatte sie niemandem erlaubt, ihr Gesicht zu berühren. Auch sie selbst hatte ihren Körper nur widerwillig und voller Ekel angefaßt. Doch Miranda war noch klein und unbefangen — sie konnte noch nicht wissen, was ein mißgestalteter Mensch erdulden mußte. Für sie war das schreckliche Gesicht jetzt einfach eine Tatsache. Phetna nahm das Kind mit nach draußen, und Linnet blieb mit Devon allein zurück.

Sanft versorgte sie seine Wunden, und als sie in die Nähe seines Gesichts kam, beugte sie sich nieder und hauchte einen Kuß auf seine warme Wange. »Du wirst bald gesund sein, Devon! Dann wirst du wieder herumlaufen und mit mir streiten wollen!« Unter Plaudern und zärtlichem Lachen wusch sie ihn weiter. Ihre Liebkosungen wurden immer gewagter, weil sie wußte, daß er sie nicht hören konnte. Der hilflose Mann neben ihr schien ein ganz anderer zu sein, als der, dem sie gestern haßerfüllt entgegengeschleudert hatte, daß sie ihn nicht mehr liebte.

Phetna und Miranda stürmten ins Haus und schüttelten sich vor Lachen. Phetnas Augen funkelten fröhlich, als sie sagte: »Ich glaube, wir warten den Schauer besser hier drinnen ab. Der ›arme‹ Richter — muß in diesem Wetter auch noch ausreiten!«

»Warum mußte er denn so dringend weg?«

Phetna wies auf Devon: »Er braucht dringend Nahrung, etwas Flüssiges. Am besten wäre jetzt Hagebuttentee. Ich hatte auch einen Beutel Hagebutten mit. Aber als das Pferd bockte, habe ich den Beutel verloren. Der dumme Gaul hat dann den kümmerlichen Rest kaputtgetrampelt! Der Richter hat mir versichert, daß er mir heute mehr holen wird. Aber bis jetzt ist er ja noch nicht wieder aufgetaucht!«

Linnet sprang sofort auf und griff nach ihrem Umschlagtuch. »Ich laufe rasch zu ihm rüber und frage, wo er bleibt!« Sie legte den Schal um ihren Kopf und verließ das Haus. Der Regen war eiskalt und schon bald war sie völlig durchnäßt. In Windeseile war sie am Haus des Richters angelangt und klopfte energisch an die Tür. Doch niemand öffnete.

Obwohl ihr der Gedanke widerstrebte, machte sie sich zu Jule Yarnall auf. Sie würde bestimmt wissen, wo Talbot sich aufhielt.

Jules Gesicht glänzte fett und selbstgefällig, als sie die Tür öffnete. Sie forderte Linnet nicht auf hereinzukommen. Es machte ihr anscheinend nichts aus, die junge Frau im Regen stehen zu lassen.

»Was willst du?«

»Weißt du zufällig, wo der Richter ist?«

»Er ist auf der Jagd mit meinem Alten. Sie haben sich hoffentlich irgendwo untergestellt. Werden ja sonst pudelnaß. Was willst du denn von ihm, he?«

»Hat er etwas davon gesagt, daß er noch bei Phetnas Hütte vorbeischauen will?« fragte Linnet bang und schluckte all ihren Stolz hinunter.

»Was hat er denn im Haus dieser alten Hexe zu suchen? Wir in Spring Lick mögen solche Leute nicht. Die Frau ist doch abgrundtief schlecht!«

»Schlecht?« fragte Linnet fassungslos. »Aber — Phetna ist wirklich eine sehr nette Frau. Sie ist entstellt, ja, aber deshalb ist sie trotzdem gut und hilfsbereit! Schlecht, daß ich nicht lache!«

»Klar, daß du so denkst. Bist ja selbst nicht viel besser als sie! Aber als gute Christin warne ich dich: Es wäre besser, die Alte verläßt so schnell wie möglich dein Haus, sonst ... Nun, es wäre wirklich gescheiter, sie ginge, so rasch es geht. Denk an meine Worte.«

Linnet machte auf dem Absatz kehrt und ließ die fanatische Frau einfach stehen.

»Merk dir meine Worte«, rief Jule ihr noch hinterher.

Fröstelnd trat Linnet in die behagliche Wärme ihres Hauses. »Ich kann ihn nicht finden. Jule sagte mir, er sei auf die Jagd gegangen. Denken Sie, er hat sein Versprechen vergessen?«

Phetna schnaubte voller Verachtung: »Es geht nicht drum, ob er's vergessen hat, sondern darum, ob er sich überhaupt daran erinnern will! Der Blick, den er heute morgen auf Slades Jungen geworfen hat — nun, der war nicht gerade liebevoll! Ich glaube, daß er sich kein Bein ausreißen wird, um ihm zu helfen!«

»Sie könnten recht haben.« Linnet wärmte ihre klammen Hände am Kaminfeuer. »Wie weit ist es denn bis zu Ihrer Hütte?«

»Sie denken doch nicht dran, allein hinzugehen, oder?«

»Wie weit ist es bis zu Ihrer Hütte?« beharrte Linnet.

»Mädchen — Sie sind noch nicht lange genug in Kentucky, um die Gefahren zu kennen, die hier an jeder Ecke lauern. Wir sind hier nicht im Osten. Die Rothäute greifen zwar nicht mehr die Siedlungen an, wie sie es getan haben, als ich noch ein kleiner Fratz war — aber warum denken Sie, leben die Leute hier in solchen Haufen zusammen? Weil sie sich so gern haben? Nein, weil die Indianer lieber eine einsame Farm überfallen. Am liebsten ist ihnen, wenn ein junges Mädchen allein daherkommt! Wissen Sie eigentlich, was sie mit Ihnen machen, nachdem sie Sie gefangen haben?«

»Ich weiß Bescheid«, erwiderte Linnet ruhig. »Ich weiß, was dann mit mir geschieht. Wo könnte ich denn sonst Hagebutten um diese Jahreszeit kriegen?«

»Nirgendwo«, schüttelte Phetna den Kopf. »Es ist noch zu früh im Jahr für Junirosen.«

»Gut. Der Vorrat liegt also ungenutzt in Ihrer Hütte. Wir brauchen ihn aber dringend hier. Also?«

Phetna starrte sie voll widerwilliger Bewunderung an. »Sie haben mir zwar gesagt, daß Sie alles für diesen Jungen hier tun würden, aber ich habe nicht gedacht, daß Sie auch Ihr Leben aufs Spiel setzen würden!«

»Warum sollte es denn so gefährlich sein? Sie leben ja auch da draußen allein. Schließlich sind Sie auch eine Frau!«

Phetna warf den Kopf zurück und lachte schallend. Noch immer kichernd sagte sie: »Es gibt einen kleinen Unterschied zwischen uns beiden! Also gewöhnlich lassen mich die Indianer in Ruhe. Aber vor acht Jahren haben sie mir den Sohn des Häuptlings gebracht. Er hatte schwere Brandwunden. Sie haben mich sorgsam bewacht, als ich ihn untersucht habe. Tja, er ist wieder gesund geworden. Seit der Zeit bringen mir die Rothäute immer wieder Geschenke. Es vergeht kein Tag, an dem ich nicht was zu essen auf meiner Schwelle finde. Manchmal bringen sie auch noch Leute mit Brandwunden vorbei. Zuweilen kommt auch der Häuptlingssohn, dem ich damals das Leben gerettet habe. Tja, das ist der Grund, weshalb ich dort so ruhig leben kann. Aber Sie — Sie wären Freiwild für einen jungen Krieger!«

Linnet schüttelte ihren nassen Schal so nah vor dem Feuer aus, daß die Wassertropfen in den Flammen zischten. »Ich glaube, ich habe keine andere Wahl. Devon braucht dringend die Hagebutten, die in Ihrer Hütte sind. Ich bin die einzige, die sie holen kann.«

Phetna merkte, daß jedes weitere Wort verschwendete Zeit wäre. »Sind Sie eigentlich immer so dickköpfig?«

Linnet nahm die Frage sehr ernst: »O ja, ich glaube schon. Manchmal muß man einfach bestimmte Dinge tun, weil sie nötig sind. Wenn andere das Vorhaben nicht billigen, dann muß man sich eben durchsetzen! Ich glaube, mein Vater war genauso!« Sie lächelte. »Aber jetzt beschreiben Sie mir endlich den Weg zu Ihrer Hütte!«

Sie lauschte aufmerksam Phetnas Worten. Das Blockhaus lag sieben Meilen entfernt. Das machte für Hin- und Rückweg vierzehn Meilen. Sie würde sich beeilen müssen, denn der Regen würde ihr Tempo vermindern. Als sie nach draußen ging, klatschte das Wasser in Sturzbächen auf die Erde, und so hörte sie nicht, wie Devon schwach gegen ihr Vorhaben protestierte. Er wollte sie von dieser gefahrvollen Unternehmung abhalten.

Der schmale Pfad war so morastig, daß sie bis zu den Knöcheln einsank. Der Schlamm lief in ihre Schuhe und setzte sich zwischen ihren Zehen fest. Der Regen rann ihr übers Gesicht und durchnäßte ihren Wollschal, so daß der muffige Geruch des Kleidungsstücks sie umwehte. Ihr langes, dickes Haar war klatschnaß.

Sie war sehr erleichtert, als sie endlich die kleine Blockhütte erblickte. Dankbar stieß sie die schwere Eichentür auf und ließ sich vor dem ausgebrannten Kamin nieder. Sie atmete schwer, und ihre Beinmuskeln schmerzten, weil das Stapfen im Matsch jeden Schritt zu einer Qual gemacht hatte. Sie zog die Nadeln aus dem Haar und ließ die schweren Flechten den Rücken hinunterfallen. Mit den Händen preßte sie das Wasser aus dem Haar.

Plötzlich griff eine fremde Hand in die nassen Strähnen. Ihr Kopf wurde zurückgezogen, und sie fühlte die kalte, scharfe Klinge eines Messers an ihrer Kehle.

»Was tust du hier?«

»Bitte«, flüsterte sie vorsichtig. »Ich hole nur Medizin. Phetna hilft mir bei der Behandlung eines Mannes mit schweren Brandwunden. Ich hole nur Medizin!«

Der Mann ließ sie los und schob sie vorwärts, bis sie sich an den rauhen Steinen des Kamins abstützen konnte. Sie drehte sich um und betrachtete ihren Angreifer. Es war ein junger Indianer. Er war ganz in fransenbesetztes Büffelleder gekleidet, und sein dichtes, schwarzes Haar fiel ihm auf den Rücken.

»Ich nehme mir nur die Medizin, dann muß ich sofort zu dem kranken Mann zurück.«

Der junge Indianer beobachtete sie, als sie sich auf einen Stuhl stellte, um die langen Äste mit den Hagebutten von den Deckenbalken zu holen. Er schien völlig verblüfft zu sein und fragte sich anscheinend, was er nun mit ihr anfangen sollte.

»Zu welchem Stamm gehörst du?« fragte sie mit zitternder Stimme. Er war eher ein Junge als ein furchterregender Krieger — aber man konnte ja nie wissen. Vielleicht war er aber auch nur zu der Hütte gekommen, um Schutz vor dem Regen zu finden.

Er richtete sich stolz auf. »Ich bin ein Shawnee!« erwiderte er.

Linnet lächelte erleichtert und fühlte sich wieder sicherer. »Der Mann mit den Brandwunden ist auch ein Shawnee, wenigstens teilweise. Er heißt Devon Macalister.« Das Gesicht des Indianers blieb unbewegt. Linnet fragte sich, ob Devon bei den Indianern vielleicht unter einem anderen Namen bekannt war.

Er musterte sie nachdenklich. »Wie kommst du in die Stadt des weißen Mannes zurück?«

»Ich werde zu Fuß gehen. Ich habe kein Pferd.«

»Gelbe Hand« — er deutete auf sich — »wird dich in die Stadt des weißen Mannes begleiten.« Er schien sein Angebot für eine große Ehre zu halten.

Linnet lächelte ihm dankbar zu: »Das ist sehr freundlich von dir. Würdest du mir bitte diese Tasche aufhalten, damit ich sie füllen kann?«

»Das ist keine Arbeit für Männer«, knurrte er verächtlich.

»Oh, das wußte ich nicht. Ich habe nur gedacht, du würdest es für einen deiner Brüder tun.«

Für einen Augenblick schien er verwirrt zu sein, doch dann hielt er den Leinenbeutel hoch, während sie die Hagebutten hineinfüllte. Sie lächelte ihm zu, aber er beachtete sie nicht. Er ist ja noch ein halbes Kind! dachte sie.

Der Regen prasselte laut auf das Dach, so daß die beiden jungen Leute das Hufgetrappel vor der Tür nicht bemerkten. Die Tür flog unvermittelt auf. Der Richter und Mooner Yarnall stürmten herein. Beide hielten ihre Gewehre schußbereit.

Linnet und Gelbe Hand standen wie gelähmt da.

»Los, Linnet, gehen Sie langsam zur Seite«, befahl der Richter mit tiefer, wachsamer Stimme.

»Unsinn!« protestierte sie energisch und stieg von ihrem Stuhl, wobei sie sich genau in die Schußlinie plazierte. »Ich möchte Ihnen Gelbe Hand vorstellen, er ist ...«

»Er ist 'ne Rothaut. Die einzig gute Rothaut ist 'ne tote Rothaut!« warf Mooner mit verächtlich gekräuselten Lippen ein.

»Gelbe Hand ist der Freund von einem meiner Freunde!«

»Ich hab's dir ja gesagt — sie ist nichts für anständige, gottesfürchtige Menschen«, rief Mooner höhnisch und hob sein Gewehr.

Gelbe Hand stieß Linnet beiseite. »Ich verstecke mich nicht hinter einer Frau«, sagte er stolz und blickte aufrecht in den Gewehrlauf, der auf ihn zielte.

Mooner betätigte den Abzug, doch der Schuß ging nicht los. »Verdammtes Schießpulver! Ist in diesem verfluchten Regen naß geworden... Ich hätte sonst längst 'ne schöne tote Rothaut hier liegen!«

Linnet stellte sich wieder vor Gelbe Hand und sah Richter Talbot zornbebend an. »Wie können Sie so etwas zulassen? Er hätte fast einen völlig unschuldigen Mann getötet! Und Sie stehen einfach dabei und unternehmen nichts!«

»Linnet, Mooner hat gute Gründe, die Indianer zu hassen.«

»Ach ja? Ich hätte da auch ein paar gute Gründe!« Sie drehte sich zu dem jungen Indianer um und fragte offen und geradeheraus: »Du hast mir gesagt, du wolltest mich nach Spring Lick bringen. Würdest du das immer noch tun?«

Er nickte ihr kurz zu.

Linnet legte ihre Hand auf seinen Arm. »Ich weiß, daß du stolz und tapfer bist. Aber glaube mir — es ist keine Ehre, von einem Mann wie Mooner Yarnall getötet zu werden!«

Er dachte über ihre Worte nach und nickte dann wieder.

Sie wandte sich erneut an den Richter und Mooner: »Offensichtlich bedarf ich nicht länger Ihres Schutzes. Sie können wieder gehen.«

»Aber, Linnet, wir können Sie doch nicht in der Obhut eines Indianers zurücklassen.«

»Dann schlage ich vor, daß Sie mit uns zusammen zurückreiten. Gelbe Hand begleitet mich in jedem Fall, und ich werde auf seinem Pferd sitzen.«

»Linnet, bitte«, stotterte der Richter. »Sie können doch bei mir aufsitzen!«

Sie sah kurz zu Mooner hinüber, der Gelbe Hand noch immer mit gehässigen Augen betrachtete. »Nein. Ich habe meinen Begleiter bereits gewählt.« Linnet ging vorsichtig vor dem jungen Indianer her. Sie war immer darauf bedacht, ihn mit ihrem Körper zu decken. Dann schwang sie sich hinter dem Shawnee aufs Pferd, legte ihre Arme um seine Taille und preßte den Beutel mit den kostbaren Hagebutten fest gegen ihren Körper.

Der Regen machte es schwierig für Linnet, mit Gelbe Hand zu sprechen. Etwa eine Meile vor Spring Lick trieb Gelbe Hand das Pferd in einen schmalen Pfad. Linnet sah sich kurz nach dem Richter und Mooner um, die fluchend versuchten, mit ihnen Schritt zu halten. Aber es war offensichtlich, daß der junge Indianer den Weg besser kannte. Außerdem schien ihn der Regen nicht so sehr zu behindern wie die weißen Männer.

Nach ein paar Minuten gelangten sie auf eine Art Plateau. Von hier aus konnten sie bequem auf die verwirrten, ziellos umherirrenden Weißen hinuntersehen. Linnet hob die Hand an den Mund, um das aufkommende Lachen zu unterdrücken. Die Verblüffung und die Wut der beiden war wirklich zu komisch! Als sie verstohlen zu Gelbe Hand sah, bemerkte sie, daß auch seine Mundwinkel leicht zuckten. Aus dem Zusammentreffen, das bald einen dramatischen, tödlichen Ausgang genommen hätte, war ein harmloser Spaß geworden.

18

»Herr im Himmel, Mädchen! Was haben Sie denn angestellt, um 'ne solche Aufregung zu verursachen?« begrüßte Phetna die nasse, vor Kälte zitternde Linnet. »Der Richter ist hier gewesen und hat Befehle gebrüllt und geflucht — so laut, daß die Kleine angefangen hat zu weinen. Ich habe eine ganze Weile gebraucht, ehe ich sie wieder beruhigt hatte!« Phetna sah mit einem zärtlichen Ausdruck in den Augen hinüber zu Miranda. Das Kind saß auf seinem Stühlchen vor dem Feuer und konzentrierte sich darauf, sein Essen zuerst auf den Löffel und von da aus in den Mund zu bugsieren.

»Wie geht es ihm?« fragte Linnet und ging zu Devon.

»Genau wie immer. Er hat nicht halb soviel Scherereien gemacht wie Sie. Sie sagen mir jetzt sofort, was los war! Ich habe gehört, daß Sie mit 'ner Rothaut durchgebrannt sind, um mit dem Stamm zurückzukommen und die ganze Ortschaft hier auszurotten. Ist das wahr?«

»Also wirklich! Daß die Leute hier immer aus einer Mücke einen Elefanten machen müssen!«

»Ich weiß zwar nicht, was ein Elefant ist, aber daß die Indianer keine Mücken sind, weiß ich ganz genau. Und Sie wüßten das auch, wenn Sie schon so lange hier leben würden wie ich!«

»Ich bin mir durchaus bewußt, welche Gefahr die Indianer darstellen. Meine Eltern wurden von Indianern getötet. Ich habe gesehen, wie meine eigene Mutter in —« Sie unterbrach sich. »Zuerst muß ich mir trockene Sachen anziehen.« Sie begann ihr Kleid aufzuknöpfen. »Gelbe Hand ist doch noch ein halbes Kind! Außerdem hat er mir sehr geholfen!«

Linnet stand mit dem Rücken zu Devon, deshalb sah sie nicht, wie er mühsam den Kopf drehte, um die Frauen anschauen zu können. Phetna fragte sich, ob der Name Gelbe Hand ihn zu einer solchen Anstrengung veranlaßt hatte oder Linnets Ankündigung, ihr nasse Kleidung auszuziehen. Phetna sah zum ersten Mal Devons blaue Augen. Verwirrt musterte sie ihn — das war Slade Macalister, wie er leibte und lebte! Zwanzig Jahre waren seit ihrem letzten Zusammentreffen vergangen, und er hatte sich nicht verändert! Erst nach ein paar seligen, schreckerfüllten Sekunden kam ihr zu Bewußtsein, daß Devon Slades Sohn war.

Phetna beobachtete ihn aufmerksam. Er hatte nur Augen für Linnet, die nun in einem nassen Mieder und in Unterröcken dastand. Ein humorvoller Funke stahl sich in Phetnas Augen. Genau wie Slade, dachte sie amüsiert. Da liegt er, die Haut hängt ihm in Fetzen vom Leib, er hat unerträgliche Schmerzen, und sein Leben hängt am seidenen Faden. Aber all das hält ihn nicht davon ab, einem hübschen Mädchen beim Ausziehen zuzusehen!

»Nun, wollen Sie mir jetzt endlich die ganze Geschichte erzählen, oder nicht?« forderte sie Linnet auf und unterdrückte mit aller Macht das Lachen, während sie Devon unter halbgeschlossenen Lidern beobachtete.

Linnet streifte die nassen Unterröcke von ihrem Körper und trocknete sich sorgsam mit einem rauhen Leinenhandtuch ab. Sie trug nur noch das Mieder und die knielange Unterhose. »Ein junger Shawnee hatte sich vor dem Regen in Ihre Blockhütte geflüchtet. Ich glaube, er hatte genausoviel Angst vor mir wie ich vor ihm.« Sie löste die Schnüre ihres Leibchens, zog es über den Kopf und stieg aus der langen Unterhose.

»Drehen Sie sich um. Ich werde Ihren Rücken abtrocknen. Hat Miranda wohl genug gegessen?«

Linnet drehte sich arglos um und bot ihren nackten Körper jetzt Devons Blicken dar. Sie sah zu Miranda hinüber. Das kleine Mädchen strahlte seine Mutter an, während Phetna Linnets Rücken trockenrubbelte. Als Linnets Blick zu Devon schweifte, lag er da wie immer — die Augen geschlossen, der Atem flach. Sie nahm Phetna das Handtuch ab, ging quer durch den Raum und begann sich anzuziehen.

Als Phetna wieder zu Devon hinüberblickte, schien er zu schlafen, doch sie glaubte sicher, daß ein glückliches Lächeln um seine Lippen spielte. Zufrieden murmelte sie vor sich hin: »Ein Junge, der schon wieder nach den Mädchen schielt, ist aus dem Gröbsten raus. Der stirbt nicht mehr.« Sie war sehr erleichtert, denn ihr hatte der Gedanke, daß einer von Slades Söhnen unter ihrer Obhut sterben könnte, ganz und gar nicht behagt.

Linnet kniete an Devons Lager. Sie strich über sein Haar und seine Ohren. »Er sieht besser aus, nicht wahr, Phetna? Sein Gesicht ist richtig rosig. Oder bilde ich mir das nur ein?«

Über Phetnas Gesicht flog ein Grinsen. »Doch, ich glaube, es geht ihm besser. Ich bin mir sogar ziemlich sicher.«

»Wirklich? Oh!« rief Linnet aufgeregt, aber ihre Begeisterung schwand schnell wieder. »Ich glaube es erst, wenn ich es selbst sehe. Wenn ich meinen Devon wiederhabe und nicht nur einen wunden Körper, der aussieht wie eine Puppe — so leblos und schlaff...«

»Och, als Puppe würde ich ihn nicht bezeichnen. Und leblos ist er schon gar nicht. Da bin ich wirklich ziemlich sicher.« Phetna stand auf. »So, jetzt haben wir genug gefaulenzt! Wir haben schließlich noch eine Menge zu erledigen. Fühlen Sie sich kräftig genug, Mädchen?«

»Mir geht es gut. Was müssen wir denn jetzt tun?«

»Wir müssen den Jungen nehmen und ihn aufsetzen, weil er ein bißchen von meinem Tee trinken soll. Und außerdem — ist Ihnen eigentlich klar, daß er seit dem Brand kein Wasser mehr gelassen hat?«

Obwohl sie sich für diese Reaktion schämte, lief Linnet rot an. Phetna betrachtete schmunzelnd das verlegene Gesicht der jungen Frau. »Ich habe es Ihnen schon mal gesagt — einen Mann mit so starken Verbrennungen zu pflegen, ist keine angenehme Aufgabe! Und jetzt legen Sie die Kissen auf die Bank, wir heben ihn drauf. Ich zeige Ihnen schon, wie wir's machen müssen.«

Nach langen qualvollen Minuten gelang es ihnen unter Anspannung all ihrer Kräfte, Devon auf die schmale Bank zu hieven. Es dauerte deshalb so lange, weil sie die Brandwunden nicht berühren durften und er sie nur wenig in ihren Bemühungen unterstützen konnte. Die beiden Frauen sahen deutlich, wie der Schmerz seine Züge verzerrte. Sie breiteten einen Strohsack über den Tisch, so daß sich Devon dagegen lehnen konnte. Linnet blutete das Herz, und sie litt mit ihm.

Nachdem sie ein paarmal geschluckt hatte, gelang es Linnet, ihre Scham zu überwinden, und sie brachte es fertig, ihm beim Wasserlassen zu helfen. Phetna half ihr nicht, sondern stand nur grinsend dabei. Sie ergötzte sich sichtlich an Linnets Verlegenheit.

Als der Tee fertig war, streute Phetna eine Prise Salz in das duftende Gebräu und erklärte, daß sie Devon Salz zuführen müßten, da sein Körper Salz ausscheiden würde. Linnet staunte. Aber sie verbiß sich die Frage, woher Phetna diese Kenntnisse hatte. Devon wehrte sich, als ihm der Tee gereicht wurde. Er würgte alles wieder heraus.

»Sie müssen ihn zum Trinken zwingen!« mahnte Phetna. »Es ist doch immer wieder dasselbe — die wollen einfach sterben. Man kann sie nie überzeugen, daß sie weiterleben werden.«

»Aber er weigert sich«, erwiderte Linnet niedergeschlagen. »Wie kann ich ihn dazu bringen zu trinken?«

»Ach, ich weiß auch nicht. Da gibt's verschiedene Möglichkeiten — jeder hat seine eigene Methode. Nase zuhalten, drohen, küssen — das machen Sie ja schon die ganze Zeit — irgendwas eben, damit er trinkt. Aber das ist noch gar nicht so schlimm. Warten Sie nur, bis er auch essen soll! Dann wird es wirklich schwierig!«

»Aber ich kann doch nichts tun, solange er mich nicht hören kann! Er ist doch seit dem Feuer bewußtlos!«

»Ha! Der hört so gut wie Sie und sogar ein bißchen besser als ich!«

»Aber warum sagt er dann nichts?« fragte Linnet erstaunt.

»Weil er große Schmerzen hat, Mädchen! Unerträgliche Schmerzen! Du kannst nicht reden, während dein Körper inwendig verglüht!«

»Devon«, flüsterte sie in sein Ohr, »du mußt den Tee trinken. Wir möchten alle, daß du wieder gesund wirst. Miranda möchte dich endlich richtig kennenlernen. Im Moment hält sie dich noch für eine zu groß geratene Gliederpuppe. Wenn du wieder gesund bist, kannst du ihr einen Puppenkopf schnitzen, und ich nähe den Körper, ja? Würdest du das für deine Tochter tun?«

Linnets Worte schienen den richtigen Nerv getroffen zu haben, denn Devon versuchte zu trinken.

Am dritten Tag nach dem Unglück hörten die Blasen auf zu eitern und begannen zu verkrusten. An eben diesem Tag, als die erschöpfte Linnet gerade wieder einmal versuchte, Devon Tee einzuflößen, sprach er die ersten Worte.

»Küß mich«, flüsterte er mit krächzender Stimme.

»Wie bitte?« fragte Linnet erstaunt und setzte den Zinnbecher auf den Tisch. Phetna und Miranda spielten draußen, und sie waren allein in der Blockhütte.

»Küß mich«, wiederholte Devon und wandte ihr den Kopf zu.

Wie schön war es doch, wieder in diese schillernden blauen Augen zu sehen!

»Erst wenn du mich geküßt hast, werde ich einen Schluck trinken.«

»Aber Devon! Was redest du da? Drei ganze Tage habe ich deine Stimme nicht gehört. Dein Rücken ist völlig verbrannt. Und da stellst du vollkommen unsinnige Forderungen an mich!«

»Nicht streiten, Lynna. Bitte.« Sein Kopf sank zur Seite, und seine Augen schlossen sich wieder.

»Nein, mein Liebster. Es tut mir leid. Ich werde dich küssen.« Sie hauchte Küsse auf seine Wange, seine Schläfe, seine Augenlider — genauso, wie sie es in den vergangenen Tagen immer wieder getan hatte. Hatte er diese Zärtlichkeiten gespürt, wie Phetna es behauptet hatte? Oder war er bewußtlos gewesen?

Am vierten Tag schien er kräftiger zu sein. Obwohl er

kaum etwas sagte, wußte Linnet, daß er wach war und jede ihrer Berührungen spürte.

»Sieht so aus, als ob er es geschafft hätte«, stellte Phetna zufrieden am Nachmittag des vierten Tages fest.

»Ich wollte, ich wäre so sicher wie Sie. Warum sagt er keinen Ton?«

»Du lieber Gott! Lassen Sie ihm doch noch ein paar Tage Zeit! Es ist immer das gleiche — zuerst geben sie keinen Ton von sich, weil sie Schmerzen haben. Sobald es ihnen besser geht, plagen sie einen mit ihren Klagen über jedes Zwicken und Zwacken. Das ist eine wahre Geduldsprobe, das kann ich Ihnen sagen! Andererseits ist dieses Gejammer auch ein gutes Zeichen — dann sind sie über dem Berg!«

»Also ehrlich gesagt — ich würde ihn jetzt ganz gern ein bißchen jammern hören. Dieses Schweigen macht mich noch verrückt!«

»Ich werde Sie an diese Worte erinnern!«

Linnet lachte und griff nach den Eimern. »Ich gehe zum Bach.«

»Warum bleiben Sie nicht etwas länger? Sie könnten ein wenig spazierengehen oder Blumen pflücken«, rief Phetna ihr nach. »Der Junge läuft Ihnen nicht weg, und Sie brauchen ein bißchen Erholung!«

Nach der dumpfen Krankenzimmerluft in der Hütte war der Geruch der Frühlingsbrise eine Wohltat für Linnet. Anstatt zum Bach zu gehen, spazierte sie gemächlich zu einem lauschigen Plätzchen, an dem ein paar Ulmen standen. Wilder Klee bedeckte den Boden, und die Bienen summten eifrig durch die klare Luft. Sie fühlte sich ein wenig unbehaglich, weil sie Devon alleingelassen hatte. Sie konnte sich frei in der Natur bewegen, während Devon in der Hütte lag und nicht einmal das Vogelgezwitscher hören und die Blumen sehen konnte, die sich sacht im Winde wiegten.

»Linnet.«

Sie schloß für eine Sekunde die Augen, um die Wut zu

dämpfen, die wegen dieser unerwünschten Störung in ihr aufstieg. Sie hatte den Richter nicht mehr gesehen, seit Gelbe Hand und sie auf dem Hügel gestanden hatten und über Mooner und den Richter gelacht hatten. Sie zwang sich zu einem Lächeln. »Wie geht es Ihnen?« Er sah so aus, als hätte er tagelang nicht geschlafen.

Talbot setzte sich neben sie. »Ich sollte eher fragen, wie es Ihnen geht. Hab' nicht viel von Ihnen gesehen in den letzten Tagen. Vermutlich bleiben Sie die ganze Zeit bei ihm, nicht wahr?«

»Ich bleibe bei ihm, weil er ein schwerkranker Mann ist und mich braucht. Auch jetzt sollte ich gar nicht hier sein, ich müßte ihn um diese Zeit eigentlich füttern.«

»Füttern? Sie füttern ihn? Einen erwachsenen Mann?«

»Richter, er ist fast gestorben, weil er meiner Tochter das Leben gerettet hat. Er ist viel zu schwach, um irgend etwas selbst tun zu können. Ich würde alles, was in meinen Kräften steht, für jeden Mann tun, der meine Tochter gerettet hat.«

»Wirklich, Linnet? Oder ist der Grund für Ihr Verhalten Ihre Liebe zu ihm? Wollen Sie ihm nur deshalb helfen?«

»Ich kann Ihnen darauf leider keine Antwort geben. Aber ich bezweifle, ob jemand anders als Mirandas Vater imstande gewesen wäre, in dieses brennende Gebäude zu laufen!«

Der Richter wandte den Blick ab. »Ich glaube, Sie haben recht. Ich hätte an diesem Abend keinen Pfifferling mehr für ihr Leben gegeben. Aber wenn sie mein Kind gewesen wäre, vielleicht hätte ich dann... Wer weiß das schon?«

Linnet schwieg.

»Sie sehen müde aus«, fuhr er fort.

»Sie auch.«

Linnet wurde plötzlich wütend. »Was wollen Sie eigentlich wissen? Einzelheiten über die Liebesnacht, die ich mit Devon Macalister verbracht habe? Oder regt Sie die jetzige

Situation so auf? Möchten Sie erfahren, wie oft ich ihn schon berührt habe? Was wollen Sie eigentlich von mir? Er ist ein schwerkranker Mann.«

Der Richter reagierte gelassen: »Ich glaube, ich habe Sie erst in den letzten Wochen so richtig kennengelernt. Sie sind kein Mensch, der mit anderen auskommen kann. Immer machen Sie Schwierigkeiten. Sie scheinen geradezu Spaß daran zu haben, daß die Leute hinter Ihrem Rücken über Sie herziehen. Sie sind zum Außenseiter geboren, scheint es. Nicht nur, weil Sie Engländerin sind, anders reden, sich anders benehmen. Nein, das ist nicht einmal der Grund. Sie sind hochmütig, Linnet. Sie glauben, Sie wären etwas ganz Besonderes, und das bringt die Leute gegen Sie auf.«

Linnets Augen schossen Blitze, und ihr Mund bildete eine harte, schmale Linie. »Daheim in England war meine Erziehung — nun, sagen wir mal — etwas ungewöhnlich. So wurde mir zum Beispiel beigebracht, andere Menschen nicht nach dem zu beurteilen, was mir von Dritten eingeflüstert wird. Als ich nach Spring Lick kam, waren die Leute bereit, mich in ihre Gemeinschaft aufzunehmen. Sie stellten nur eine Bedingung, ich sollte so werden wie sie. Jule und Ova verlangten von mir, daß ich abfällig über Nettie und ihre Töchter reden sollte. Dauernd sollte ich über abwesende Personen tratschen, aber das konnte ich nicht.«

»Aber gerade weil Sie die Nase gerümpft haben, haben Sie so viele Probleme verursacht.«

»Es tut mir leid, wenn man meint, ich wäre hochmütig. Das habe ich wirklich nicht beabsichtigt. Aber ich kann nicht verstehen, warum Sie wollen, daß ich mit diesen Klatschbasen verkehre!«

»Es geht nicht darum, daß Sie mit ihnen verkehren.« Talbot nahm ihre Hand in seine. »Ich hatte nur gedacht, daß Sie mir meine Wohltaten irgendwann vergelten würden. Ich meine, schließlich habe ich Ihnen Ihre Reise nach Kentucky bezahlt und Sie als Schullehrerin angestellt, obwohl Sie ein uneheliches Kind haben!«

Sie wich angeekelt vor ihm zurück. »Haben Sie gedacht, daß Sie sich eine Geliebte kaufen? Oder wollten Sie nur Ihr Ansehen etwas aufbügeln? Es würde Ihnen bestimmt nicht schaden — auch nicht bei Ihrer Wahl zum Gouverneur! — wenn Sie sagen könnten, daß Sie gefallenen Mädchen helfen, sie aus der Gosse ziehen und zu anständigen Christinnen machen, oder? Aber ich habe Ihnen alles verdorben. Ihre Wähler würden es sehr übel vermerken, wenn die Frau, deren Seele Sie gerettet und zur Lehrerin gemacht haben, mit ihrem Liebhaber zusammenlebt, nicht wahr? Sie waren durchaus willens, mir meine Sünden zu vergeben, solange Sie noch die Hoffnung hegten, mich zu Ihrer Geliebten machen zu können. Aber die Lage hat sich geändert!«

»Das werden Sie bereuen, Linnet! Ich werde Gouverneur dieses Staates werden. Und keine Zehn-Cent-Hure, wie Sie eine sind, wird mich daran hindern!«

»Regen Sie sich nicht auf, das habe ich nämlich gar nicht vor! Sobald Devon in der Lage ist zu reisen, werde ich diesen Ort verlassen. Freudig verlassen!«

»Und wohin werden Sie gehen?« schnauzte er sie an. »Etwa zurück nach Sweetbriar? Sie haben mir ja immer davon vorgeschwärmt! Werden Sie dort etwa das Gerücht verbreiten, daß Richter Talbot nicht gut genug ist, um Gouverneur zu werden?«

Sie sah ihn kalt an. »Ich bezweifle sehr, daß ich Sie überhaupt je in meinem Leben erwähnen werde. Aber jetzt muß ich zu Devon zurück!«

Linnet war so wütend, als sie in die Hütte kam, daß sie die Tür hinter sich zuknallte. Ihre Augen blitzten. Sie bemerkte gar nicht, daß Devon sich zum ersten Mal allein aufgesetzt hatte. Eine Steppdecke bedeckte seinen Unterleib.

»Sind Sie in einen Wirbelsturm geraten, oder wollen Sie selbst einen verursachen?« fragte Phetna. Linnet beachtete sie gar nicht, weil sie immer noch viel zu zornig war, um überhaupt etwas wahrzunehmen.

»Miranda, mein Liebes«, sagte die ältere Frau und streckte die vernarbte Hand aus. »Komm, wir gehen mal nach draußen und sehen nach, was die Erbsen machen.«

Miranda drückte sich scheu an ihrer Mutter vorbei und eilte froh mit Phetna hinaus.

Weder Linnet noch Devon sprachen ein Wort, als sie allein waren. Linnet stand da und starrte auf einen imaginären Punkt an der Wand. Devon beobachtete sie. Dann räusperte er sich und flüsterte: »Lynna.« Aber sie drehte sich nicht um. Da rief er wieder: »Lynna!«

Sie wandte sich ihm zu und konnte kaum glauben, was sie sah. »Devon, du sitzt ja!«

Er grinste sie fröhlich an: »Ich habe schon gedacht, du würdest es nie merken. Komm zu mir. Ich brauche dich dringend als Stütze.«

Sie setzte sich neben ihn auf die Bank. Er lüftete die Steppdecke und breitete sie über ihre Beine. Sie konnte seine nackte Haut durch die Röcke fühlen. Plötzlich war er nicht mehr die kranke, hilfsbedürftige Person, sondern wieder ein Mann — warm, vital und sehr, sehr lebendig. Sie versuchte, von ihm abzurücken.

»Bitte nicht«, bat er sanft, und nur zu gern gehorchte sie ihm. »Erzähl mir, warum du eben so wütend gewesen bist.«

Sie senkte den Blick. »Ich hatte, ich glaube ... nun ja, ich hatte eine Auseinandersetzung mit dem Richter!« Sein Gesicht blieb ausdruckslos.

»Ein Streit, wie er unter Liebenden üblich ist?« fragte er kurz.

»Ich liebe ihn ni —« Sie sah ihn an und lächelte. »Ich habe diesen Mann nie geliebt. Er gab mir diese Stellung. Nicht mehr.«

Devon schwieg für einen Moment. »Die Sache mit Gelbe Hand hat dich sehr aufgebracht, nicht wahr?«

»Ja. Aber auch andere Dinge, die hier passiert sind. Zum Beispiel haben sich die Männer geweigert, dich in meine Hütte zu tragen. Sag mir, Devon — wie ist es möglich, daß sich Menschen so benehmen? Warum unterscheiden sich die Leute von Sweetbriar so sehr von den Einwohnern in diesem Ort?«

»Ich weiß es nicht, und ich glaube, ich möchte es auch gar nicht wissen. Es ist nur gut, daß Gelbe Hand nicht erschossen wurde. Sonst wäre diese Stadt nur noch ein rauchender Trümmerhaufen.«

»Ich habe mich direkt vor ihn gestellt!«

»Lynna, du mußt noch viel lernen. Die Indianer haben ganz andere Auffassungen von Ehre als die Weißen. Du brauchst nicht zu denken, daß alle Indianer ehrenwerte Leute sind, denen du trauen kannst, weil du sie mit deinem hübschen Körper beschützt hast!« Wenn er doch nur nicht so schwach wäre! Selbst das Sprechen strengte ihn an.

»Aber er war doch ein Shawnee!«

Devon öffnete seinen Mund, um ihr zu antworten. Doch dann schloß er ihn wieder. Manchmal, wenn er mit Linnet redete, dachte er, daß man genausogut versuchen könnte, einem Baum Verstand einzutrichtern... »Ich glaube, ich möchte mich nicht länger unterhalten. Hilfst du mir wieder ins Bett?« Es schien ihm, als ob sein Ruhelager Meilen entfernt läge.

»Nein, Devon. Du mußt jetzt essen. Ich habe dir eine kräftige Hühnerbrühe gekocht. Davon wirst du jetzt etwas zu dir nehmen.« Sie warf die Steppdecke zurück und ging zum Herd, um eine Schale mit der Brühe zu füllen.

Devon blieb niedergeschlagen sitzen. Er konnte sich weder anlehnen noch nach vorne fallen lassen. Die Anstrengung, gerade sitzen zu bleiben, war eigentlich fast zuviel für ihn. Zuerst hatte er sich im Sitzen sehr wohl gefühlt, aber jetzt wollte er sich nur noch ausruhen und schlafen. Vor allem aber wollte er weder denken noch sprechen oder gar essen!

Linnet stand mit der dampfenden Schale vor ihm. Diese beiden Frauen schienen seit Tagen nichts anderes im Sinn zu haben, als ihn zu mästen. Wußten sie denn nicht, daß ihm alles weh tat? Er hatte das Gefühl, als würde die papierdünne Haut auf seinem Rücken jeden Moment reißen. Ahnten sie denn nicht, wie erschöpft er war? Er konnte doch noch nicht einmal stehen oder allein auf die Toilette gehen! Er war ein Mann, ein erwachsener Mann! Sie kümmerten sich nur darum, wieviel Essen sie in ihn hineinstopfen konnten! Plötzlich war er wütend.

»Verdammt noch mal, Linnet! Ich möchte nichts zu essen —« Er hielt inne, weil sie ihn mit einem ganz seltsamen Ausdruck ansah. Vorsichtig setzte sie den Napf ab und dann ... dann lachte sie, wie er noch nie einen Menschen lachen gesehen hatte. Ihr Mund war weit geöffnet, und ihr ganzer Körper bebte. Fasziniert beobachtete er, wie ihre Beine nachgaben und sie zu Boden sank. Ihr Gelächter erfüllte die Hütte, ihre Beine waren in die langen Röcke verwickelt. Sie hielt sich den Bauch, und Tränen rollten über ihr Gesicht.

»Linnet, warum lachst du? Ich habe doch nur gesagt, daß ich nichts zu essen will!«

Linnet konnte ihm ihren Ausbruch nicht erklären. Sie japste nur noch nach Luft. Verdammt noch mal, Linnet! Welch süße Worte! Es ging ihm wieder besser! Bald würde er wieder der alte Devon sein! Nichts hätte sie besser davon überzeugen können als diese Anrede, daß es mit ihm wieder bergauf ging!

Devon starrte sie immer noch an, aber langsam steckte ihn ihre ausgelassene Heiterkeit an. Er grinste: »Du bist doch die ungewöhnlichste Frau ... Ich glaube, ich werde dich nie verstehen!«

Phetna kam mit Miranda herein und musterte die beiden erstaunt — Devon lächelnd und Linnet tränenüberströmt und lachend auf dem Boden.

»Sie ist verrückt geworden«, verkündete Devon.

Miranda fragte nicht lange, warum ihre Mutter so glücklich war. Sie lief einfach zu ihr und sprang auf sie. Die beiden rollten über den Fußboden. Linnet kitzelte ihre Tochter gnadenlos, und das kleine Mädchen kreischte vor Vergnügen.

»Hier, Junge. Trinken Sie das, bevor es kalt wird«, riet Phetna.

Devon beobachtete seine Tochter und Linnet voller Interesse — er hatte sie noch nie so ausgelassen erlebt. Dann trank er die ganze Brühe aus.

Schließlich blieb Linnet auf dem Fußboden liegen, hielt sich die Seiten und keuchte. Miranda wollte weitertollen, aber Linnet schob sie sanft beiseite. »Tut mir leid, Miranda. Ich kann nicht mehr.« Schließlich war das Kind damit zufrieden, eng an seine Mutter geschmiegt da zu liegen...

»Wollt ihr beiden die ganze Nacht so liegenbleiben?« fragte Phetna, die direkt vor ihnen stand. »Ihr junger Mann braucht ein bißchen Hilfe, um sich wieder ins Bett legen zu können. Ich bin zu schwach dazu.«

»Ich bezweifle sehr, daß er seine Brühe schon getrunken hat«, sagte Linnet und sah Devon an.

Er legte den Kopf schief, zwinkerte und zeigte ihr den leeren Napf.

Sie lächelte ihm zu. »Mach so etwas nicht noch einmal! Ich glaube, mein Bauch wird noch lange weh tun!«

Devon sah sie ernst an: »Ich werde ihn streicheln, ja?«

Linnet wurde rot wie eine Tomate, und sie hörte deutlich, daß Phetna kicherte. Dann stellte sich Linnet vor ihn. »Leg den Arm um meine Schultern, ich werde dich stützen. Paß wegen deiner Füße auf!«

Als er aufstand, rutschte die Steppdecke weg. Er wollte

nach ihr greifen, doch dann ließ er sie einfach fallen. Er grinste sie verlegen an: »Hab' vergessen, daß du alles an mir in- und auswendig kennst!«

»Devon!« Linnet fühlte, wie ihr ganzer Körper — vom Kopf bis zu den Zehen! — rot anlief. Flüchtig sah sie zu Miranda hinüber.

»Ich habe gedacht, daß Sie mir mal gesagt haben, Sie würden kein empfindliches Mädchen aus ihr machen, das sich beim Anblick eines nackten Mannes aufregt?!«

Linnet konnte nicht antworten, und als Devon wieder auf dem Bett lag, legte sie — ohne hinzusehen — ein Laken über ihn. Dann ging sie zu ihrem Nähkorb und zog ein verschrumpeltes Etwas heraus.

»Was machen Sie da, Mädchen?« fragte Phetna mit ernster Stimme, die aber vor Lachen bebte.

»Ich glaube, die Schlange ist soeben im Paradies eingetroffen, und Adam benötigt dringend sein Feigenblatt!« Sie hielt die zerfetzte Hose hoch, die Devon am Abend des Brandes getragen hatte. »Bis ich neue nähen kann, wird er die hier tragen müssen.« Immer noch vermied sie Devons Blick.

19

Butch Gather lehnte sich bequem in den Stuhl zurück und verschränkte die Hände über seinem mächtigen Bauch. »Also, wenn ihr mich fragt, dann haben wir 'ne schwierige Entscheidung zu treffen. Ich möchte zwar nicht derjenige sein, der den ersten Stein wirft, aber es sind noch mehr Leute in die Sache verwickelt, nicht nur ich. Was ich meine, ist folgendes: Unsere Kinder hängen auch mit drin. Ich brauche bloß darüber nachzudenken, was sie unseren Kindern schon für Zeug erzählt hat! Also, ich für mein Teil möchte was gegen diesen Hort des Bösen unternehmen. Ihr kennt mich ja alle — ich gehör' nicht zu denen, die daheim sitzen und eine unangenehme Arbeit andern überlassen!«

Die anderen Leute im Laden stimmten ihm zu.

»Und dann ist da noch diese verbrannte Hexe«, stimmte Jule in den Chor der Schmähungen mit ein. »Ihr erinnert euch doch noch alle daran, wie sie die Willis-Familie einfach hat sterben lassen, oder? Mir ist das schon immer komisch vorgekommen. Denen war's doch schon wieder besser — erst nachdem sie gekommen ist, ging's mit ihnen bergab. Und noch was anderes beunruhigt mich — die Art, wie sie aussieht. Ich frage euch: Könnte ein normaler Christenmensch so ein Feuer überhaupt überleben? Sie hat einen Pakt mit dem Satan geschlossen! Der ließ sie das Höllenfeuer überstehen!«

Alle Anwesenden starrten auf Jule, und sie wurde durch diese konzentrierte Aufmerksamkeit noch aufgeregter. »Es ist doch so — keiner von uns ist imstande, sich in der Nähe dieser entstellten Person aufzuhalten. Obwohl wir alle gute Christen sind, wußten wir bisher nicht, woher dieser Ekel vor ihr kam. Irgendwas warnte uns vor ihr. Und — erinnert ihr euch noch an die Ankunft dieses englischen Mädchens in Spring Lick? Alle haben wir versucht, ihr näherzukommen, sie zu mögen — aber irgendwie stand sie abseits. Warum, frage ich euch. Was war an ihr, daß gute Christenseelen Abstand von ihr hielten?«

Sie schwieg einen Moment, beugte sich etwas vor und bemerkte entzückt, daß alle wie gebannt an ihren Lippen hingen. »Ich bin der Meinung, daß jeder gute Christ den Satan erkennen kann, wenn er ihm begegnet. Wir wußten von Anfang an, daß irgend etwas mit ihr nicht stimmte!«

Alle Anwesenden blieben stumm, und Jule sah von einem zum anderen.

Butch ergriff noch einmal das Wort: »Die gute Jule hat

das gesagt, was wir alle denken. Aber eine Frage bleibt noch: Was sollen wir unternehmen?«

Etwa eine Minute war kein Laut zu hören, doch dann schien Ova eine Idee zu haben. »Wißt ihr, wer mir in dieser Geschichte am meisten leid tut? Das Kind. Dieses arme Mädchen! Bestimmt wurde sie von den Frauen verhext und auf den Pfad der Sünde geführt ...«

»Ova hat recht!« rief Jule aus. »Wir müssen ihnen das arme Ding entreißen! Sie soll bei anständigen Menschen aufwachsen, die die Gebote des Herrn ehren, und nicht bei diesen Hexen! Unsere Erziehung wird dem Kind den Teufel schon austreiben. Es ist einfach unsere Christenpflicht!«

»Mmmh«, murmelte Butch. »Die Damen liegen ganz richtig, scheint mir. Jetzt müssen wir nur noch entscheiden, was wir mit den zwei Sünderinnen und dem Liebhaber machen.« Seine Schweinsaugen funkelten, während er sich ausmalte, was er alles mit der jüngeren Frau anstellen könnte.

»Lynna, komm und setz dich ein bißchen zu mir.«

»Aber Devon. Ich habe zu tun.«

»Würdest du denn kommen, wenn ich dir jetzt sagen würde, daß mein Rücken unerträglich schmerzt und daß du die einzige bist, die meine Pein lindern kann?«

Sie legte ihr Nähzeug in den Schoß. »Und? Schmerzt dein Rücken? Kann ich die Schmerzen lindern?«

»Lieber Gott! Ich weiß schon gar nicht mehr, wie es ist, ohne Schmerzen zu sein! Ja, du kannst mir helfen ...«

Sie waren allein in der Hütte. Obwohl sie glaubte, daß er nur einen schäbigen Trick anwandte, stand sie auf und ging zu ihm. Mit schiefgelegtem Kopf inspizierte sie die Brandwunden, auf denen die neue Haut schon rosig schimmerte.

»Möchtest du was essen?«

Devon rollte mit den Augen: »Nur das nicht! Gib mir bloß nichts zu essen!« Er flüsterte etwas, aber so leise, daß sie es nicht verstehen konnte. Also beugte sie sich näher an seinen Mund. Er küßte ihr Ohr, und sie wollte sich wieder abwenden, aber er legte den Arm um ihre Taille. »Bleib, Lynna, bitte. Ich habe mir ein paar Gedanken gemacht, und ich möchte mit dir darüber reden.«

»Über was?« fragte sie abweisend.

Er zog sie näher zu sich, vergrub sein Gesicht in ihrem Nacken und legte ein Bein über ihre Hüften.

»Ich habe an die Augenblicke gedacht, in denen wir Miranda gezeugt haben.«

Sie versuchte sich ihm zu entwinden. Ihre Bemühungen waren allerdings nur halbherzig, als daß sie von Erfolg gekrönt sein konnten.

»Laß mich nur mit dir darüber sprechen, Lynna. Was ist denn daran so schlimm? Erinnerst du dich noch daran? Nein, rück nicht weg. Ich verspreche dir, daß ich nichts anderes tun werde, als mit dir reden. Was kann ich denn schon groß unternehmen? Ich habe schwere Verbrennungen erlitten!«

Sie lag still in seinem Arm. Der Verstand befahl ihr, sofort aufzustehen — doch ihr Körper schien unfähig, dieser Anweisung zu gehorchen.

»Weißt du, wo ich jetzt gern wäre?« flüsterte er ihr mit zärtlicher Stimme ins Ohr. »Ich säße jetzt am liebsten mit dir zusammen in einer einsamen Blockhütte in den Bergen. Es gäbe genug Feuerholz und ausreichend zu essen. Weißt du, was ich als erstes dort tun würde?«

Sie antwortete nicht.

»Ich würde deine Kleider ins Feuer werfen — jedes Teil. Und dann, dann würde ich dich ansehen. Der Anblick deiner Haut, die im Kerzenlicht sanft schimmert. Die Art, wie du deine Hüften schwingst. Oh, du bist so weich und schön. Wenn ich mich so richtig an dir sattgesehen hätte, nach Stunden — aber vielleicht auch erst nach Tagen —, würde ich dich umarmen und aufs Bett legen.«

Er sah sie zärtlich an. Linnets Augen waren geschlossen, die weichen Lippen halb geöffnet. Ihre Zähne sahen aus wie eine ebenmäßige Perlenkette ... »Ich würde zu deinen Füßen niederknien und sie in die Hand nehmen, deine zarten kleinen Füße. Meine Finger würden deine Zehen streicheln. Deine sahneweiße Haut würde sich von meiner abheben. Es wäre wie Eichen- und Walnußholz — oder nein, für dich wäre Pinienholz ein besserer Vergleich! Du bist so weich und ich so ...« Er gluckste leise und lächelte. »Meine Hände würden deine zarten Knöchel umfassen und deine Waden, die ich so oft bewundere, wenn du deine Röcke hochhebst und losrennst. Dann weiter zu den Knien und dann ... deine Hüften. Ach ja, und diese wohlgeformten köstlichen Schenkel! Ich wünsche mir nichts sehnlicher, als sie zu berühren, zu liebkosen. Außen ist festes, wohlgerundetes Fleisch und innen ... Ach! Da bist du so weich, es ist wie mit Samt ausgeschlagen und verbirgt das Wertvollste. Ich würde mit den Fingerspitzen deine Hüftknochen streicheln, und mit meinen Daumen würde ich über das seidenweiche Haar streichen ... Ich würde das Zentrum deiner Weiblichkeit berühren. Mein Mund könnte dann nicht mehr länger zögern — die Zähne würden an diesem heimlichen Versteck entlanggleiten und meine Zunge den herrlichen Geschmack kosten ... Deine Taille ist so schmal, daß ich sie mit meinen Händen umfassen könnte. Ich würde dich zwingen, die Augen zu öffnen. Sie haben die goldene Farbe von gutem altem Whisky, und sie leuchten, o ja, sie werden glücklich strahlen — nur für mich!«

Devons Zähne knabberten an ihrem Hals. »Jetzt kämen deine Rippen an die Reihe — so zart, wie die eines Vögelchens. Danach deine Brüste. Sie sind so süß, so voll und geschwungen. Langsam, ganz langsam, bis du schreist vor Verlangen, werde ich diese kleinen rosa Spitzen berühren ... Lynna«, flüsterte er. »Lynna.« Sanft berührte er ihre Lippen. Doch sie krallte ihre Finger in sein Haar und zog ihn näher. Ihre Münder prallten fast gewaltsam aufeinander. Sie waren wie Verdurstende, Ertrinkende.

Linnet rollte sich neben ihn, so daß sie beide auf der Seite lagen, die Körper aneinandergepreßt. Gierig griff sie nach seinem Hinterteil, preßte ihn an sich. Ihr Körper brannte vor Verlangen nach ihm. Seine Hand spielte in ihrem Haar und zog ihren Kopf zurück. Die Leidenschaft barst in einem orangeroten Ball vor ihrer beider Augen.

Da flog die Tür der Blockhütte mit einem heftigen Knall auf, und der Bann war gebrochen. Linnet fuhr herum, hielt den Atem an. Doch niemand war da. Es dauerte eine Weile, bis sie begriff, daß der Wind der Störenfried gewesen war.

Langsam klärte sich ihr Kopf wieder, und sie lief, um die Tür zu schließen. Für einen Moment steckte sie den Kopf hinaus in die frische Frühlingsluft, um die Erregung abzukühlen. Sie wunderte sich über die Heftigkeit ihrer Empfindungen. Erst einmal in ihrem Leben hatte sie ein so starkes Verlangen gespürt.

Devon drehte sich auf den Bauch und vergrub sein Gesicht in den Kissen. Die Gewalt seiner Lust hatte ihn sehr verwirrt.

Linnet lief aus der Hütte, um sich die letzten schwülen Gedanken aus dem Kopf blasen zu lassen.

»Linnet!«

Sie erkannte Netties Stimme sofort und war glücklich, die Freundin wiederzusehen. »Nettie! Dich habe ich aber lange nicht mehr gesehen!« Sie schüttelten sich die Hände.

»Wie geht es ihm?« fragte Nettie.

»Oh, er ist ... er ist ...« stammelte Linnet und senkte verlegen den Kopf.

»Ich verstehe. Er hat sich wohl schon sehr gut erholt, wie?« meinte Nettie und zwinkerte schelmisch mit den Augen.

Jetzt mußte auch Linnet lachen. »Ich glaube, man könnte sogar sagen, daß er sich bereits mehr als ›erholt‹ hat.«

»Gut. Komm, laß uns ein bißchen spazierengehen. Ich habe zwar einen Kessel voller Indigo in der Scheune stehen, aber für ein paar Minuten kann ich ihn schon allein lassen. Linnet, ich habe Angst vor dieser Stadt.«

»Wie meinst du das?«

»Es ist einfach zu ruhig, und heute morgen waren viele Leute ziemlich lange in Butchs Laden drüben. Rebecca hat mir erzählt, daß sie gesehen hätte, wie die Leute lächelnd rauskamen. Wenn die Einwohner dieser Stadt lächeln, dann bedeutet das nichts Gutes, glaub mir!«

»Ach was! Sie werden darüber geredet haben, welche Schande ich über die Gemeinde gebracht und daß ich meinen Schülern Unmoral gepredigt habe.«

»Nein, es muß mehr dran gewesen sein. Weißt du, diese Ungewißheit macht mir die meiste Angst. Rebecca wollte ja lauschen, aber ich habe es ihr verboten. Aber jetzt meine ich, er wäre besser gewesen, wenn ich es ihr erlaubt hätte!«

»Nettie, du darfst Rebecca nicht zum Lauschen verleiten. Ich bin sicher — wenn ich erst abgereist —«

»Abgereist?« unterbrach sie Nettie. »Du willst doch nicht wirklich weg von hier, oder?«

Linnet sah die Freundin überrascht an: »Ja, ich werde fortgehen. Ich möchte wieder zurück nach Sweetbriar.«

»Mit deinem Mann«, stellte Nettie bedrückt fest.

Linnet lächelte. »Ja, mit meinem Mann. Er ist nicht perfekt, Nettie. Wir sind nie gut miteinander ausgekommen und haben uns ständig wegen Kleinigkeiten in den Haaren gelegen. Aber ich liebe auch vieles an ihm.« Sie blickte verträumt zum Waldrand hinüber. »Immer ist er hilfsbereit. Er schimpft zwar laufend, aber er hilft anderen. Und er akzeptiert die Menschen, so wie sie sind, ob sie nun weiß oder rot, reich oder arm sind. Er ist sehr tapfer. Er hat sein Leben aufs Spiel gesetzt, um mich zu retten. Dabei kannte er mich überhaupt nicht! Und auf dem Rückweg hat er —«

Netties Gelächter unterbrach sie. »Das hört sich ja so an, als ob er einen Heiligenschein hätte.«

»Aber nein!« widersprach Linnet schnell. »Er kann auch anders sein. Die Hälfte der Zeit ist er böse auf mich, und den Rest verbringt er damit, Gaylon und Doll zu beschimpfen und —«

»Linnet!« schimpfte Nettie. Die beiden Frauen brachen in herzhaftes Gelächter aus.

»Ich glaube, ich plaudere alles aus. Ich bin einfach schon zu lange in Kentucky. Noch vor einem Jahr hätte ich niemandem erzählt, was mich bewegt. Meine Nanny hat mir immer gepredigt, daß es besser ist, wenn man alles mit sich allein abmacht. Dann könnte ich nicht verletzt werden, weil niemand meine geheimen Wünsche und Sehnsüchte kennt.«

Nettie tätschelte Linnets Arm. »Du mußt noch lange genug in Spring Lick bleiben, um mir von deiner Nanny und deinem Leben in England zu erzählen. Aber jetzt muß ich mich um meinen Indigokessel kümmern. Könntest du mir dann dabei helfen, die gefärbte Wolle zu spinnen?«

»Wenn ich Zeit habe, gern«, erwiderte Linnet aufrichtig. Die beiden Frauen sahen sich verschwörerisch an.

»Rebecca wird sich weiter umhören. Sobald ich etwas erfahre, lass' ich es dich wissen.«

»Ich fürchte mich nicht. Die Leute hier sind nichts weiter als Klatschbasen.«

»Da setzt du mehr Vertrauen in sie, als ich jemals aufbringen kann.« Die beiden Freundinnen trennten sich.

Linnet sah zu ihrer Blockhütte, und als sie Phetna und Miranda eintreten sah, folgte sie ihnen.

»Hier, Junge«, rief Phetna barsch. »Ein Mädchen hat Ihnen das hier gebracht. Sagte mir, daß sie an Ihrem Pferd hingen.« Die alte Frau hielt ein Paar bestickter Mokassins hoch. »Ich glaub', darin können Sie besser laufen.«

Devon lächelte Phetna strahlend an. Linnet sah amüsiert, wie die Alte sich errötend umdrehte.

»Ich danke Ihnen sehr, Miss Phetna.«

»Nicht Miss Phetna —«, begann Phetna, doch dann hielt sie plötzlich inne.

Linnet trat hinter die beiden und begann Kartoffeln zu schälen. »Phetna kannte deinen Vater, Devon«, erklärte sie. Sie konnte ihm kaum in die Augen sehen. Nur zu gut erinnerte sie sich daran, was er ihr vor kaum einer Stunde erzählt und wie er sie geküßt hatte.

»Ich habe das irgendwie mitbekommen. Aber meine Erinnerung ist... nun«, er sah mit bedeutungsvoll hochgezogenen Augenbrauen zu Linnet, die verschämt wegsah. »Sie ist etwas lückenhaft. Haben Sie ihn in North Carolina gekannt?«

Phetna ließ sich in einem Stuhl nieder und verschlang Devon mit ihren Blicken. »Sie sehen ihm so ähnlich! Ich hätte nicht bemerkt, daß es nicht Slade ist, wenn man es mir nicht gesagt hätte.«

»Cord sieht ihm auch ähnlich«, murmelte Linnet und reichte Miranda ein Stück rohe Kartoffel. »Die beiden sind verschieden groß und bewegen sich auch unterschiedlich. Aber eine Ähnlichkeit besteht ganz sicher!«

»Wer ist Cord?«

Erst als Linnet aufsah und den Ausdruck auf Devons Gesicht wahrnahm, merkte sie, was sie gesagt hatte. Sie wußte nun schon so lange, daß Cord Devons Halbbruder war. Sie hatte ganz vergessen, daß er keine Ahnung davon hatte. »Ich... es tut mir leid. Das hätte ich nicht sagen dürfen.« Sie stand auf und kippte die Kartoffelschalen in den Trog für Netties Schweine.

»Linnet!« forderte er scharf. »Du sagst mir jetzt sofort, was du damit gemeint hast!«

Sie setzte sich auf die Bank und erzählte ihnen die Geschichte von Devons Bruder Cord. Als sie geendet hatte, waren Devons Augen geschlossen.

»Was für ein Narr!« brummte er leise.

»Slade?« fragte Phetna, immer bereit, den geliebten Mann zu verteidigen.

»Nein. Cord ist der Narr.« Er öffnete die Augen. »Mein Pa hätte ihn mit offenen Armen aufgenommen, wenn er gewußt hätte, daß Cord sein Sohn ist. Pa ist doch nie über den Verlust von meinem Zwillingsbruder Kevin weggekommen. Kein Wagentreck, kein Reiter verließ die Stadt in Richtung Osten, ohne daß Pa ihm einen Brief für Kevin und Mutter mitgegeben hätte. Pa behauptete immer, daß sie eines Tages zu ihm zurückkommen würden. Cord hätte ihm so sehr helfen können!«

Linnet beobachtete ihn und hörte, wie die Liebe, die er immer noch für seinen Vater empfand, in seiner Stimme mitschwang. Devon interessierte sich für Cord nur, weil er Slade hätte glücklicher machen können.

»Cord wäre ein ganz anderer Mensch geworden, wenn er meinen Pa richtig kennengelernt hätte.«

Linnet lächelte: »Da wir gerade von Vätern sprechen — hast du schon gemerkt, daß du selbst einer bist?«

Devon sah zu Miranda, die auf dem Fußboden saß und mit dem Kätzchen spielte. »Es ist schwer für mich. Sie ist noch so klein, und... Miranda, zeigst du mir mal dein Kätzchen?«

Miranda sah verwundert auf. Sie war verwirrt, ihren Namen von dem Mann zu hören, der im Bett ihrer Mutter schlief und soviel Aufmerksamkeit bekam. Sie stand auf und sah ihn prüfend an. Er streckte seine Hand nach ihr aus, doch sie wich zurück und versteckte sich hinter Phetnas Röcken. Schüchtern lächelte sie ihren Vater an.

»Ich mag sie, Linnet. Sie ist hübsch.«

»Da bin ich aber froh«, erwiderte Linnet sarkastisch. »Ich würde sie nämlich nicht gerne wieder in meinen Bauch stopfen!«

Phetna prustete los, und Devon grinste sie breit an: »Ist

sie nicht das scharfzüngigste Weib, das Ihnen je untergekommen ist?«

Die Alte lächelte ihm zu. »Scheint so. Vor allem dann, wenn sie was sagt, das sie nicht sagen sollte!« Sie wies streng auf Miranda.

Linnet wurde verlegen und wechselte das Thema. »Devon, wann fängst du endlich an, den Puppenkopf für Miranda zu schnitzen? Du scheinst doch jetzt kräftig genug zu sein.«

Er warf ihr einen so glühenden Blick zu, daß sie sich sofort wieder ihrer Arbeit zuwandte. »Sobald du mir ein passendes Stück Holz gibst.«

»Sag mir, was du möchtest, und ich hole dir das Holz.«

»Huh! Dann bringst du mir wahrscheinlich einen Knüppel Eichenholz mit, oder — was noch schlimmer wäre — getrocknetes Hickoryholz.«

Linnet verstand nicht, was er meinte, und zeigte ihre Verwirrung deutlich.

»Die Sache ist die«, wandte er sich zuerst an Phetna und dann an Linnet. »Mir fällt die Decke auf den Kopf — wenn ich noch länger hier drinbleibe, gehe ich noch die Wände hoch! Warum gehen wir nicht ein wenig spazieren?«

»Jetzt? Aber das geht doch nicht!«

»Warum nicht?«

»Deine Füße sind noch immer wund, und ich muß kochen und...«

»Ihr beide geht jetzt!« befahl Phetna kategorisch. »Miranda und ich, wir werden die Hausarbeit erledigen.«

Linnet öffnete schon den Mund, um ihr zu widersprechen.

»Aber Lynna, du benimmst dich, als hättest du Angst davor, mit mir allein zu sein«, spöttelte Devon. »Was kann ich schon groß tun, hilflos, wie ich bin?«

Linnet wurde verlegen. »Natürlich können wir gehen.

Ich habe nicht im geringsten Angst vor dir, Devon Macalister!«

Sie gingen zusammen zur Veranda, wo Devon mit schmerzverzerrtem Gesicht die kleine Handsäge holte. Er blieb für einen Moment stehen und strich leicht über das Haar an Linnets Schläfe. »Ich habe auch keine Angst vor dir, Linnet ... Macalister!«

Sie lächelte, als er ihr den Rücken zukehrte. Dann eilte sie an ihm vorbei.

»Warte mal!« rief er ihr nach. »Ich kann noch nicht so schnell laufen!«

Sie drehte sich um und bemerkte sein schmerzverzerrtes Gesicht, während er versuchte, einen Fuß vor den anderen zu setzen. Sie nahm seinen Arm, und er akzeptierte dankbar die Stütze, die sie ihm bot. »Devon, du hättest noch nicht rausgehen sollen. Es ist noch zu früh für dich.«

Er lächelte ein wenig verkrampft, aber charmant wie immer. »Ein Frühlingstag in der freien Natur, zusammen mit der Frau, die ich liebe, hilft mir mehr als alles andere. Du mißgönnst mir dieses Vergnügen doch nicht, oder?«

Sie schmiegte ihren Kopf an seine Schulter. »Nein, Devon. Ich könnte dir sowieso nichts abschlagen.«

»Großer Gott, das scheint wirklich ein ganz besonders vergnüglicher Tag zu werden!«

»Hör auf damit, oder ich werfe dich auf deinen wunden Rücken!«

»Meinen Rücken? Ich erinnere mich da dunkel an einen Augenblick, den ich auf dem Rücken liegend verbracht habe, und ein kleines, englisches Mädchen hat ...«

»Devon!!«

Er lachte sie an, sagte aber nichts mehr. Als sie schließlich die Kleewiese erreichten, setzte sich Devon dankbar hin. Linnet zog ihm die Mokassins aus. Sie sah entsetzt, daß die Blasen wieder aufgebrochen waren und an einigen Stellen bluteten. Tränen stiegen in ihre Augen.

»Komm rüber, du verrücktes Ding und hör auf, so ein Getue um nichts zu machen. Geh lieber zu der Pappel dort hinten und säg mir einen Ast ab.«

Es war nicht leicht, einen Ast zu finden, der seinen Ansprüchen und Bedürfnissen genügte. Linnet lernte eine ganz neue Seite an ihm kennen — den Künstler, der nur mit dem Besten zufrieden war. Sie konnte erst jetzt richtig einschätzen, wieviel Zeit und Mühe er für seine Schnitzereien aufbrachte.

»Ich sag' dir gleich, daß der Puppenkopf nicht besonders schön werden wird. Ich habe nämlich meine Schnitzmesser nicht hier.«

Linnet hob die Augenbrauen, erwiderte aber nichts und setzte sich neben ihn. Es tat gut, ihn wieder so lebendig und tatkräftig zu sehen.

Als er das Stück Holz in der Hand hielt, zog er ein Messer heraus und begann zu schnitzen und zu reden. »Ich hatte eine Menge Zeit zum Nachdenken, während ich dagelegen habe, Lynna. Ich habe über all das nachgedacht, was du mir am Morgen vor dem Feuer gesagt hast.«

»Devon, ich —«

»Unterbrich mich jetzt nicht. Ich habe dich auch ausreden lassen! Also — in meinem ganzen Leben habe ich noch keinen Menschen so schlecht behandelt wie dich. Und es tut mir sehr leid — aus mehr als einem Grund. Ich glaube, daß meine Gefühle für dich schon immer sehr stark gewesen sein müssen — sonst hätte ich nicht für dich gegen Gefleckter Wolf gekämpft. Ich wußte damals nur, daß ich nicht ein Mädchen sterben lassen konnte, das sich so für andere einsetzt. Das hast du nämlich getan, obwohl du nicht wußtest, ob du den nächsten Tag noch erleben würdest. Da war ich sicher noch nicht verliebt in dich, aber du hast mir imponiert. Als du dich dann in Sweetbriar so hübsch hergerichtet hast, da habe ich mich betrogen gefühlt. Vielleicht dachte ich, ich wäre besonders edel gewesen, weil ich so ein häßliches kleines Ding gerettet habe — aber du, du warst gar nicht häßlich! Ich hab' gedacht, du würdest mich auslachen. Ich glaube, ich kann nicht so richtig ausdrücken, was ich gefühlt habe.«

»Euer Thomas Jefferson hätte es nicht besser ausdrücken können.«

Devon blinzelte sie verwirrt an, weil er noch nie etwas von Thomas Jefferson gehört hatte. »Ich glaube, das bedeutet, daß du mich verstehst. Es tut mir wirklich sehr leid, was ich dir alles angetan habe. Ich weiß, das bedeutet dir nichts mehr, weil du ja gesagt hast, daß du nichts mehr für mich empfindest... Aber ich möchte, daß du weißt, daß es mir leid tut. Ich möchte, daß du mit deinem Richter sehr glücklich wirst!«

»Meinem —«, begann sie stockend, als sie weitersprach meinte sie mit trauriger Stimme: »Das werde ich sicher. Er ist nämlich ein Kämpfer.«

»Ein Kämpfer?« Devon hörte auf zu schnitzen. »Der wäre doch noch nicht mal in der Lage, einen Vierjährigen zu besiegen! Der hat's doch in seinem Leben immer leicht gehabt!«

»Und du etwa nicht? Hast du nicht auch immer das bekommen, was du dir gewünscht hast?«

»Verdammt noch mal! Wie kannst du so etwas behaupten, wenn die Frau, die ich mehr als alles auf der Welt liebe, jemand anderen nehmen will?«

»Natürlich! Aber du hast sie ja auch nie richtig gebeten, dich zu heiraten, nicht wahr? Du hast natürlich gesagt, daß du sie heiraten willst, nachdem du erfahren hattest, daß sie dein Kind geboren hat. Aber du hast sie nicht mehr gefragt, seit sie Zeit genug hatte, die ganze Angelegenheit zu überdenken... Sie hat nämlich herausgefunden, daß sie dich liebt und immer lieben wird.«

Linnet zwinkerte die Tränen fort und beobachtete Devon. Zuerst saß er wie versteinert da. Doch als ihre Worte zu wirken begannen, entspannte er sich, und ein Lächeln breitete sich auf seinem Gesicht aus. »Dann glaubst du also, wenn ich sie jetzt fragen würde, ob sie mich heiraten will, dann würde sie ja sagen?«

»Ich glaube sagen zu können, daß sie den Antrag zumindest ernsthaft in Erwägung ziehen wird.«

Er grinste sie breit an. »Wo sind meine Mokassins?«

Linnet runzelte verwirrt die Stirn. »Hinter dir. Aber du brauchst sie jetzt doch nicht.«

»Aber sicher brauche ich sie«, widersprach er, drehte sich um, angelte einen Schuh und streifte ihn über. »Ich muß doch Phetna endlich meinen Heiratsantrag machen. Ich hätte mir ja nie träumen lassen, daß sie ihn annimmt... Aber nachdem du mir die Augen geöffnet hast, muß ich —«

»Phetna!« schrie Linnet. »Phetna!« Sie starrte ihn ungläubig an. Devon zog sie so fest an seine Brust, daß ihr die Luft wegblieb. »Devon!« brachte sie mühsam hervor.

Er lockerte seinen Griff etwas. »Lynna, willst du mich heiraten, mit mir leben und jede Nacht in meinem Bett verbringen?«

Sie rückte etwas von ihm ab und sah in seine glücklich funkelnden Augen. »Was für eine Art Antrag ist das eigentlich? Jede Nacht in deinem Bett verbringen. Kein richtiger Gentleman wäre imstande so etwas wie... hmm... nächtliche Aktivitäten vor einer Lady zu erwähnen!«

Er sah ernst und leicht verwirrt aus. »Ich bin aber kein Gentleman, und außerdem ist es schon eine ganze Weile her, seit wir beide...«

Sie lachte und schmiegte ihr Gesicht an seine warme Brust. »Ich habe deine Aufrichtigkeit lieber als alle wohlriechenden, in Samt und Seide einherstolzierenden Gentlemen dieser Welt! Ich hoffe nur, daß du mich immer begehren wirst, Devon.«

Er nahm ihr Gesicht in seine Hände und küßte ihren süßen, bebenden Mund. Keiner von beiden bemerkte die zwei Männer, die unter den Bäumen standen und sie beobachteten.

Linnet brauchte eine Weile, ehe sie Devon davon überzeugt hatte, daß sie sich ihre Hochzeitsnacht anders vorgestellt hatte als er. Sie wollte kein schnelles Erlebnis auf einer Kleewiese. Obwohl Devon einwandte, daß ihre eigentliche Hochzeitsnacht ja schon hinter ihnen lag, gab er schließlich nach. Zwei glückliche, lachende Menschen kehrten in Linnets Blockhütte zurück. Aber der Anblick, der sich ihnen bot, zerstörte das Glück dieses Tages.

20

Miranda schrie wie am Spieß, an ihrem Körper klebten Lehmklumpen. Als sie ihre Mutter erblickte, befreite sie sich sofort aus Netties Armen und lief ihr entgegen. Linnet streichelte sie beruhigend. Das kleine Mädchen zitterte am ganzen Leib, und auch Linnet begann Furcht zu spüren.

»Was ist hier los gewesen?« verlangte Devon zu wissen, seine Stimme bebte vor Zorn.

»Es hat begonnen«, erwiderte Nettie bedrückt. »Die Gören haben Lehm auf Phetna und das Kind geschmissen und geschrien, sie wären Hexen.« Sie beugte sich über Phetna und tupfte ihr das Blut ab, das aus einer Platzwunde auf der Stirn rann.

Devon eilte zu der alten Frau, kniete vor ihr nieder und nahm Nettie das Tuch aus der Hand. »Scheint nicht nur Lehm gewesen zu sein!« Phetna ertrug ruhig, daß Devon ihr die Wunde auswusch.

Endlich war es Linnet gelungen, Miranda zu beruhigen. Das verzweifelte Schluchzen des Kindes verebbte, und es herrschte endlich wieder Stille in der kleinen Hütte.

Phetna sah Devon mit tränennassen Augen an. »Du hättest mein Sohn sein können«, seufzte sie leise.

Er gab ihren Blick ruhig zurück, grinste und reinigte weiter die Wunde. »Ist schon gut, daß ich es nicht bin. Ich habe nämlich den Verdacht, daß Sie mir das Hinterteil tüchtig verdroschen hätten. Wahrscheinlich hätte ich tagelang nicht mehr richtig sitzen können.«

Phetna kicherte in ihrem gewohnten, schrillen Gackerton. »Wenn Sie das so sehen, dann haben Sie natürlich recht!«

Es dauerte Stunden, ehe alles in der Hütte wieder in gewohnten Bahnen lief. Nettie mußte heim, und deshalb half Devon Linnet, als sie Miranda badete. Das Kind nutzte die Unerfahrenheit seines Vaters freudig aus, und die beiden setzten das halbe Haus unter Wasser. Die Wunde an Phetnas Kopf mußte erneut versorgt werden, und die Alte bestand darauf, daß Devon und nur Devon es machen sollte. Nachdem auch das erledigt war, legten sich Phetna und Miranda erschöpft nieder und schliefen bald ein.

Irgendwann in der Nacht erwachte Linnet, weil sie Devon nach draußen schleichen hörte. Als er nach ein paar Minuten nicht zurückgekehrt war, ging sie ebenfalls hinaus, um nach ihm zu sehen. Sie fand ihn auf der Veranda. Er saß auf den Stufen und hatte das Gesicht in den Händen vergraben.

Sie flüsterte: »Es scheint so, als ob du heute drei weibliche Herzen erobert hättest.«

Er ignorierte ihren Scherz. »Wir müssen handeln, Linnet. Die sind in der Überzahl, und ich bin noch viel zu schwach, um allein gegen sie anzutreten!«

Sie setzte sich neben ihn. »Du bist nicht allein — ich bin auch noch da!«

Er sah sie liebevoll an. Ihr Gesicht schimmerte im Mondlicht. »Du hast schon zu viele Kämpfe allein durchgefochten. Dieses Mal mußt du mir schon die Sorge um dich und das Kind überlassen! Wir können nur eins tun — diesen Ort so schnell wie möglich verlassen. Morgen reiten wir nach Hause.«

»Nach Hause«, sagte Linnet leise und versonnen. »Sweetbriar.«

»Ja. Wir reiten nach Sweetbriar und nehmen Phetna mit. Du hast doch nichts dagegen?«

Linnet war glücklich. »Hervorragend. Ich freue mich darüber!«

»Jetzt geh schnell wieder rein, sonst vergesse ich, daß du noch nicht meine Frau bist! Ich hätte nämlich nicht übel Lust, dich gleich hier auf der Veranda zu lieben!«

Sie zögerte, doch als sie den begehrlichen Blick in seinen Augen bemerkte, stand sie schnell auf und ging hinein. An der Tür drehte sie sich noch einmal um, aber er war schon wieder in seine Grübeleien versunken und achtete nicht mehr auf sie.

Der Richter goß sich mit zitternden Händen noch einmal seinen Zinnkrug voll. Vor seinen Augen schienen Blitze zu explodieren. Diese kleine Hexe hatte ihn zum Gespött aller Leute gemacht!

Er drehte sich um und sah den Indianer an, der gefesselt in einer Ecke des Blockhauses lag. So, sie dachte also, der Richter wäre jemand, über den sie sich zusammen mit ihrem Liebhaber lustig machen könnte, was? Wenn er wirklich so schwächlich wäre, warum hatte man ihm dann respektvoll den Titel Richter zuerkannt?

Wieder füllte er den Krug. Der Whisky rann sanft durch seine Kehle. Er spürte jetzt gar keine Wirkung mehr — nur noch Zorn. Grenzenlose Wut beherrschte sein gesamtes Denken. Er erinnerte sich daran, wie er sie in Boston aufgelesen hatte. Wo wäre sie denn heute, wenn es ihn nicht gegeben hätte? Und hatte sie ihm je angemessen für seine Wohltaten gedankt?

Wie sie heute diesen Macalister geküßt hatte! Nicht nur mit den Lippen — nein, mit ihrem ganzen Körper hatte sie ihn liebkost. Er schmetterte den Krug zu Boden. Bei Gott, eines Tages würde sie ihn auch so küssen! Er wandte sich wieder dem Indianer zu. Die schwarzen Augen des unbeweglich daliegenden Mannes brannten vor Haß. Der Gedanke, daß ein anderer ähnliche Gefühle hegte wie er, brachte den Richter zum Lachen.

Warum hatte der Indianer das Pärchen auf der Kleewiese beobachtet? Wollte er nur wissen, was geschah, oder steckte mehr dahinter? Es mußte das letztere sein, denn der Wilde war so versunken in den Anblick der beiden gewesen, daß er nicht bemerkt hatte, wie der Richter heranschlich. Talbot hatte seinen Gewehrkolben auf den Kopf des Indianers niedersausen lassen.

Er hob den Krug und trank dem Indianer zu. »Was wolltest du da draußen, Jungchen? Siehst nicht so aus wie einer dieser jungen Dachse, die Frauen stehlen müssen, um ihre Männlichkeit zu beweisen. Nein — du hattest was anderes vor!« Er trank den letzten Schluck Whisky. »Also — ich habe was anderes vor, das kann ich dir flüstern! Zuerst mal will ich einer Frau ihre Zurückweisung heimzahlen. Weißt du, es macht einen nicht gerade selbstbewußter, wenn man von so einer Kanaille als Fußabtreter benutzt wird. Klapperschlange! Alle Weiber sind so. Sie lügen und nützen dich aus. Immer sind sie die Gewinner! Nun, diese eine wird mich nicht zum Narren machen!« Ihm war gar nicht bewußt geworden, daß er wie ein Hinterwäldler sprach. »O nein, Sir, die wird kein Bein mehr auf die Erde bringen! Für alles wird sie mir bezahlen, für alles! Und sie wird auch nicht mehr über mich lachen! Die nicht! Ich muß mir nur diesen Macalister vom Hals schaffen ...«

Obwohl er betrunken war, registrierte der Richter doch, daß die Augen des Indianers bei dem Namen ›Macalister‹ aufleuchteten. »So, du kennst also Macalister? Scheint auch 'ne Rothaut zu sein, der Kerl. Sprichst du Englisch, Rothaut?«

Der gefesselte und geknebelte Mann nickte kurz.

»Wo soll das noch enden? Rothäute, die eine zivilisierte Sprache reden. Demnächst wird die Regierung noch Schulen für wilde Tiere einrichten. Ich nehme dir jetzt den Knebel ab, Jungchen. Aber wenn du versuchen solltest, mich hinters Licht zu führen, dann werde ich dir mit dem größten Vergnügen die Zähne einschlagen. Klar?«

Er entfernte den Knebel. »Sag mir, wie du heißt!«

»Crazy Bear«, antwortete der Indianer.

»In Ordnung, Crazy Bear. Du und ich, wir werden uns jetzt ein wenig unterhalten.«

Als Linnet erwachte, galt ihr erster Blick Devons Bett. Es war leer. Sie seufzte. Es hatte ihr besser gefallen, als er sich nicht von der Stelle rühren konnte — ehe er sie auf die Kleewiese geführt hatte und letzte Nacht allein auf die Veranda gegangen war. Sie verschränkte die Hände hinter dem Kopf und schaute zur Decke. Miranda und Phetna schliefen noch tief und fest. Die Ereignisse des gestrigen Tages schienen die beiden sehr erschöpft zu haben.

Heute, dachte sie, heute werden wir alle diese entsetzliche Stadt verlassen! Devon wird uns nach Sweetbriar bringen. Sie bedauerte nur, daß sie Nettie in Spring Lick zurücklassen mußte. Aber der Gedanke an all die guten Freunde, die in Sweetbriar warteten, stimmte sie fröhlich.

»Wo ist denn der Junge?«

Linnet sah zu Phetna hinüber, die auf einer geborgten Matratze auf dem Fußboden schlief. »Ich weiß es nicht. Seit Sie ihm die Mokassins gegeben haben, ist er richtig unternehmungslustig geworden. Er könnte sich sonstwo herumtreiben.« Sie versuchte ihre verdrießliche Stimmung zu unterdrücken, aber es gelang ihr nicht ganz.

Phetna lächelte. »Sie sollten eigentlich wissen, daß man

einen Macalister nicht im Haus halten kann. Das sind keine Pantoffelhelden, mein Kind.«

»Ich glaube, Sie haben recht. Ich habe mich nur in der letzten Zeit so daran gewöhnt, daß er immer in meiner Nähe ist. Gestern abend hat er noch stundenlang auf der Veranda gesessen und nachgedacht. Es muß spät geworden sein, denn ich habe nicht gehört, wann er ins Bett gegangen ist.«

Phetna setzte sich auf. »Ein richtiger Mann macht sich eben Sorgen um seine Frauen. So, jetzt steh' ich aber auf und koche uns was Richtiges, ja?«

Linnet lächelte verträumt. »Sie brauchen nicht viel zu kochen. Wir reiten nämlich heute nach Hause.«

Phetnas Gesicht erstarrte. »Ihr geht zurück nach Sweetbriar?«

Linnet drehte sich auf den Bauch und sah die alte Frau direkt an. »Wir reiten nach Sweetbriar. Devon meinte, daß Sie mit uns kommen sollen.«

Phetna setzte sich auf die Bank. »Er kann doch nicht 'ne alte Frau wie mich bei sich haben wollen.«

Linnet stand auf und faltete die Steppdecke zusammen. »Devon weiß sehr genau, was er will. Und wir haben keine Zeit, um mit ihm darüber zu diskutieren! Wir müssen nämlich noch einiges zusammenpacken!«

Phetna schien erst jetzt in vollem Umfang zu begreifen, was Linnet ihr da eben mitgeteilt hatte. »Hab' nie gedacht, daß ich in meinem Leben noch einmal nach Sweetbriar komme... Ich habe noch eine Menge Zeug in meiner Hütte. Das muß ich mitnehmen!«

»Natürlich«, nickte Linnet. »Hier gibt es nicht sehr viel zu tun. Devon und Miranda können mir helfen. Warum gehen Sie nicht und packen alles zusammen? Wir können uns ja dann in Ihrer Hütte treffen!«

Der Ausdruck in Phetnas Gesicht zeigte ihre ganze Seligkeit. »Ja, das werde ich tun. Brauchen Sie mich wirklich nicht?«

»Aber nein. Je eher wir unsere Sachen zusammengepackt haben, desto früher kommen wir hier weg.«

»Das kann mir nur recht sein.« Phetna eilte geschäftig aus dem Haus. Linnet konnte ihr die frohe Stimmung gut nachfühlen, denn sie empfand ähnlich.

Linnet wußte, daß Devon, der eine ganze Woche im Haus eingesperrt gewesen war, ein wenig Zeit für sich brauchte. Doch als er zum Mittagessen immer noch nicht aufgetaucht war, begann sie sich Sorgen zu machen. Sie ging in den Wald und schaute sich suchend um. Vielleicht war er unter einem Baum eingeschlafen. Sie überlegte sich schon, daß sie ihn gehörig ausschimpfen mußte. Und dann würde er sie in die Arme nehmen und zum Schweigen bringen.

Als sie in die Hütte zurückkehrte und er auch da noch nicht eingetroffen war, wandelte sich ihre Sorge in nackte Angst. Geistesabwesend gab sie Miranda ihr Essen, sie selbst konnte vor Nervosität keinen Bissen herunterbringen. Ihre kümmerliche Habe lag gepackt auf dem Fußboden.

Ein Klopfen ertönte, und sie öffnete die Tür. Der Richter stand vor ihr. Er sah die kleinen Bündel auf dem Fußboden, stieß sie beiseite und stürmte in die Hütte.

»Ach, Sie verlassen uns?«

»Ja«, erwiderte sie.

»Sie scheinen es nicht für nötig zu halten, mich mit Ihren Plänen vertraut zu machen.«

»Ich ...« Sie hob ihr Kinn und sah ihm gerade in die Augen. »Mein Benehmen war wirklich unverzeihlich. Ich entschuldige mich dafür. Aber alles ist so schnell gegangen! Ich hatte keine Zeit, lange darüber nachzudenken.«

»Ach ja?« schnaubte er. »Ich glaube, Sie reden von Ihrer alten Liebe, die wieder in Ihr Leben spaziert ist und Sie vollkommen um den Verstand gebracht hat. Also irgendwie bedaure ich euch junge Mädchen. Egal, was ein Mann euch antut — wenn ihr meint, ihn zu lieben, dann glaubt ihr ihm jede Lügengeschichte.«

»Ich weiß nicht, worüber Sie sprechen.«

»Sie wissen es nicht? Nun, sehen Sie sich doch einmal um! Alles ist gepackt, Sie sind reisefertig, aber wo ist Ihr junger Tölpel?« Er lachte hämisch, als sie nicht antwortete. »Er hat Sie schon einmal verlassen, jetzt läßt er sie wieder sitzen. Er hatte keine Veranlassung, Sie zu heiraten. Warum sollte er auch? Warum sollte er sich mit einer Frau und einem Kind belasten, wenn ihm die ganze Welt offensteht? Er ist jung, sieht gut aus, und die Frauen mögen ihn. Warum sollte er das alles aufgeben?«

»Ich will nichts mehr davon hören! Würden Sie bitte mein Haus verlassen?«

Er setzte sich auf die Bank und lehnte sich bequem zurück. »Sie haben die Frechheit, mich aus meiner eigenen Blockhütte werfen zu wollen? Darf ich Sie daran erinnern, daß all dies hier mir gehört?« Sein Blick wurde eisig. »Jetzt, da er Sie wieder im Stich gelassen hat — müssen Sie neue Pläne schmieden. Werden Sie ihm nach Sweetbriar folgen? Ihm nachlaufen wie eine gewöhnliche Dirne? Aber etwas Besseres sind Sie sowieso nicht.«

»Ich werde keine weiteren Beleidigungen von Ihnen dulden! Es stimmt — ich weiß nicht, wo Devon ist. Aber ich werde den gemeinen Bemerkungen, die Sie über ihn gemacht haben, keinen Glauben schenken!«

»Ob Sie es nun wahrhaben wollen oder nicht — sie entsprechen der Wahrheit. Heute morgen kam er zu mir und hat das hier gegen ein paar Vorräte eingetauscht.«

Linnet starrte auf Devons Messer, das der Richter hochhielt. »Ich glaube Ihnen kein Wort.«

»Sie sollten Nettie fragen, ob Macalisters Pferd noch bei ihr im Stall steht. Es ist nicht mehr da, weil er es mitgenommen hat. Einige Einwohner von Spring Lick haben übrigens gesehen, wie er darauf weggeritten ist.«

»Ich glaube Ihnen kein Wort!« Sie wiederholte diesen Satz wieder und wieder.

Er lachte. »Das ist Ihr gutes Recht. Ich muß jetzt leider gehen. Denken Sie mal über das nach, was ich gesagt habe, und überlegen Sie sich gut, ob Sie Miranda einem solchen Vater anvertrauen wollen.« Er wandte sich zur Tür und fragte nur noch kurz: »Übrigens — hat er bekommen, was er wollte?« Seine Augen musterten gierig ihren Körper. Linnet stand aufrecht da und gab ihm keine Antwort. Da lachte er noch einmal hämisch und verschwand.

»Ich glaube es einfach nicht«, murmelte Linnet. »So unzuverlässig Devon auch ist — ein Lügner ist er nie gewesen!«

Nettie gab einen großen Löffel ihres besten Tees in die Kanne. »Ich kenne ihn nicht so gut wie du, daher kann ich es nicht beurteilen. Ich weiß nur eins — heute morgen war sein Pferd weg.«

»Er würde sich nicht in der Nacht fortschleichen wie ein Dieb. Nein, das weiß ich ganz sicher!«

Und ich weiß, wie gern du an seine Aufrichtigkeit glauben würdest, dachte Nettie, laut sagte sie: »Was hast du denn jetzt vor?«

»Ich ... ich weiß es nicht. Ich muß natürlich zu Phetna. Sie wartet schon auf uns.« Linnet spähte aus der offenen Tür. Die Sonne ging schon unter ... »Es ist spät, und ich wüßte nicht, was ich sonst tun sollte.«

Da kam Rebecca atemlos hereingerannt. »Ich hab's herausgefunden, Mama! Ich hab's herausgefunden!«

»Gut. Dann setze dich erst mal hin«, befahl Nettie gelassen. »Und jetzt erzähle!«

Linnet beobachtete verwundert den raschen Blick- und Wortwechsel zwischen Mutter und Tochter. »Nettie, du solltest doch nicht —«, begann sie.

»Ich habe es aber getan«, unterbrach Nettie sie und lächelte Rebecca stolz zu. »Dieses Kind hat ein besonderes Talent, seine Nase und Ohren im richtigen Moment durchs Schlüsselloch von anderen Leuten zu stecken.«

Linnet gefiel der Gedanke ganz und gar nicht, doch sie wollte endlich wissen, warum Devon Spring Lick so plötzlich verlassen hatte.

»Ich habe den Richter und Mrs. Yarnall belauscht. Sie haben sich gestritten — nun, nicht gerade das, es war mehr ein Wortwechsel. Mrs. Yarnall sagte, es müßte endlich was wegen Miss Tyler und Mr. Macalister geschehen. Und da hat ihr der Richter geantwortet, daß diese Sache erledigt wäre.« Das Mädchen sah eifrig zu den beiden Frauen.

»Was hat er genau gesagt?« bohrte Nettie weiter.

»Der Richter hat gesagt, er hätte Mr. Macalister an die Rothäute verkauft.«

»An die —«, rief Nettie entsetzt und brach ab.

Linnet schien dagegen die Ruhe zu bewahren. »Was hat er sonst noch erzählt, Rebecca?«

»Das war eigentlich alles. Er sagte noch, er hätte diesen Indianer im Wald gesehen, ihn niedergeschlagen und gefesselt. Er hat behauptet, der Indianer hätte beobachtet, als sich Miss Tyler und Mr. Macalister küßten!« Rebecca sah ihre Lehrerin verwundert an.

»Was sonst noch?« Linnet achtete nicht auf Rebeccas Erstaunen.

»Er erzählte, er hätte den Indianer zu seinem Haus geschafft. Da hat er dann rausgefunden, daß die Rothaut hinter Mr. Macalister her war. Hatte ihn schon seit Monaten gesucht, um sich an ihm zu rächen, aber jetzt hatte er weder Gewehr noch Pferd, um Mr. Macalister in sein Dorf zu schaffen.«

»Also hat der Richter dafür gesorgt, daß der Indianer Devon gefangennehmen konnte«, vollendete Linnet den Gedankengang.

»Ja, Ma'am.«

»Nun«, meinte Nettie und stieß zischend den Atem aus. »Wir können nichts dagegen unternehmen.«

»Wir könnten sie verfolgen«, schlug Linnet vor. Sie starrte dumpf vor sich hin.

»Du und ich?« fragte Nettie. »Zwei Frauen allein in den Wäldern? Niemand in dieser Stadt wird dir helfen, und Ottis kommt erst in frühestens einer Woche zurück. Wer sollte dir also helfen?«

»Ich weiß es nicht.« Linnet stand auf. »Ich weiß überhaupt nicht, was ich eigentlich unternehmen kann. Aber ich kann es nicht zulassen, daß sie Devon gefangenhalten!« An der Tür drehte sie sich um und sah Rebecca an. »Hast du vielleicht auch den Namen des Indianers verstanden?«

»Hmm ... o ja, er hieß Crazy Bear.«

Nettie dachte zuerst, Linnet würde ohnmächtig werden. Sie wurde schneeweiß im Gesicht, ihre Augen wurden glasig und ihre Knie schienen nachzugeben. »Linnet, ist alles in Ordnung?«

Linnet schüttelte den Kopf, um wieder zu sich zu kommen. »Ich muß ihnen folgen. Ich muß ihn wiederfinden!«

Nettie wollte protestieren, doch auf einmal war Linnet fort. Nettie begann den Brotteig zu kneten.

»Glaubst du, daß sie dem Indianer hinterherreitet, der Mr. Macalister gefangenhält?«

»Nein, natürlich nicht«, erklärte Nettie ihrer Tochter. »Sie wird ein bißchen darüber nachdenken und zu dem Schluß gelangen, daß es unmöglich ist. Keine Frau ist imstande, allein in die Wälder zu gehen — sogar Linnet weiß das!«

»Ich würde es tun!« rief Rebecca. »Ich würde ihnen folgen! Ich würde nicht zulassen, daß mir ein Indianer meinen Mann wegnimmt!«

»Ach, sei still«, sagte Nettie streng. »Du weißt nicht, worüber du redest. Es gibt ein paar Dinge, die einer Frau verwehrt sind! Sich auf ein Pferd zu schwingen und in der

Nacht eine Horde wilder Indianer zu verfolgen gehört dazu. Und selbst wenn Linnet manchmal nicht zu wissen scheint, was sich schickt oder nicht, müßte sie zumindest genug Verstand haben, um einzusehen ...« Sie hielt im Kneten inne und starrte auf den Teig.

»Was ist denn los, Mama?«

Nettie wischte sich die Hände an der Schürze ab. »Linnets Verstand setzt vollkommen aus, wenn es um diesen Mann geht! Sie wird genau das tun, was sie gesagt hat. Sie wird sie suchen! Das ist so sicher wie das Amen in der Kirche. Rebecca, du wirst den Teig fertigkneten und ihn dann auf das Kaminsims stellen.«

»Aber Ma, ich möchte dabeisein, wenn du mit Miss Tyler redest!«

»Es ist viel wahrscheinlicher, daß Miss Tyler mit mir redet.«

21

Linnets Haustür stand offen, und sie saß ruhig am Tisch. Geistesabwesend beobachtete sie Miranda, die mit dem Kätzchen spielte. So überhörte sie Netties Eintreten.

»Nun — wo willst du die Pferde bekommen?«

Linnet sah auf. Sie wechselten einen Blick des Einverständnisses. »Ich werde mir eins vom Richter stehlen.«

Trotz ihrer Bedenken mußte Nettie lachen. »Könntest du auch zwei Pferde klauen?«

»Nein«, erwiderte Linnet ernst. »Das ist ganz allein meine Sache. Ich darf dich da nicht mit hineinziehen.«

»Ich würde wirklich gerne wissen, warum nicht«, erwiderte Nettie beleidigt.

Linnet musterte sie ruhig. »Du wärst nur ein Klotz an meinem Bein. Ich würde mir die ganze Zeit Sorgen um dich machen, weil du weder richtig reiten noch schießen kannst.«

Nettie sah sie verblüfft an, aber dann lachte sie. »Du hast schon einen fertigen Plan, was?«

»Ich mußte mir doch was überlegen! Sieh mal, Crazy Bear haßt Devon und mich auch. Wenn ich ihn nicht befreien kann, dann verlieren wir beide unser Leben.«

»Mein Gott!« Nettie sank in einen Stuhl. »Wie bringst du es nur fertig, einfach dazusitzen und übers Sterben zu reden, als wenn es gar nichts wäre?!«

»Ach was, meine Ruhe ist nur Fassade. Versteh doch — Devons Leben steht auf dem Spiel, und ich bin die einzige, die ihn retten könnte! Nun ja, die Wahrscheinlichkeit, daß ich es schaffe, ist sehr gering, ich weiß ... Aber solange noch Hoffnung besteht, gebe ich nicht auf!«

Nettie seufzte. »In Ordnung — ich kann zwar nicht mit dir gehen, aber ich werde für Miranda sorgen.«

»Nein. Ich bringe sie lieber zu Phetna. Diese Menschen hier sind unberechenbar. Sie könnten ihr etwas antun, während ich fort bin. Sie haben zuviel Angst vor Phetna, um zu ihrem Haus zu gehen.«

Nettie blickte ihre Freundin bewundernd an. »Ich habe noch nie jemanden gesehen, der in einer solchen Situation einen so kühlen Kopf behalten hat, Linnet. Kann ich dir nicht wenigstens ein bißchen helfen?«

»Du kannst mir dabei helfen, das Pferd zu stehlen.«

Nettie grinste breit: »So was hab' ich mir schon immer gewünscht!«

Sie warteten, bis es völlig dunkel war, ehe sie zur Weide des Richters schlichen. Nettie hielt Miranda in sicherer Entfernung, während Linnet durch das Gatter kroch. Nettie konnte nicht sehen, wo sie sich in der Koppel aufhielt. Ihre Angst, daß der Freundin etwas passieren könnte, wuchs mit jeder Minute. Die Pferde grasten ruhig weiter, und schienen Linnets Anwesenheit nicht einmal zu bemerken.

Plötzlich tauchte ein heller Schimmer in der Nähe des Zauns auf, und Nettie hätte schwören können, daß sie das goldene Haar der Freundin blitzen sah. Doch sie hörte keinen Ton. Nach qualvollen Minuten, die ihr wie Stunden vorkamen, atmete sie erleichtert auf, als Linnet ein Pferd durch das Tor der Koppel führte.

»Warum hast du so lange gebraucht?« flüsterte Nettie.

»Ich mußte noch satteln«, antwortete Linnet kurz. »Ich muß jetzt los. Leb wohl, meine Freundin.«

Sie umarmten sich innig.

»Viel Glück, Linnet. Ich wünsch' dir alles Glück der Welt. Bitte, sei vorsichtig, ja?«

Linnet schwang sich in den Sattel des großen Rappen.

»Kannst du wirklich mit Pferden umgehen?« fragte Nettie besorgt, als sie ihr Miranda reichte.

»Aber sicher.«

»Ich werde deinen feinen, englischen Akzent vermissen«, rief Nettie und wischte sich die Tränen aus den Augen. Aber Linnet hörte sie nicht mehr. Sie hatte die Zügel aufgenommen und war mit ihren Gedanken bereits auf dem gefahrvollen Ritt, der vor ihr lag.

»Wo ist der Junge?« lauteten Phetnas Begrüßungsworte, als sie Linnet und die schlafende Miranda erblickte.

»Der Richter —«, Linnet schluckte, »er hat Devon an Crazy Bear ausgeliefert.«

»Crazy Bear — ist das nicht der, der Ihre ganze Familie umgebracht hat?«

»Genau der. Aber er wird niemanden mehr aus meiner Familie töten.« Linnet hob Miranda vom Pferd und reichte sie Phetna hinunter.

»Sie denken doch nicht etwa dran, sie zu suchen?«

»Genau das habe ich vor.«

»Allein? Ich habe Sie immer für ein kluges Mädchen gehalten! Anscheinend habe ich mich geirrt.«

»Bitte, Phetna. Fangen Sie nicht auch noch an. Ich habe das schon mit Nettie durchgesprochen.«

Phetna schwieg einen Moment, ehe sie sagte: »In Ordnung. Sie sollen Sie suchen! Aber Sie gehen nicht allein!«

»Sie können nicht mit mir kommen, Phetna. Sie sind zu —«

»Sie brauchen es nicht auszusprechen! Ich weiß, daß ich Ihnen keine Hilfe wäre... Aber Gelbe Hand kann's!«

»Gelbe Hand? Ist er etwa hier?«

»Nein, aber er wird gleich kommen. Ich hab' nämlich mit ihm eine Art Notsignal vereinbart. Kommen Sie ins Haus. Gelbe Hand wird in ein paar Minuten hier sein.«

In der Hütte nahm Phetna ein Horn von der Wand, ging damit hinaus und blies ein Signal in jede Himmelsrichtung. Dann begann das Warten. Phetna packte die Satteltaschen voller Maismehl und Trockenfleisch. Währenddessen schrieb Linnet ihren Letzten Willen auf den Einband von Phetnas Bibel. Im Falle ihres Todes sollte Phetna der Vormund von Miranda werden.

»Wenn ich in zwei Wochen nicht zurück bin, dann können Sie —«

»Still!« unterbrach Phetna sie. »Ich werde für die Kleine sorgen, bis Sie zurückkommen. An eine andere Möglichkeit denke ich gar nicht erst. Hier, essen Sie lieber was, und reden Sie nicht soviel dummes Zeug!«

Linnet packte vorsichtig Devons vier Schnitzereien aus. »Ich habe sie mitgebracht, weil —«

»Weil Sie nie mehr nach Spring Lick zurückkommen werden! Jetzt seien Sie still, und essen Sie! Ich habe da noch was, das sie brauchen könnten. Ich geb's Ihnen gleich.«

Keine der beiden Frauen bemerkte die Ankunft von Gelbe Hand. Wie ein Geist stand er auf einmal in der Hütte. »Ich bin hier«, raunte er leise.

Linnet erzählte ihm in kurzen Worten, was Devon zugestoßen war. Der junge Mann hörte ihr aufmerksam zu.

»Du brauchst nicht mit mir zu gehen«, sagte sie schließlich. »Ich schaffe es auch allein.«

Der Indianer warf sich stolz in die Brust. »Wie willst du ihn finden? Kannst du Spuren lesen?«

»Ich ...«

»Frauen können das nicht. Kannst du reiten?«

»Ja.«

»Dann reiten wir gleich los. Es ist schon zuviel Zeit vergeudet worden.« Er hatte kaum zu Ende gesprochen, als Linnet auch schon hinauslief und auf ihr Pferd stieg.

Phetna kam ihnen nach und reichte Linnet ein Gewehr, Pulver und Kugeln. »Können Sie damit umgehen?«

»Ja.«

»Dann gehen Sie mit Gottes Segen. Kommen Sie gesund wieder! Alle!«

Als der letzte Hufschlag vom Dunkel der Nacht verschluckt worden war, ging die alte Frau ins Haus, setzte sich in ihren Schaukelstuhl und betrachtete die schlafende Miranda. Es schien ein hoffnungsloses Unterfangen zu sein, jemanden so Gerissenen wie Crazy Bear aufspüren zu wollen. Phetna seufzte und erinnerte sich daran, daß sie eigentlich heute nach Sweetbriar reiten wollten.

Sie schloß die Augen und legte den Kopf zurück. Sie erinnerte sich an die Tage ihrer Jugend in Sweetbriar. Das war vor dem schrecklichen Feuer gewesen ... Noch heute erinnerte sie sich deutlich, wie jeder einzelne dort aussah.

»Ob Doll wohl immer noch so häßlich ist?« murmelte sie. Doll hätte bestimmt mitgeholfen, nach Slades Jungen zu suchen. Doll, Gaylon und Lyttle — sie alle hätten helfen können. Sie lächelte, als sie an den imposanten Anblick dachte, den Agnes Emerson mit ihrer langen Flinte bot. Der Indianer, der diese Frau erschrecken könnte, mußte wohl erst noch geboren werden!

Plötzlich setzte sich Phetna kerzengerade auf.

Sweetbriar! Sie hatte eine Idee ... Sie sah in ihren Schoß

und streckte die Beine aus. »Sind ein bißchen eingerostet, die alten Knochen«, sagte sie laut. »Aber sie werden's schon schaffen.«

Sie begann eifrig Vorräte in einen Ledersack zu stopfen. Zum ersten Mal ist mein Gesicht zu was gut! dachte sie glücklich. Mit der Visage wird mich kein Weißer oder 'ne Rothaut auch nur mit der Feuerzange anfassen wollen! Sie kicherte in sich hinein, als sie sich vorstellte, wie sie Doll Stark um den Hals fallen würde. Auf sein verblüfftes Gesicht freute sie sich schon jetzt. Mein Gott! Seit zwölf Jahren hatte sie sich nicht mehr so aktiv gefühlt!

»Komm, Miranda.« Sie nahm das schlafende Kind auf den Arm. »Wir haben was zu erledigen.«

Phetna war längst fort, als sich drei vermummte Gestalten der Hütte näherten und sie anzündeten. Die drei Brandstifter sollten nie erfahren, daß sie ein leeres Haus niederbrannten ... »Der Wille des Herrn ist vollbracht«, schrie eine fanatische Frauenstimme. Aber in den beiden anderen Augenpaaren standen Zweifel und Reue.

Linnet folgte Gelbe Hand schweigend. Sie gab ihm keine Veranlassung zu glauben, daß weiße Frauen zu verweichlicht seien, um durch die Wildnis zu reiten. Sie war unermüdlich und fast unmenschlich entschlossen, Crazy Bear und seinen Gefangenen zu verfolgen. Einmal machten sie Rast an einem Wasserlauf, um zu schlafen. Gelbe Hand beobachtete sie. Selbst jetzt war ihr Schlaf leicht, als ob sie bedauerte, wertvolle Zeit mit Schlafen zu vergeuden.

Das Gelände war schwierig. Dichtes Unterholz erschwerte das Vorwärtskommen erheblich. Einmal durchquerten sie einen Sumpf. Sie verloren viel Zeit, als sie hinterher anhalten mußten, um Blutegel von den Beinen der Pferde zu entfernen. Linnets Arme waren zerkratzt, ihre Wangen übersät von Moskitostichen. Doch sie schien das alles nicht zur Kenntnis zu nehmen.

»Sind wir ihnen schon näher gekommen?«

So lauteten die ersten Worte nach vierundzwanzig Stunden Ritt.

»Ja«, antwortete Gelbe Hand. »Crazy Bear ist sorglos. Er verwischt seine Spur nicht. Er glaubt, daß ihm niemand folgt.«

»Das tut er wohl.« Ihre Augen waren forschend in die Ferne gerichtet. »Er hat ja auch keine Veranlassung, das zu denken.«

»Verschwenden wir die Zeit nicht mit Reden. Wir müssen weiter.«

Nach zwei weiteren Tagen war Linnets Kleid nur noch ein zerlumpter Fetzen. Ihr Haar war schmutzig und verfilzt. Doch ihre Augen brannten wie im Fieber. Sie hielt ständig Ausschau, war immer auf den Anblick von Crazy Bears Indianerschar und Devon gefaßt.

Gelbe Hand befahl eine kurze Rast. Sie aßen etwas Trockenfleisch und wilde Erdbeeren. Sie saßen sich gegenüber, das Gewehr lag schußbereit an Linnets Seite. Plötzlich bemerkte sie eine schlängelnde Bewegung an Gelbe Hands Bein. Eine Baumschlange hob ihren Kopf und war bereit zuzustoßen. Sofort griff sie nach dem Gewehr und feuerte. Die jahrelange Übung im Gebrauch von Schußwaffen zahlte sich nun aus. Der Schuß traf genau.

Gelbe Hand starrte zuerst auf Linnet und dann auf die tote Schlange zu seinen Füßen. Er hob das tote Tier auf und sah sie scharf an. »Du hast mir das Leben gerettet«, sagte er leise. »Aber das bringt jetzt uns beide um. Komm, wir müssen uns verstecken. Vielleicht finden sie uns nicht!«

Linnet verstand sofort — sie waren Crazy Bear und seinen Männern bedenklich nahe. Schon nach ein paar Minuten schien ihr Lager von Indianern zu wimmeln. Linnet erinnerte sich an den Tag, an dem ihre Eltern von eben diesen Männern umgebracht worden waren.

Gelbe Hand lag hinter ihr unter einem dichten Brombeerbusch. Die scharfen Dornen zerkratzten ihr Gesicht. Plötzlich wurde ihr Kopf wieder klar, die Gedanken kamen messerscharf. Crazy Bear würde sie finden und töten. Genauso, wie er Devon vielleicht schon umgebracht hatte. Sie konnte sich nicht vor diesem Mann retten, aber Gelbe Hand konnte entkommen.

Sie trat heftig gegen den Jungen, rollte die kleine Böschung hinunter und landete genau vor Crazy Bears Füßen.

Der Indianer grinste höhnisch, bückte sich und zog sie an den Haaren hoch. Er drehte sich zu den anderen um und sagte etwas. Dabei verdrehte er ihr den Kopf so stark, daß er ihr fast das Genick brach. Die vier anderen Indianer kicherten spöttisch, als Crazy Bear sie bäuchlings auf sein Pony warf und hinter ihr aufstieg.

Sie ritten stundenlang. Als sie anhielten, stieß Crazy Bear sie einfach vom Pferd. Linnet versuchte, auf den Füßen zu landen, doch ihre Knie gaben nach, so daß sie auf den Boden fiel.

Der Stoß eines spitzen Stockes und die schrille Stimme einer Frau ließen sie aufschauen. Nackte Verzweiflung überkam Linnet, als sie die Frau erkannte, die sie schon einmal in Crazy Bears Lager gequält hatte. Drei Jahre, die inzwischen vergangen waren, schienen ausgelöscht zu sein. Es war so, als habe sie das verwahrloste Lager nie verlassen... Sie sah sich die Gesichter der Umstehenden genau an, hielt verzweifelt Ausschau nach einem eisblauen Augenpaar, doch es war nicht zu sehen.

Crazy Bear zog an ihren Haaren, und sie stand auf. Er sagte etwas in seiner Sprache zu den Frauen, und diese kicherten zustimmend. Die Frauen bewegten sich gerade mit gierigen Augen auf Linnet zu, als ein alter, dünner Mann aufgeregt ins Lager gelaufen kam. Er deutete auf Linnet und dann auf einen Gegenstand, den er in der Hand hielt. Wild gestikulierte er in die Richtung, aus der sie gerade gekommen waren.

Crazy Bear nahm ihm den Gegenstand ab und schwenkte ihn vor Linnets Gesicht hin und her. Sie erkannte den Tabaksbeutel, der an Gelbe Hands Gürtel gehangen hatte. Sie stöhnte, weil sie dachte, daß die Indianer den Jungen ebenfalls gefangengenommen hätten. Crazy Bear schlug ihr so hart ins Gesicht, daß sie Mühe hatte, aufrecht stehenzubleiben.

Crazy Bear gab den Frauen ein paar kurze Befehle. Daraufhin wurde Linnet zu Boden geschlagen, und ihre Hände wurden mit rauhen Lederriemen zusammengebunden. Dann zogen die Frauen ihre Beine nach hinten und befestigten die Fußgelenke an den Händen, so daß Linnets Körper nach hinten aufgebogen war. Sie stöhnte vor Schmerz. Die Frauen hoben sie hoch und schleuderten sie spielerisch durch die Luft. Plötzlich hörte Linnet Hufgetrappel. Crazy Bear brüllte etwas, und die Frauen warfen Linnet in eine dunkle, leere Rindenhütte. Der Sturz betäubte sie. Als sie wieder zu sich kam, sah sie sich um und entdeckte, daß sie sich in einem ähnlichen Raum befand wie damals. Aber dieses Mal würde kein blauäugiger Halbindianer auftauchen, um sie zu retten.

22

»Hallo, Dreckspatz.«

Linnet konnte sich nicht bewegen, aber diese Stimme kannte sie — sehr gut sogar! Tränen stiegen in ihre Augen. Er lebte! Vielleicht nicht mehr lange, aber jetzt lebte er!

»Kannst du zu mir rüberkriechen?«

Es war nicht gerade einfach. Linnet kam sich vor wie ein Fisch auf dem trockenen. Doch sie wäre lieber gestorben, als die Hoffnung aufzugeben, ihren Devon wieder anzusehen. Doch wie sah er aus! »Devon! Was haben sie dir angetan?«

Er versuchte zu lächeln, doch es gelang ihm nicht so recht, denn seine Lippen waren zu trocken. »Sie haben nur ein bißchen Spaß mit mir gehabt. Was machst du hier? Du hättest bei Miranda bleiben sollen! Dann wärst du in Sicherheit. Komm noch näher.«

Sie rollte so nahe an ihn heran, daß sie seine Haut an der ihren spürte.

»Küß mich«, bat er rauh. »Ich brauche dich.«

Sie fragte nicht lange, sondern senkte ihre Lippen weich auf seinen Mund. Als sie begann, seinen Gaumen zu erforschen, wußte sie, warum er sie zu diesem Kuß aufgefordert hatte. Er brauchte dringend Flüssigkeit, weil er am Verdursten war. Als er sich zurückzog, leuchteten seine Augen für eine selige Sekunde dankbar auf.

»Ist das ein alter Indianertrick?« fragte sie.

»Nein. Meine eigene Erfindung. Linnet, warum bist du hier? Das war wirklich leichtsinnig.«

»Du wiederholst dich. Devon, ich habe ein Messer bei mir.«

Sein Gesicht strahlte.

»Es ist an meinen Hüften festgebunden. Nur — ich komme leider nicht dran!«

Er schien nur schwer einen klaren Gedanken fassen zu können. »Schnell. Es muß schnell gehen. Kannst du dich so drehen, daß ich es erreichen kann?«

»Wie willst du es denn abmachen?«

»Mit den Zähnen«, antwortete er ruhig.

Linnet gelang es, sich auf den Rücken zu drehen, obwohl durch diese Lage ihre Arme und Beine schmerzhaft verdreht wurden. Die Stiche in den Muskeln nahmen ihr fast den Atem. Devon zog die Röcke und Unterröcke mit den Zähnen hoch und gelangte rasch an das Band, das ihre Unterhose zusammenhielt. Das Band war verknotet, und er konnte es nicht aufziehen.

»Verdammt noch mal, Linnet! Warum mußtest du einen Knoten machen?«

Sie lächelte bei seinen zornigen Worten. Mit einem einzigen kraftvollen Biß riß er das Band und ein Stück der Leinenunterhose ab. Das Messer lag quer über ihrem Bauch. Das rauhe Leder des Futterals hatte die zarte Haut blutig gescheuert.

Devon warf einen flüchtigen Blick auf die elfenbeinfarbene Haut, die in der Dunkelheit sanft schimmerte. Dann machte er sich daran, das Messer aus dem Futteral zu ziehen. Es schien eine Ewigkeit zu dauern...

Linnet merkte, wie müde sie war. Sie rollte sich auf den Bauch, damit er den Lederriemen durchschneiden konnte, der ihre Füße mit den Händen verband. Wie gut es tat, wenn man sich wieder ausstrecken konnte!

Devon ließ das Messer fallen und legte das Gesicht erschöpft auf den kalten Lehmboden. Er war vollkommen kraftlos. Nach einem Augenblick: »Lynna, könntest du auch meine durchschneiden?«

Sie runzelte die Stirn. Er war am Ende seiner Kräfte und diese überflüssige Höflichkeit bedeutete nur eine zusätzliche Anstrengung für ihn.

»Mach schnell, Lynna. Schnell!«

»Ja, Devon.« Mit gefesselten Händen tastete sie nach dem Messer, griff danach und kroch zu ihm. Er rührte sich nicht, als sie das Messer zwischen die Lederriemen schob, die seine Hände mit den Füßen verbanden. Es erschreckte sie, daß er, nachdem sie das Leder durchschnitten hatte, in dieser unnatürlichen Stellung liegenblieb. Gewaltsam zwang sie sich, ruhig zu bleiben.

»Ich glaube, ich habe zu lange in dieser Position gelegen... Könntest du auch meine Handfesseln lösen?«

Es fiel ihr nicht leicht, die Angst und die Sorge um ihn zu überwinden. Doch ihre Hände zitterten nicht, als sie das Leder mit dem kleinen Messer durchsägte. Die Schnüre waren so eng gewickelt, daß sie kaum das Messer durchschieben konnte.

»Du brauchst keine Angst zu haben. Du tust mir nicht weh«, raunte Devon leise. »Selbst wenn du meine Hand abhacken würdest — ich würde nichts spüren. Mach nur schnell!«

Einmal spürte sie, daß die scharfe Klinge ihn verletzte. Doch er zuckte nicht mit der Wimper. Er hatte ihr also die Wahrheit gesagt. Seine Hände waren vollkommen taub.

Nachdem sie ihn befreit hatte, streckte er mühsam die Arme aus und bewegte sie. »Gib mir das Messer, Linnet. Hör mir zu«, flüsterte er in ihr Ohr, während er ihre Handfesseln durchtrennte. »Ich bin jetzt schon eine ziemlich lange Zeit hier und mir... nun, mir geht es nicht besonders gut. Du mußt mir etwas versprechen. Wenn ich zusammenbrechen sollte, dann laß mich liegen und lauf weiter. Ich will nicht, daß Crazy Bear dich noch einmal in die Finger bekommt! Hast du mich verstanden?«

»Jedes Wort«, erwiderte Linnet leise.

»Dann versprichst du es mir also?«

Linnet streckte die Arme aus und rieb sich die Knöchel. »Nein. Jetzt gib mir das Messer, damit ich dir deine Fußfesseln durchschneiden kann.«

»Lynna, bitte.«

»Devon, du verschwendest unsere Zeit!« Sie befaßte sich mit seinen Füßen. Sie fühlten sich feucht an. Sie erkannte erschrocken, daß er blutete. Sie hätte weinen können, aber sie kämpfte die Tränen nieder. Jetzt war nicht die Zeit für Gefühlsausbrüche. »Kannst du laufen?« fragte sie, als sie beide frei waren.

»Nicht, wenn du mich tragen kannst.«

Linnet hielt den Atem an, als sie aus der Rindenhütte hinausspähte. Es war dämmrig, und Crazy Bears Leute waren offenbar zu faul gewesen, Wachen aufzustellen. Der Häuptling war nicht im Lager, weil er nach Gelbe Hand suchte.

»Die Luft ist rein«, flüsterte sie und bot ihm ihre Hand als Stütze. Dankbar ergriff er sie, und sie half ihm, sich in eine gebückte Stellung aufzurichten. Weiter konnte er sich nicht strecken. Sein Gesicht wirkte wie eine stählerne Maske, die all seine Gefühle vor der Außenwelt verbarg. Als sie ihn eingehender musterte, stellte sie fest, daß seine kaum verheilten Brandwunden wieder aufgebrochen waren. Doch sie verbiß sich jede Frage danach, ob Crazy Bear ihn gemartert hatte.

Er sah sie an und bedeutete ihr, sich zu bücken. Etwa eine Stunde schlichen sie so durch den Wald, bis sie an die Ufer eines Flusses gelangten. Die Wasseroberfläche wurde von fertig zugeschnittenem Bauholz bedeckt. Linnet fragte sich, was die Siedler veranlaßt hatte, diesen kostbaren Schatz einfach aufzugeben. Da kam ihr eine Idee. Sie konnte Devon nicht tragen — aber das Wasser konnte und würde es tun!

»Devon, könntest du dich im Wasser an einem Baumstamm festhalten?«

Er nickte. Seine Augen glänzten fiebrig.

Sie stützte ihn, so gut sie es vermochte, während er in den Fluß watete. Sie sah an der Art, wie er den Atem anhielt, daß ihn die Berührung mit dem eiskalten Wasser sehr schmerzte. Sein Oberkörper war nackt. Er trug nur eine schwere Baumwollhose und keine Schuhe. Als er tiefer in den Fluß eintauchte, betäubte die Kälte den Schmerz, und das Wasser reinigte die Wunden. Der Auftrieb entlastete seine wunden Füße. Sofort schien er sich wohler zu fühlen.

»Bist ein kluges Mädchen, Lynna. Sehr gescheit von dir!« lobte er anerkennend und ließ sich treiben.

»Meine Gouvernante hat mir ja auch beigebracht, wie ich mit verwundeten, blutenden Männern in der Wildnis umzugehen habe!«

Er legte einen Arm um den Baumstamm und sah sie mit hochgezogenen Augenbrauen an. Hatte sie gerade einen

Scherz gemacht, oder meinte sie es wirklich ernst? »Ab jetzt mußt du still sein. Sie werden bald nach uns Ausschau halten«, warnte er und legte seine Wange erschöpft an die rauhe Rinde. Zum ersten Mal seit vier Tagen konnte er sich ein wenig entspannen.

Sie ließen sich stundenlang treiben. Die Sonne ging unter und das Dunkel der Nacht hüllte sie ein. Manchmal schien Devon einzuschlafen, und Linnet wachte sorgfältig darüber, daß sein Kopf nicht unter die Wasseroberfläche glitt.

»Eines Tages werde ich für dich sorgen«, flüsterte er einmal. Sie hatte geglaubt, daß er schlief.

»Ich freue mich schon jetzt darauf«, erwiderte sie und küßte zärtlich sein Ohr.

Sie hörten von fern Hufgetrappel am Ufer. Devon packte Linnet mit einem Arm und zog ihren Kopf unter sich. Er lagerte ihn genau zwischen den Baumstamm und seine Brust. Sie hielt den Atem an. Als die Hufschläge längst verklungen waren, hielt er sie noch immer so. Ihr Nacken war verkrampft und schmerzte. Als er sie langsam losließ, nahm sie eilig wieder den Platz an seiner Seite ein. Sie sah fragend zu ihm auf.

»Dein Haar«, erklärte er. »Es ist zu hell.« Dann legte er sich wieder erschöpft auf den Stamm.

Als die Sonne aufging, waren sie beide völlig ermattet. Sie mußten an Land gehen und etwas essen. »Devon?« fragte sie leise.

Er öffnete die Augen. Sie waren wieder klar und leuchtend. »Ich habe gedacht, alles wäre bloß ein Traum«, sagte er lächelnd und zeigte dabei seine kräftigen schneeweißen Zähne. »Ich hatte Angst, die Augen aufzumachen, weil ich fürchtete, du wärst nicht wirklich hier, und ich hätte mir alles nur eingebildet.«

Sie streckte die Hand aus und strich über sein lockiges, dunkles Haar. »Du wirst mich nie mehr los. Von jetzt an werde ich dich selbst im Schlaf verfolgen.«

Er grinste breit. »Wenn wir das hier hinter uns haben, dann wollen wir gleich noch ein paar Mirandas machen!«

Sie sah ihn mit gespielter Verachtung an. »Kannst du denn immer nur an das eine denken?«

»Es ist schon so —«

»Ich weiß — es ist schon lange her, seit wir...«

Er lächelte sie an und verzichtete auf eine Antwort.

»Devon«, meinte sie ernst. »Ich weiß wirklich nicht, was wir jetzt tun sollen. Du mußt dich ausruhen und deine Sachen trocknen. Außerdem brauchen wir beide etwas zu essen.«

Er hob seinen Kopf und spähte umher. »Wir sind noch nicht weit genug von Crazy Bears Lager entfernt. Hältst du es noch ein bißchen aus?«

»Ja. Wenn du es schaffst...«

»Ja«, knurrte er und schloß die Augen.

Am Nachmittag begann es zu regnen. Linnet war froh darüber, denn ihr Nacken und ihre Hände zeigten alle Anzeichen von Sonnenbrand. Devons dunkle Haut schien unempfindlich zu sein. Sie bemerkte froh, daß sich die Brandwunden durch die Einwirkung des Wassers wieder geschlossen hatten. Bei Sonnenuntergang half Devon ihr, den Baumstamm zum Ufer zu steuern. Sie konnte kaum glauben, daß sie so schwach geworden war. Aber der vierundzwanzigstündige Aufenthalt im Wasser ohne Nahrung forderte seinen Tribut.

Devon sank auf einen Haufen trockener Blätter. »Geh und besorg uns was zu essen, Frau«, sagte er und schloß die Augen.

Linnet stand über ihm und starrte böse auf ihn hinunter. Er öffnete amüsiert ein Auge. »Eines Tages wirst du mir für diese Worte büßen müssen, Devon Macalister!« drohte sie. Er schloß das Auge wieder und lächelte zufrieden, als sie langsam in den Wald stakste.

Die Wildnis von Kentucky war ein schier unerschöpfliches Paradies, was Wildbret, Wildfrüchte und Nüsse anging. Linnet füllte ihren Rock mit dicken, saftigen Brombeeren und trug sie zu Devon. Er aß langsam und ließ jede Beere vorsichtig im Mund zergehen. Sie dagegen stopfte soviel in sich hinein, wie sie nur konnte.

Plötzlich hielt sie inne und sah ihn an. »Wie lange hungerst du jetzt schon?«

Er zuckte vorsichtig mit den Achseln. »Ein paar Tage. Ich habe jedes Zeitgefühl verloren.« Er sah sie sanft und liebevoll an. »Ich habe nicht erwartet, daß du mich befreist, Lynna. Du hättest nicht kommen sollen.«

»Ich habe dich schon einmal verloren, weil ich dachte, daß es keine Zukunft für uns gäbe. Ich konnte nicht zulassen, daß das noch einmal geschieht. Der Richter hat mir erzählt, du hättest mich verlassen.«

Er schwieg und beschäftigte sich auf einmal sehr intensiv mit einer Brombeere.

»Ich weiß, er war es, der... Ich weiß, was er getan hat.«

»Das habe ich mir schon gedacht«, murmelte Devon und steckte die Beere in den Mund. »Komm jetzt, wir müssen weg von diesem Fluß. Sehen wir zu, daß wir etwas Schlaf kriegen. Morgen gehen wir dann zu Fuß weiter.«

»Aber deine Füße — sie sehen einfach schrecklich aus!«

Er langte hinüber und griff nach ihrem nassen Rock. »Wenn ich mich recht erinnere, trägst du genug von diesem Zeug mit dir herum, um etwa hundert Paar Mokassins zu machen. Vielleicht reicht es auch noch für ein paar Hemden.«

»Ja. Natürlich.« Sie stand auf, hob ihren Rock hoch und löste das Band eines Unterrocks.

Devon beobachtete sie genießerisch, sagte jedoch nichts.

Sie riß den Unterrock in Streifen und band diese um seine Füße. Sie versuchte, keinen Ton des Bedauerns über die schauderhaften Wundmale zu verlieren. Als er wieder aufstand, sah sie weg, um nicht in Devons starre Augen schauen zu müssen. Es gab Zeiten, da war Devon sehr in sich selbst zurückgezogen. Wahrscheinlich kam hier das Erbe der Shawnee zum Tragen ... Sie gingen nicht weit. Er brachte ihr bei, wie man in die Spuren des anderen trat.

Schließlich hielten sie an und legten sich in einer geschützten Felsnische zum Schlafen nieder. Linnet löste noch fürsorglich die Bandagen von seinen Füßen, bevor sie in seinen Armen friedlich einschlief.

Etwas kitzelte sie an der Nase. Schläfrig hob sie den Finger, um sich zu kratzen, und schlug dann die Augen auf. Devon beugte sich über sie und küßte zärtlich ihren verschlafenen Mund. Ihre Arme glitten wie selbstverständlich um seinen Nacken.

»Nein, mein Täubchen. Nicht hier. Wir müssen weiter.« Er spähte um sich. »Hier sind wir nicht sicher. Wir werden verfolgt. Er ist ganz in unserer Nähe.«

»Er?« Linnets Augen wurden groß.

»Ich weiß nicht, wer es ist. Komm, laß uns schnell losgehen. Aber leise!« Devons Füße waren jetzt verschorft, und sie wußte, daß die Bandagen die Wunden wieder aufreißen würden.

Sie gingen langsam, gebückt und vorsichtig. Devon schien das viel besser zu verkraften als Linnet. Sie war halb ohnmächtig und folgte ihm einfach, ohne zu fragen oder gar zu wissen, wo sie sich befanden. Manchmal hob Devon die Nase und schnüffelte suchend durch die Luft.

»Devon —«, begann sie, doch sein strenger Blick brachte sie zum Schweigen.

Er ging leise, war sich aber bewußt, daß Linnets Schritte so laut waren wie Gewehrfeuer. Sie hielten noch einmal an, um ein paar Brombeeren zu essen. Doch selbst da blieb Devon wachsam und sah sich immer wieder um. Währenddessen versuchte Linnet so viel von den Früchten in sich hineinzustopfen, wie sie konnte. Ihre Hände zitterten.

»Komm«, sagte er so leise, daß sie ihn kaum hören konnte. Sie warf noch einen letzten Blick auf die süßen, saftigen Beeren, ehe sie hinter ihm herschlich.

Bei Einbruch der Dämmerung war sie so erschöpft, daß sie nur noch mit starrem Blick Devons vernarbten Rücken betrachtete. Plötzlich schien sich die Erde um sie zu drehen. Sie fühlte sich schwer und doch seltsam leicht. Ihre Knie gaben nach, und sie fiel hin.

»Linnet!« Devon hielt zärtlich ihren Kopf in seinen Armen. »Linnet!« rief er wieder, und sie öffnete überrascht die Augen.

Sie versuchte sich aufzusetzen, doch er hielt sie fest im Arm. »Bin ich hingefallen?«

»Ja«, erwiderte er und runzelte besorgt die Stirn. »Tut mir leid, daß ich dich so überfordert habe. Siehst du die Felsen da drüben?«

Sie hob den Kopf und nickte.

»Schaffst du es bis dorthin?«

»Natürlich.« Sie versuchte erneut sich aufzusetzen. Aber er hielt sie fest und funkelte sie zornig an.

»Linnet! Ich habe es satt, ewig dein ›Natürlich‹ zu hören«, äffte er ihren englischen Akzent nach. »Ich gebe ja zu, ich hatte vergessen, daß du eine Städterin und nicht an dieses Leben gewöhnt bist. Aber du hättest genug Verstand beweisen und mir sagen müssen, daß du erschöpft bist! Also, jetzt hör endlich auf, die tapfere Frau zu spielen, die alles allein schafft! Geh rüber zu den Felsen dort. Ich werde uns ein Dach aus Ästen flechten.«

»Aber was ist mit dir, Devon? Du bist schließlich derjenige von uns beiden, der verwundet ist.« Sie berührte zart seinen verschorften Arm. »Und du hattest nicht mehr zu essen als ich.«

»Wenn wir heil aus diesem Wald kommen, dann nehme ich dich mal mit zu meinem Urgroßvater. Der hatte nämlich die fixe Idee, daß mein weißes Blut mich verweichlichen könnte. Deshalb hat er mich fast umgebracht, als ich mich dem Mannbarkeitsritus unterzog. Das Feuer und Crazy Bear zusammengenommen sind eine Kleinigkeit im Vergleich zu den Gemeinheiten, die sich der alte Mann damals ausgedacht hat!«

»Aber das ist doch ganz unmöglich! Du hattest doch gar keine Narben, ehe das mit dem Feuer passierte.«

Er lächelte auf sie nieder: »Du scheinst mich aber damals ganz genau studiert zu haben.«

Sie sah verlegen zur Seite. »Ich glaube, ich gehe jetzt besser zu den Felsen.«

»Sind alle englischen Mädchen wie du?«

»Nicht im geringsten. Es tut mir leid, sagen zu müssen, daß ich das gesamte englische Volk entehrt habe. Wenn mein Vater wüßte, was ich alles angestellt habe, seit ich dich traf — ich glaube, er hätte mich enterbt und verstoßen!« Sie lehnte sich an einen Felsblock und sah zu, wie Devon dünne Äste abbrach, um daraus ein Dach zu flechten.

»Lynna«, bat er sanft, »erzähl mir was über deine Familie. Warum habt ihr England verlassen? Ihr hattet doch viel Geld, oder?«

Mit leiser Stimme erzählt sie ihm von ihrer Kindheit im Luxus. Immer hatte sie alles bekommen, was sie sich wünschte. Als die Minen ihres Vaters erschöpft waren, ging er, ohne noch einen Blick zurückzuwerfen, mit seiner Familie in ein anderes Land, um ein neues Leben anzufangen.

»Du hattest doch viele Dienstboten, nicht? Bist du deshalb so herrschsüchtig?«

Sie ignorierte seine Bemerkung.

»Du wirst weder ein großes Haus noch Dienstboten haben, wenn du bei mir bleibst«, sagte er mit einem drohenden Unterton. »Meine Mutter —«

»Reiche Leute sind nicht alle aus demselben Holz geschnitzt, ebensowenig wie alle Indianer oder — so hoffe ich zumindest — alle eingebildeten Ladenbesitzer! Wenn ich hinter Reichtümern hergewesen wäre, dann hätte ich nur einen meiner Verehrer in England heiraten müssen! Und was deine Mutter anbelangt — hast du dir schon einmal überlegt, daß da ganz andere Gründe eine Rolle spielen könnten, als ihre Sehnsucht nach seidenen Kleidern? Vielleicht hatte sie Angst, daß ihr Sohn eines Tages von Indianern durch halb Kentucky gejagt werden würde? Oder daß ihr Ehemann von einem Bär umgebracht würde? Oder ihre Freunde durch Feuer entstellt würden?« Sie drehte sich zornbebend weg.

»Vielleicht«, flüsterte Devon und flocht eifrig an seinem Regenschutz.

Es verging einige Zeit, ehe Linnet fragte: »Ist unser Verfolger nicht mehr da?«

»Doch, doch. Nach meiner Einschätzung ist er immer noch ganz in unserer Nähe. Er verfolgt uns, seit wir den Fluß verlassen haben. Wenn es einer von Crazy Bears Männern wäre, hätte er bestimmt schon was unternommen. Aber er folgt uns nur. Deshalb bin ich der Meinung, er ist bloß neugierig.«

»Wieso kannst du ihn hören und ich nicht? Ich habe es immer wieder versucht, aber nichts bemerkt.«

Er sah sie so erstaunt an, daß sie sich im stillen fragte, ob ihr vielleicht plötzlich drei neue Köpfe gewachsen wären. »Mein Gott! Der Kerl macht doch mehr Lärm als ein Büffel! Er muß groß und schwer sein. Geht etwas steifbeinig. Wahrscheinlich ein Weißer.«

Sie sah ihn bewundernd an. Ihre Augen glitten suchend durch das Dickicht. »Wo ist er jetzt?« wisperte sie leise.

»Er ist vor einer Weile weggegangen, kurz nachdem du hingefallen bist. Vielleicht holt er sich was zu essen, oder er ist es leid, uns zu beobachten. Egal, ich glaube nicht, daß ich dich jetzt allein lassen kann.«

»Mich? Aber ich habe doch nichts, was es wert wäre, gestohlen zu werden.«

Er blickte sie amüsiert an. Ihre Wangen röteten sich verlegen. »Ich glaube, es ist mein Fehler«, meinte er, während er die Äste vorsichtig an den Felsen befestigte. »Wenn du die letzten drei Jahre mit mir zusammengelebt hättest, dann wüßtest du genau, was man dir stehlen könnte!«

Sie sah ihn an und verstand sofort, was er meinte. Eine Woge des Glücks überflutete sie.

»Du bleibst jetzt hier. Ich besorge uns etwas zu essen, werde aber in Hörweite bleiben! Daher bemerke ich sofort, wenn du wagen solltest, dich zu bewegen. Genausogut höre ich auch, wenn ein Fremder kommt. Hast du mich verstanden?«

»Ja.«

Seine elastische Gestalt verschwand im dichten Grün der Bäume. Linnet fielen die Augen zu. Sie öffnete sie erst wieder, als sie Devons Küsse auf ihren Lippen spürte.

»Hier.« Er ließ eine Menge Beeren in ihren Schoß gleiten. »Ich habe auch noch zwei Kaninchen, aber es ist zu gefährlich jetzt ein Feuer anzuzünden.«

Sie verschlang gierig die Beeren. Selbst durch das Dunkel der Nacht hindurch konnte sie Devons Erschöpfung spüren. Er streckte sich aus. Seine lange Gestalt paßte gerade unter das kleine Dach. Fürsorglich nahm er Linnet in die Arme. Sie starrte in die Dunkelheit, lauschte seinen ruhigen Atemzügen und fühlte sich warm und geborgen. Vor ihrem inneren Auge tauchte die Erinnerung an einen Ball auf, den sie mit vierzehn Jahren besucht hatte. Sie hatte ein weißes Satinkleid mit einem Überrock aus gelber Seide getragen. Eine gelbe Rose steckte in ihrem Haar. Sie sah wieder all die jungen gutaussehenden Männer vor sich, die sich höflich vor ihr verneigt und gefragt hatten: »Dürfte ich Sie um diesen Tanz bitten, Miss Linnet?« Die Worte hallten in ihrem Kopf wider. Glücklich kuschelte sie sich enger an Devon.

»Lynna.«

»Ja?« flüsterte sie, ganz nah an seinen Lippen.

»Ich möchte dich jetzt lieben... Wirst du nein sagen?«

Sie antwortete nicht, sondern zog nur sein Gesicht an sich. Sie hungerte nach ihm. Ihre Angst, die langen Tage mit Gelbe Hand, der Anblick des verwundeten Devon — all dies hatte eine Leidenschaft in ihr wachsen lassen, die grenzenlos schien.

»Pst, Liebes«, beruhigte er sie und küßte ihre Schläfen. Sie spürte, wie ihr die Tränen die Wangen hinunterrannen.

Devon begriff, warum sie weinte, und er wünschte sich verzweifelt, daß er ihr versprechen könnte, sie hätte keinen Grund, traurig zu sein. Aber das konnte er nicht. Er herzte und liebkoste sie, doch er ließ sie nicht wissen, in welch großer Gefahr sie sich befanden. Crazy Bear war zwar ein träger Mann, und Devon bezweifelte sehr, daß er ihnen so weit gefolgt war — aber er war sich nicht sicher. Es war leichtsinnig gewesen, schon jetzt ein Lager aufzuschlagen, zumindest ein Lager zu ebener Erde. Ein Baum wäre sicherer. Er konnte ihr nicht sagen, wie nahe sie möglicherweise ihrem Tod waren. Gleich, ob sie es wußte oder nicht — Linnet stand am Rand des körperlichen Zusammenbruchs, und er war immer noch viel zu schwach, um sie zu tragen.

»Ich liebe dich, Lynna. Denke immer daran, wie sehr ich dich liebe.«

»Ja, Devon. Ja.« Doch sie wollte keine Liebesworte hören — sie wollte ihn fühlen, spüren. Ihre Hände fuhren an seinen Hüften entlang. Als er sie berührte, wurde sie in einen Strudel der Leidenschaft gerissen. Sie wölbte ihm ihren Körper entgegen. Zog ihn näher, immer näher. Einmal schrie sie auf vor Entzücken. Er hörte es und wußte, daß er sie eigentlich zum Schweigen bringen müßte. Doch ihn selbst erfüllte solche Leidenschaft, daß er nicht aufhören konnte.

Er lag auf ihr, betrachtete ihr Gesicht und ihr Haar, das im Mondlicht silbrig schimmerte. Linnet lächelte zufrieden wie ein Kätzchen. Ein verträumter Zug lag um ihren

Mund. Er bewegte sich etwas. Sofort riß sie die Augen auf und legte ihre Beine um seine Hüften.

»Nein! Geh nicht weg!« Sie konnte nicht genug von ihm bekommen. Er hatte sie schon einmal danach allein gelassen.

»Nie, Liebes. Niemals. Wenn du willst, bleibe ich die ganze Nacht so liegen. Ich bin dir doch nicht zu schwer?«

Sie schloß wieder ihre Augen und lächelte noch einmal. »Ich werde den Schmerz ertragen können«, flüsterte sie müde und schlief zufrieden ein.

23

Es war noch sehr früh am Morgen, als Devon sie zärtlich weckte. Er rollte zur Seite, und seine Blicke durchforschten den Morgennebel, während er seine Hose anzog. Ein warnender Blick genügte, um Linnet davon abzuhalten, sich zu bewegen oder zu sprechen. Devon verschwand bald im Halbdunkel. Sie legte sich auf den Bauch und lauschte angestrengt. Aber sie hörte und sah nichts. Es wurde langsam hell, die Vögel begannen zu singen, aber Linnet konnte immer noch nichts Auffälliges bemerken. Also entspannte sie sich wieder und schlief ein.

»So treffen wir uns also wieder.«

Linnet öffnete die Augen, aber sie sah nicht auf. Sie kannte diese Stimme nur zu gut und fürchtete sie.

»Ich glaube, Mac hat mich gehört, nicht?« fragte er.

Sie drehte ihren Kopf und musterte die mächtige Gestalt von Cord Macalister. Sie zog die Unterröcke, die Devon über ihren nackten Körper gebreitet hatte, bis zum Kinn hoch.

»Sieh mich nicht an wie ein verschrecktes Kaninchen.« Cord lächelte amüsiert. Linnet entspannte sich etwas.

»Warum bist du hier?« fragte sie barsch. Sie war sich durchaus bewußt, daß es lächerlich war, in ihrer Lage solche Fragen zu stellen.

»Ich habe euch den Fluß hinuntertreiben sehen. Es sah so aus, als ob ihr Hilfe nötig hättet.«

»Da hast du dich geirrt«, ertönte Devons ruhige Stimme.

Linnet hatte ihn nicht kommen hören, Cord offensichtlich ebensowenig. Für einen Augenblick erschien ein seltsamer Ausdruck in Cords Augen, doch dann lächelte er träge.

»Wie schön, dich wiederzusehen, Mac. Ist auf jeden Fall erfreulicher für mich als letztes Mal.« Er lachte unsicher.

Linnet wurde nicht recht schlau aus Devons unnachgiebiger Haltung. Seine Augen blickten hart und kalt geradeaus.

»Ich habe ein paar Vögel mitgebracht«, fuhr Cord fort. »Hab' gedacht, ihr könntet sie brauchen.«

Devon nickte kurz. Linnet wußte, daß er jetzt mehr an sie als an sich selbst dachte.

Als das Geflügel über dem Feuer röstete, hielt Linnet das für den schönsten Anblick ihres Lebens. Cord grinste ihr zu, als sie sich eine knusprigbraune Keule abriß. Cord selbst nahm sich gleich einen ganzen Vogel. Nur Devon blieb unbeweglich stehen und beobachtete Cord mit wachsamen, mißtrauischen Augen. Linnet wußte, daß sie sich da nicht einmischen konnte. Das war die Angelegenheit der beiden Brüder, und sie hatte kein Recht einzugreifen.

Cord leckte sich genüßlich die Finger ab und musterte den halben Vogel, den er noch nicht verspeist hatte. »Also Mac, wirklich! So begrüßt man keinen verschollenen Bruder!« Er beobachtete Devon und sah, daß er nicht mit der Wimper zuckte. »Hast du es ihm erzählt?«

»Ja«, erwiderte Linnet. »Devon, möchtest du nicht auch etwas essen?«

Devon beachtete sie nicht.

Cord lachte leise. »Es scheint, als ob der Junge Angst davor hat, mich aus den Augen zu lassen! Ich könnte ja mit dir durchbrennen — wieder einmal«, fügte er hinzu. Seine Augen funkelten, als er ihren Körper taxierte. »Was er nicht weiß, ist folgendes: Ich bin gekommen, um mit ihm Frieden zu schließen. Ich hatte 'ne Menge Zeit, um über alles, was passiert ist, gründlich nachzudenken. Ich bin zu dem Schluß gekommen, daß hübsche Mädchen leichter zu finden sind als Brüder. Wenn er ebenso empfindet, dann sollten wir einen Schlußstrich unter unsere Fehde ziehen und neu anfangen.«

Linnet sah prüfend in Devons unbewegliches Gesicht. Sie wußte sehr gut, wie schwer es war, jemandem etwas zu vergeben, das unverzeihlich war. Sie stand auf und streckte die Hand nach ihm aus. »Möchtest du etwas mit mir spazierengehen?«

Er stand schweigend da und schien zu zögern. Anscheinend traute er Cord noch immer nicht. Sie waren ein gutes Stück von dem kleinen Lager entfernt, als er anfing zu reden: »Linnet, wenn du denkst, daß du mich überreden kannst, dann —«

»Ich habe überhaupt nicht die Absicht, dich zu überreden«, unterbrach sie ihn. »Ich wollte nur mit dir allein sein. Schließlich haben wir ein paar Jahre vergeudet, die wir nun nachholen müssen. Ich dachte, du würdest mich gerne küssen.«

Er grinste verhalten. »Ich wage zu behaupten, daß ich das sehr gerne tun würde«, gestand er und imitierte ihre Ausdrucksweise. Dann riß er sie in seine Arme, schwenkte sie wild herum und preßte sie schließlich fest an sich.

»Ich bin froh, daß es vorbei ist«, hauchte sie, an seinen Nacken geschmiegt.

»Die schlechten Zeiten?«

»Ja.« Sie knabberte an seinem Hals, ihre Zunge liebkoste die warme, glatte Haut.

»Mein Gott! Linnet!« Er beugte sich vor, schob den Arm unter ihre Knie und hob sie hoch. »Niemals mehr lasse ich dich allein! Ich werde immer auf dich aufpassen.«

Sie lächelte glücklich und zufrieden. Zu zufrieden, wie er mißtrauisch bemerkte! »Ich hätte nie gedacht, daß wir je aus diesem Schlamassel herauskämen. Du etwa?«

Er senkte seinen Mund auf ihre Lippen, die sich bereitwillig öffneten. Abrupt löste er sich von ihr und sah sie mit wütenden Augen an. »Ich ahne, was du vorhast, Linnet Blanche Tyler!«

Sie sah ihn erstaunt an. »Ich weiß nicht, was —«

»Das weißt du ganz genau! Hör sofort auf, mich so unschuldig anzusehen! Du bist ebenso unschuldig wie ein ... wie ein — nun, du weißt schon, was ich meine! Du kannst aufhören, mir etwas vorzumachen!«

Sie kuschelte sich enger an ihn und streichelte seine Schultern. »Worüber sprichst du eigentlich?«

Er sah ihr gerade in die Augen. »Also — ich weiß sehr wohl, daß es Männer gibt, die sich von ihren Frauen sagen lassen, was sie zu tun haben. Aber ich gehöre nicht zu dieser Sorte! Es ist besser, wenn du dich hier und jetzt an diesen Gedanken gewöhnst! Du magst ja zur Schule gegangen sein und Bildung haben und so — aber ich bin auch nicht gerade ein Dummkopf! Ich durchschaue deine kleinen Tricks!«

»Devon, ich habe wirklich keine Ahnung, was du meinst! Wäre es dir vielleicht möglich, mir alles zu erklären?«

»Du versuchst, mir die ganze Zeit vor Augen zu halten, wie schäbig ich mich dir gegenüber verhalten habe und daß du mir vergeben hast. Also möchtest du, daß ich auch Cord alles verzeihe, was er mir angetan hat!«

»Und was wäre so falsch daran?«

»Zuerst einmal — ich gehöre nicht zu den Männern, die schnell vergeben. Wenn mir jemand was wirklich

Schlechtes angetan hat, dann vergesse ich es nicht so schnell!«

»Na, das finde ich ja... Was wäre, wenn ich bei dir genauso gedacht hätte?«

Er grinste: »Deine Entscheidung wurde von dem Wunsch beeinflußt, mich wieder in deinem Bett zu haben...«

»Devon!« rief sie empört aus.

»Ich kann dir sagen, daß ich in bezug auf Cord keine solchen Gefühle hege. Er wünscht sich, daß ich ihm verzeihe, aber er soll mir erst beweisen, daß er's ernst meint. Erst wenn das geschehen ist, kann ich ihn Bruder nennen.«

Sie sah weg, denn es war ziemlich schwer, mit ihm zu streiten, während er sie in den Armen wiegte wie ein Kind. »Du bist ziemlich ungerecht!«

»Und du bist herrschsüchtig.« Er knabberte zärtlich an ihrem Ohr. »Glaubst du, daß wir letzte Nacht wieder ein Baby gemacht haben? Wenn man bedenkt, daß du gleich nach dem ersten Mal schwanger geworden bist...«

Sie sah ihn mißbilligend an. »Es gibt Facetten deiner Persönlichkeit, die ich höchst abstoßend finde!«

Einen Augenblick lang schien er verwirrt zu sein. »Manchmal bin ich richtig froh darüber, daß ich nicht immer alles verstehe, was du sagst... Weißt du eigentlich, daß ich fast nicht mehr lesen kann?«

»Nein!«

Er grinste, weil sie ihn wieder angeschaut hatte. »Dummchen! Komm, laß uns zurückgehen. Ich werde langsam hungrig.«

»Dann wirst du also mit Cord sprechen?«

»Vielleicht«, sagte er unbestimmt. »Laß uns gehen, ja?«

Er setzte sie ab, und sie folgte ihm.

Cord sah den beiden schweigend entgegen und wartete auf ein Zeichen von Devon. Die Männer starrten sich an. So verschieden sie aussahen — in beiden Augenpaaren brannte dasselbe blaue Feuer.

»Hast du irgendwas bemerkt, was auf die Anwesenheit von Crazy Bear schließen läßt?« fragte Devon und ließ sich auf einem Blätterhaufen nieder. Seinen Rücken lehnte er gegen einen kühlen glatten Felsen. Dann griff er nach einem Stück Fleisch.

Cord entspannte sich. »Nichts. Hat er deine Haut so versengt?«

»Nein.« Devon aß das Fleisch in kleinen Bissen. Er wollte seinem ausgehungerten Magen nicht zuviel auf einmal zumuten. »Das ist noch in Spring Lick passiert.«

Linnet merkte, daß Cord neugierig geworden war. Devon würde höchstwahrscheinlich nichts mehr sagen. Also schaltete sie sich ein: »Devon lief in ein brennendes Haus und rettete meine Tochter.«

Cord sah augenzwinkernd von einem zum anderen. »Eine Tochter? So, so. Ihr habt mich zum Onkel gemacht, nicht wahr?«

Linnet versuchte die aufsteigende Röte der Verlegenheit zu unterdrücken, aber es gelang ihr nicht. Mit gesenktem Blick griff sie nach einem Stück Geflügel.

»Du darfst nichts mehr davon essen«, knurrte Devon.

»Aber ich bin noch hungrig!«

»Linnet!« Seine Augen verengten sich. »Du hast zu lange gefastet. Du darfst dich nicht so vollstopfen!«

Sie wußte, daß er recht hatte. Also lehnte sie sich gegen einen Felsen und schloß die Augen. Wie schön es war, wenn jemand die Entscheidungen für sie traf! Das Summen der Insekten begleitete sie in einen tiefen, traumlosen Schlaf. Sie wachte noch nicht einmal auf, als Devon sie hochhob, um ihren Kopf in seinen Schoß zu betten. Er streichelte ihre Stirn und musterte sie besorgt. Ihm wurde bewußt, wie erschöpft sie war. Sie brauchte dringend jemanden, der sich um sie kümmerte.

»Sieht so aus, als wäre sie fix und fertig«, meinte Cord leise. »Ihr beide habt bestimmt 'ne Menge durchgemacht.«

Devon nickte. »Crazy Bear hatte mich einige Zeit in seiner Gewalt. Er hat mir ein bißchen Haut abgezogen. Und dann kam Linnet« — er sah sie voll zärtlicher Bewunderung an — »und hat mich befreit. Sie ist tagelang geritten.«

»Wie hat sie dich denn aufgespürt?«

»Gelbe Hand hat sie geführt. Ich weiß nicht, wie es geschehen konnte, daß sie gefangengenommen wurde und er nicht.«

»Gelbe Hand?« Cord hob die Augenbrauen und blickte auf die schlafende Linnet. »Es ist kaum zu glauben, daß der Junge einer Weißen geholfen haben soll — nicht nach dem, was mit seiner Ma passiert ist.«

Devon berührte sanft Linnets Haar und legte den Arm in einer beschützenden Geste um ihre Schultern. »Linnet ist eben was ganz Besonderes.«

»Das ist sie wirklich«, grinste Cord. »Ich werde eine Weile bei euch Wache halten. Nur für den Fall, daß Crazy Bear auf dumme Gedanken kommen sollte.«

Devon nickte und sah dem großen Mann nach. Er berührte scheu Linnets Wange. Sein Daumen strich über die Augenbraue. Er dachte daran, wie schön es war, ihr wieder nahe und in Sicherheit zu sein. Er lehnte seinen Kopf gegen den Felsen und schlief ein.

Nur die Bäume hätten ihm von den vier Indianern berichten können, die mit brennenden Augen die Frau und die beiden Männer beobachteten. Doch die Bäume schwiegen.

24

Es gab kein Geräusch, das ihn hätte wecken oder gar warnen können. Von einem auf den anderen Moment erwachte er und fühlte den kalten Stahl eines Messers an seiner Kehle. Als Devon die Augen aufschlug, blickte er in die bösartig funkelnden Augen Crazy Bears, der vor Triumph, sein Opfer endlich sicher zu haben, fast barst. Die Spitze des Messers verletzte Devon am Nacken, und einer dicker Blutstrahl schoß aus der Wunde.

Linnet erwachte, weil sich Devons Körper unnatürlich versteifte. Sie spürte die Gefahr und bewegte sich nicht. Sie drehte nur den Kopf etwas zur Seite. Ihre Kehle war auf einmal wie zugeschnürt, als sie Devons blutenden Nacken sah. Seine Hand drückte jedoch ihre Schulter, und sie schwieg.

Devon sprach leise mit dem Indianer in einer Sprache, die Linnet nicht verstand. Crazy Bears Augen glühten vor Haß, als er Linnet an den Haaren von Devon fortzog.

»Nein, Devon! Nein!« schrie Linnet, als er versuchte, ihr nachzustürzen.

Das Messer, das in sein Herz stoßen sollte, prallte an einer Rippe ab. Crazy Bear trat nach dem Mann, der Devon erdolchen wollte. Der Mann stürzte zu Boden. Crazy Bear wollte Devon noch nicht töten — er sollte langsam und qualvoll zu Tode gemartert werden. Devon redete immer noch leise auf den Indianer ein, aber die Worte ließen die Augen des Indianers nur noch bösartiger aufbrennen. Linnet glaubte sogar, ein höhnisches Lachen zu vernehmen. Devon und Linnet wurden mit Lederriemen gefesselt.

»Lynna, ich ...«

Sie sah ihm gerade in die Augen, in denen mehr Schmerz zu lesen war, als sie je darin erblickt hatte. Sein Blick war schrecklich, wahnsinnig. »Devon, gib dir nicht die Schuld daran, bitte.«

Crazy Bear stieß sie so hart in die Seite, daß sie keuchend vornüberfiel. Sie sah noch, daß drei Männer Devon festhalten mußten, der verzweifelt versuchte, sie zu schützen. Die Indianer zerrten sie von den Felsen weg ins grelle Sonnenlicht. Linnet schrie laut auf, als sie Cord erblickte. Er lag mit durchschnittener Kehle auf dem Boden und starrte mit blicklosen Augen zu ihr auf. Sie wandte sich ab, schloß die Augen, und die Indianer zogen sie weiter. Tränen stiegen in ihre Augen, als sie Devon flüstern hörte: »Bruder«, während er an der reglosen Gestalt vorbeigeführt wurde.

Der Häuptling warf Linnet in den Sattel und stieg hinter ihr auf. Sein verschmierter, nach ranzigem Fett stinkender Arm umfaßte ihre Taille. Er hielt sie so fest, daß sie kaum Luft bekam. Sie wagte nicht, zu Devon hinüberzublicken. Sie hatte Angst, sie könnte in seinen Augen das Grauen lesen, das sie erwartete. Bitte, lieber Gott, laß es schnell gehen, betete sie. Sie dachte an Miranda und Phetna. Das Kind würde jetzt ohne Mutter aufwachsen müssen. Und Devon... Sie hob den Kopf und sah mit leerem Blick in den Wald. Ihr Vater war immer ein tapferer Mann gewesen, wie alle Tylers. Sie würde sie nicht entehren, wenn sie jetzt ihrem eigenen Tod entgegensah. Bald war alles vorüber. Devon und sie würden sich in einer anderen Welt wiedertreffen, in einer Welt, in der Gefahr oder Kummer keinen Platz hatten. Linnet hob ihr Kinn und setzte sich stolz auf. Sie würde das Andenken ihrer Vorfahren und den Mann, den sie liebte, nicht dadurch entehren, daß sie sich feige zeigte!

Devon beobachtete sie. Ihm drehte sich der Magen um, wenn er daran dachte, was Crazy Bear seiner geliebten Linnet alles antun würde. Er hatte versucht, mit dem Indianer zu handeln, doch Crazy Bear war nicht darauf eingegangen. Er wollte sie beide. Devon wünschte sich plötzlich, daß Linnet ihn nie befreit hätte. Sie nie wiederzusehen, wäre immer noch besser gewesen, als sie in diese Situation gebracht zu haben. Der Anblick ihres trotzig erhobenen Kinns zerriß ihm fast das Herz, und er wandte sich ab.

Es war schon Nacht, als sie das neue Lager von Crazy Bear erreichten. Dieses Mal wurden die Gefangenen nicht in eine der Hütten geworfen. Sie wurden an zwei Holzpfähle gebunden, die etwa einen Meter voneinander entfernt standen. Zwei Männer bewachten sie, während die anderen ausgelassen am Feuer saßen und einen Krug mit Whisky herumgehen ließen. Ein einziges Mal versuchte Linnet, mit Devon zu reden. Doch seine Stimme klang so niedergeschlagen, daß sie sich jedes weitere Wort versagte.

Während der ganzen Nacht wurden sie immer wieder von den Frauen mit angespitzten Stöcken gestoßen, während die Männer dabeisaßen und zusahen.

»Werden sie im Morgengrauen anfangen?« flüsterte Linnet mit brüchiger Stimme. Sie atmete tief, um die Schmerzen besser ertragen zu können.

»Ja«, erwiderte er kaum hörbar. »Lynna, ich ... ich möchte dir nur sagen, daß ...«

Die Fesseln schnitten in ihr Fleisch, als sie versuchte, ihn anzusehen: »Sag bitte nichts mehr. Ich wußte ja, daß ich mein Leben riskiere, als ich in Spring Lick losgeritten bin.«

Er heftete seinen Blick auf die Bäume und betete zu den Göttern seines Urgroßvaters. Er bat um die Stärke, Linnets Verlust zu ertragen. Er betete, daß er es aushalten würde, wenn sie leiden mußte.

Ein Schuß, der durch den dichten Wald hallte, ließ alle aufhorchen. Devon blickte in den Wald und sah eine Menge Schatten an einer Stelle, an der eigentlich niemand hätte sein dürfen. Die verschwommene Gestalt kam ihm bekannt vor. Die Art, wie die lange dünne Figur den Arm hob, war ihm seltsam vertraut. Er riß die Augen auf. Nein! Das konnte nicht wahr sein!

Die vier Indianer sprangen auf die Füße, ihre Bogen und Pfeile in der Hand — aber was konnten solch armselige Waffen gegen die Langbüchsen aus Kentucky schon ausrichten?

»Was ist passiert?« fragte Linnet, doch Crazy Bears Blick ließ sie verstummen.

Erneut war ein Schuß zu hören. Einer der Indianer stürzte mit einem großen Loch in der Brust zu Boden. Linnet schloß die Augen und preßte ihr Gesicht in die Schulter, um sich von dem Grauen, das sie umgab, abzuschirmen. So sah sie nicht, daß Crazy Bear mit erhobener Streitaxt auf Devon losstürmte. Buchstäblich in letzter Sekunde wurde Devon durch die Mistgabel eines Weißen gerettet.

Devon zerrte an seinen Fesseln. »Linnet! Sieh doch! Schau dir das mal an!«

Ein Höllenlärm umtobte sie, Schreie ertönten. Sie wollte nicht aufsehen.

»Linnet!«

Sie hob den Kopf gerade rechtzeitig, um Agnes Emerson zu erkennen, die sich auf den Lauf eines Gewehrs stützte. Verwundert sah sich Linnet um. Sie waren alle hier! Ganz Sweetbriar schwärmte durch das Indianerlager — Esther und Doll, Wilma und Floyd, Lyttle und Agnes, Phetna, Gaylon, Corinne — auch Gelbe Hand war dabei und einige andere, die sie nicht kannte. Sie fing an zu weinen, das Schluchzen schüttelte ihren Körper. Sweetbriar! Wundervolles, herrliches Sweetbriar! Sie waren gekommen, als sie Hilfe nötig hatten.

»Alles in Ordnung?« Wilma Tucker schnitt Linnets Fesseln durch.

Linnet konnte nicht sprechen, sie schluchzte immer noch hemmungslos. Wilma schloß ihre junge Freundin tröstend in die Arme.

»Was sollen wir bloß mit den beiden machen?« ertönte Agnes' Stimme.

Linnets Gesicht verließ den schützenden Hafen von Wilmas Schulter und sah durch einen Tränenschleier Devon. Er stürmte auf sie zu, riß sie in seine Arme und hob sie hoch. Seine Tränen benetzten ihren Nacken, während sie sich fest umschlungen hielten. »Mir geht's gut, Devon, bitte. Ich bin in Ordnung.«

»Sieht so aus, als ob ihr beide heute nicht mehr streiten würdet, hmm?«

Linnet wandte sich beim Klang dieser unverkennbaren

Stimme um. Doll stand, wie üblich, neben Gaylon. Devon hob ebenfalls den Kopf und lockerte seinen Griff um Linnet etwas. Sie lächelte ihn noch einmal an, dann stürmte sie zu Doll und umarmte ihn mit solcher Wucht, daß er beinahe umgefallen wäre. Gelächter brandete auf, als jeder jeden umarmte.

Corinne hielt Linnet zaghaft fest: »Bist du noch böse, weil ich dich so angelogen habe?«

»Nein«, erwiderte Linnet ehrlich. »Es ist nun doch alles gut ausgegangen — das allein zählt.«

Corinne schniefte gerührt und blickte weg, als Worth Jamieson voller Stolz Linnet seine junge Frau vorstellte.

»Was ist los, Junge? Hast wohl Angst, daß du sie wieder verlierst, was?«

Aus den Augenwinkeln sah Linnet einen finster blickenden Devon auf sich zukommen.

»Ist ja auch verständlich«, fuhr Gaylon fort. »Wenn ich ein so hübsch angezogenes Mädchen in den Wäldern finden würde, hätte ich auch Angst davor, daß sie mir einer wegschnappt!«

Linnet sah betreten an sich herunter. Der Rock ihres Kleides war an einer Seite bis zur Hüfte aufgerissen. Am Oberteil fehlten ein Schulterstück und der halbe Halsausschnitt.

»Ihr beide habt euch kein bißchen verändert — immer noch mischt ihr euch in Dinge ein, die euch nichts angehen!« knurrte Devon erbost.

»Uns nichts angehen!« explodierte Doll. »Als wir euch fanden, wart ihr schließlich —«

»Laßt doch eure kindischen Streitereien sein«, befahl Agnes barsch. »Vielleicht hat's ja noch keiner von euch bemerkt, aber hier sieht's schlimm aus!« Ihre Worte brachte allen die Verwüstung, die um sie herum herrschte, zu Bewußtsein.

»Cord«, verkündete Linnet rauh. »Sie haben ihn umgebracht.«

»Wir wissen Bescheid.« Esther klopfte beruhigend auf ihren Arm. »Du mußt immer dran denken, daß er nicht gelitten hat. Wir haben ihn schon begraben.«

»Genug geschwätzt!« rief Agnes. »Laßt uns jetzt die Indianer hier unter die Erde bringen. Esther, du und Corinne, ihr nehmt Lynna und Mac mit. Sie müssen sich ausruhen.« Sie musterte Devon kritisch. »Du machst mir jetzt keinen Ärger, ja? Ich kann deinen häßlichen Rücken nicht mehr sehen! Wird einem ja schlecht, wenn man nur draufguckt!«

»Du solltest erst mal seine Füße sehen!« platzte Linnet heraus. Die anderen blickten sie schweigend an. Bis Doll anfing zu lachen.

»Los, Corinne, bring sie weg! Und daß du mir nicht wieder Unfrieden zwischen den beiden säst, wie du's schon mal gemacht hast!« ermahnte Doll seine Tochter.

»Aber, Pa«, erwiderte Corinne beleidigt. »Ich bin doch jetzt mit Jonathan verheiratet.« Sie wandte sich an Linnet. »Ich bin Mutter von 'nem kleinen Jungen.«

Linnet hätte ihr gern von Miranda erzählt, doch dann ließ sie es lieber. Devon nahm ihre Hand, hielt sie fest und weigerte sich sie loszulassen. Dankbar klammerte sie sich an ihn. Es schien alles wie ein schöner Traum zu sein, und sie hatte Angst, daß sie erwachen würde und wieder an den Marterpfahl gebunden war.

Die anderen kehrten bald zurück. Agnes deutete auf einen großen, dünnen, blonden Mann, den Linnet nicht kannte. »Das ist Lester Sawrey. Ist nach deiner Zeit nach Sweetbriar gekommen.« Lester schien ein bedeutender Mann zu sein.

Lyttle ging fort, um mit Jonathan die Pferde zu holen, die im Wald versteckt waren. Alle setzten sich um ein großes Feuer. Als der Proviant eintraf, begannen sie hungrig zu essen.

»Wie geht es Lincoln?« fragte Linnet Esther nach dem Baby, bei dem sie Hebammendienste geleistet hatte.

»Du lieber Himmel!« mischte sich Agnes ein. »Esther hat noch ein Kind geboren, seit du weggegangen bist! Wird Zeit, daß Mac zurückkommt und Doll wieder bei sich im Laden beschäftigt, sonst kriegt die arme Esther ein Baby nach dem anderen!«

Esther verbarg errötend ihr Gesicht, doch Doll grinste von einem Ohr zum anderen.

»Woher wußtet ihr Bescheid?« erkundigte sich Devon und blickte von einem zum anderen.

»Phetna«, erwiderte Doll und wies auf die alte Frau. »Da saß ich doch friedlich auf meiner Veranda und habe mir so meine Gedanken gemacht. War am Arbeiten wie immer.« Seine Augen funkelten vergnügt. »Da streckt mir auf einmal dieses scheußliche Weib seinen Kopf entgegen und grinst mich an! Na, ich hab' sie gleich erkannt! Phetna ist immer schon so häßlich gewesen, daß ein Mann bei ihrem Anblick weiße Haare bekam. Ich finde, sie hat sich kein bißchen verändert!«

Er hielt inne und sah seine Zuhörerschaft an. »Dann hat mir jemand erzählt, daß sie 'nen Brand überlebt hat und furchtbar entstellt wäre. Daraufhin habe ich sie mir mal genauer angeschaut, und wißt ihr, was? Sie ist nicht mehr ganz so häßlich wie früher!«

Alle lachten herzlich. Am lautesten von allen lachte Phetna. Linnet merkte, wie froh die alte Frau darüber war, wieder in einer Gruppe von Menschen zu leben, die sie mochten. Die Frauen saßen den ganzen Tag zusammen und redeten. Die Männer errichteten Laubhütten für die Nacht. Gemeinsam erinnerte man sich an die Zeit, die sie alle zusammen in Sweetbriar gelebt hatten.

Linnet dachte voll Trauer an Cord. Wie froh wäre er gewesen, wenn er gehört hätte, daß Devon ihn Bruder nannte. Agnes verstand ihren Kummer und erzählte ihr, wie Cord sich vor dem Altwerden gefürchtet hatte, und daß es ihm so sicher lieber wäre. Linnet glaubte ihr keins dieser Trostworte. Aber zumindest würde sie Cord in guter Erinnerung behalten.

Seltsamerweise stellte ihr niemand Fragen über ihre Vergangenheit. Sie fragte sich, wieviel Phetna wohl erzählt haben mochte. Linnet wurde rot vor Scham, als sie sich vorstellte, daß Phetna ihnen die ganze ungeschminkte Wahrheit berichtet haben könnte. Die Sonne ging unter, und der ereignisreiche Tag neigte sich dem Ende zu. Linnet reckte sich und war froh darüber, daß die Gefahren überstanden und sie endlich in Sicherheit waren. Nachdenklich schaute sie zu Devon hinüber. Wie lange würde es wohl dauern, ehe sie eine Nacht mit ihm verbringen konnte? Die Worte des Richters schossen ihr durch den Kopf. Hatte er wirklich noch Lust, sie zu heiraten, nach allem, was sie zusammen erlebt und durchlitten hatten? Er hatte ja bekommen, was er wollte. Also warum sollte er sie noch heiraten? Als Devon ihren Blick bemerkte und aufsah, schaute sie schnell weg.

»Ich glaube, es ist Zeit«, sagte Doll und tauschte einen vielsagenden Blick mit Agnes.

»Du hast vollkommen recht.«

Die anderen seufzten resigniert und wichen den fragenden Blicken von Linnet und Devon aus. Langsam erhoben sich alle.

»Nein«, meinte Agnes, »ihr zwei bleibt hier. Das müssen wir tun, ob wir es mögen oder nicht!«

Die Leute gingen in den Wald. Devon nahm Linnets Hand. »Was meinst du — würden sie was sagen, wenn ich heute nacht unter deine Decke krieche?«

Sie zog grob ihre Hand fort. »Bitte! Solche Angebote habe ich in Spring Lick zur Genüge genossen!«

»Ich hab' ihn im Visier!« rief Gaylon. Die beiden sahen

überrascht auf. Gaylon zielte mit seiner langen Flinte auf Devons Kopf.

»Gaylon!« rief Linnet entsetzt und wollte aufspringen. Da spürte sie etwas in ihrem Rücken. Linnet blickte auf — Agnes stand da und zielte mit ihrem Gewehr auf sie.

»Was, zum Teufel, geht hier vor?« fragte Devon und versuchte aufzustehen. Jonathan grinste und stieß ihn grob zurück.

»Doll, du bist der beste Redner. Du wirst es ihnen erklären«, meinte Lyttle.

»Also gut. Sweetbriar war mal ein netter friedlicher Ort, bis, ja bis unser Mac dieses englische Mädchen aufgegabelt hat.« Er grinste, als er Devons gerunzelte Stirn bemerkte. »Seitdem laufen die Dinge nicht mehr so, wie sie sollten. Mac ist die Hälfte der Zeit weg — entweder, weil er ihr nachjagt oder weil er sie vergessen will. Wenn er sich in Sweetbriar aufhält, ist er so unfreundlich und übellaunig, daß niemand mit ihm auskommen kann. Jetzt ist folgendes geschehen: Phetna ist auf 'nem Maulesel nach Sweetbriar geritten gekommen und hat uns eine fürchterliche Geschichte erzählt, die wir kaum glauben können. Aber sie schwört, daß sie wahr ist. Und das Schlimmste dabei ist — sie hatte so ein kleines Mädchen vor sich im Sattel. Sie behauptet steif und fest, daß es eure Tochter ist.«

Linnet senkte errötend den Kopf, weil sie keinem mehr in die Augen schauen konnte.

»Nun, das ist einfach nicht richtig«, warf Agnes ein. »Es ist schon nicht recht, daß ihr beiden in zwei Städten einen Riesenaufruhr verursacht, weil ihr nicht voneinander lassen könnt. Aber wenn ihr anfangt, Kinder zu kriegen, ohne verheiratet zu sein, dann ist das gegen das Gebot des Herrn! Wir schauen uns das nicht länger an und haben beschlossen, was dagegen zu unternehmen!«

»Und was wollt ihr tun?« Linnet konnte deutlich den Ärger und die Feindseligkeit in Devons Stimme hören.

»Wir haben beschlossen, die Angelegenheit selbst zu regeln«, erwiderte Doll. »Wir wollen ein paar Dinge ungeschehen machen.«

»Wie soll denn das gehen?« knurrte Devon.

»Lester hier ist, wie du dich sicher erinnerst, ein Pfarrer. Er wird euch hier an Ort und Stelle trauen. Und wenn du nicht zustimmst, dann werden wir eben etwas nachhelfen.«

Linnet sah auf all die vertrauten Gesichter ringsum. Alle waren irgendwie bewaffnet — mit Gewehren, Mistgabeln oder Hacken. Sie fragte sich, wie weit Doll wohl gehen würde.

»Weißt du was, Alter? Du kannst mir den Buckel runterrutschen!« rief Devon wütend aus. »Ich kann es auf den Tod nicht leiden, wenn mir jemand sagt, was ich zu tun habe! Erst recht nicht, wenn's um mein Privatleben geht! Ob und wann ich heirate, ist meine Angelegenheit, und ich kann auf eure guten Ratschläge verzichten!«

»Erschießt ihn«, zischte Linnet leise. Jedermann sah sie verblüfft an. Ihre Augen waren rot vor Wut. »Ihr habt doch gehört — erschießt ihn! Ihr könnt euch nicht vorstellen, was ich durchgemacht habe, seit ich diesem Mann begegnet bin! Die ganze letzte Woche hat er immer wieder beteuert, wie sehr er mich liebt und daß er mich heiraten will. Und jetzt finde ich heraus, daß er nur seinen Spaß haben wollte.«

»Linnet!« empörte sich Devon und griff nach ihrer Hand. »Das ist nicht wahr! Du weißt, daß das nicht stimmt!«

»Ich weiß nur, daß du dich weigerst, mich zu heiraten.«

»So ist es doch gar nicht. Es ist nur... Ich lasse mich nicht gern zwingen!«

»Ach! Und ich zwinge dich also? Ich glaube, ich habe ziemlich viel an Toleranz und Geduld bewiesen! Zumindest, was dich angeht.«

Er starrte sie an. Plötzlich fing er an zu lachen und nahm sie fest in den Arm. »Du versuchst es schon wieder, nicht wahr?«

Sie schmiegte den Kopf an seine Schulter. »Ich weiß nicht, wovon du redest.«

Er hielt sie etwas weg. »Ich glaube, es wird noch einige Zeit dauern, bis ich dir beigebracht habe, daß der Mann das Oberhaupt der Familie ist!«

»Familie?« fragte sie mit großen Augen.

Devon sagte über die Schulter hinweg zu Doll: »Geh und hol Lester. Ich bin bereit!«

Doll grinste und senkte seine Flinte. »Es wurde aber auch Zeit!«

Es wurde eine stille Hochzeit. Einige Frauen schnieften gerührt, und selbst in Gaylons Augen schimmerten Tränen. Corinne und Esther hatten Blumenkränze geflochten, die sie über Linnets zerrissenes Kleid drapierten. Dazu hielt sie noch einen Strauß in ihren zitternden Händen. Nachdem die Entscheidung nun einmal gefallen war, schien sich Devon keine Gedanken mehr über die Tragweite seines Entschlusses zu machen. Obwohl Linnet fand, daß seine Hände sich eiskalt anfühlten.

»Du darfst jetzt die Braut küssen.«

Devon ergriff Linnets Schultern und küßte sie heftig. Linnet war etwas erstaunt über seine spürbare Erleichterung am Ende der Zeremonie. Als Lyttle sie auf die Wange küßte, schoß ihr ein seltsamer Gedanke durch den Kopf — später einmal würde sie mit Devon vor dem Kamin sitzen, und er würde ihr mitteilen, was er während der Trauung gedacht hatte.

Sie setzten sich wieder alle zum Essen um das Feuer. Devon und Linnet sahen sich nicht an. Beide waren plötzlich unsicher und schüchtern. Nach zwei Stunden wurden sie von Lyttle und Jonathan zu einer kleinen Laubhütte geführt, die etwas abseits von den anderen lag.

»Wir haben uns gedacht, daß ihr nach einem so langen Tag vollkommen erschöpft sein müßt. Deshalb lassen wir euch jetzt allein«, brummte Lyttle unbeholfen. »Aber ich warne euch — wir erwarten ein großes Fest, wenn wir wieder daheim sind!«

Devon lächelte und führte Linnet in die Hütte.

»Mir tut wirklich alles riesig leid«, begann Devon. »Nicht nur die Geschichte mit Crazy Bear, sondern ... alles! Aber ich verspreche dir, daß ich von heute an ein guter, solider Ehemann sein werde!«

Linnet sah ihn sehr, sehr ernst an: »Heißt das, du willst immer ein perfekter Ehemann sein, der nicht gleich bei allem, was ich tue, in die Luft geht und —«

In Devons Gesicht blitzte Zorn auf. »Verdammt noch mal, Linnet! Ich bin —« Er brach ab, als er in ihre lachenden Augen sah. »Du bist doch die ungewöhnlichste Frau, die ich je kennengelernt habe!«

Linnets freudiges, befreites Gelächter schallte durch das Lager.

»Halt's Maul, Doll«, sagte Agnes, als der Alte glücklich mitlachte. Aber weder Devon noch Linnet bekamen etwas davon mit — für eine lange, lange Zeit waren sie taub für jedes Geräusch.

Roman

Von Jude Deveraux sind bisher erschienen:

- 10471 Die Ascotts – Judith
- 10513 Die Ascotts – Alicia
- 10567 Die Ascotts – Clarissa
- 10598 Die Ascotts – Fiona
- 10746 Und am Ende siegt die Liebe
- 10772 Geliebter Tyrann
- 10849 Dieses heißersehnte Glück
- 10886 Herz aus Eis
- 10932 Herz aus Feuer
- 10993 Die Verführerin
- 11216 Herz in Aufruhr
- 11342 Liebe kennt keine Gefahren
- 11445 Lodernde Glut
- 11497 Rendezvous in Kentucky